봄 새벽
春曉

봄 잠에 새벽을 느끼지 못하는데
여기저기서 새 소리 들려온다
간밤에 비바람 소리 사나웠으니
꽃은 얼마나 떨어졌는지

春眠不覺曉
處處聞啼鳥
夜來風雨聲
花落知多小

孤影
Fantastic Oriental Heroes

고영
장담 신무협 판타지 소설

장담 新무협 판타지 소설

초판 1쇄 찍은 날 § 2005년 8월 23일
초판 1쇄 펴낸 날 § 2005년 9월 3일

지은이 § 장담
펴낸이 § 서경석

편집장 § 문혜영
편집책임 § 서지현
편집 § 장상수 · 최하나

펴낸곳 § 도서출판 청어람
등록번호 § 제1081-1-89호
등록일자 § 1999. 5. 31
어람번호 § 제2-0678호

주소 § 경기도 부천시 원미구 심곡1동 350-1 남성B/D 3F (우) 420-011
전화 § 032-656-4452 팩스 § 032-656-4453
E-mail § eoram99@chollian.net

ⓒ 장담, 2005

ISBN 89-5831-685-3 04810
ISBN 89-5831-514-8 (세트)

孤影
Fantastic Oriental Heroes
고영
장담 신무협 판타지 소설
6
■ 아수라(阿修羅) 편
완결

도서출판
청어람

목차

"당신은 당신을 위해서 세상을 바꾸려 했지만, 나는 나를 사랑
했던, 내가 사랑하는 사람들을 위해서 이 자리에 서 있소!"

—혁련유천을 바라보며…….

孤影　第一章

1

완연한 봄이었다. 안개가 끼어 축축하던 대기에도 산야에서 피어난 온갖 꽃향기가 실려 있었다.

철썩거리는 뱃전에 서서 바람에 실린 꽃향기에 취해 있다 보니, 어스름하던 하늘이 환하게 밝아오고 있었다.

많은 사람들이 동정추월(洞庭秋月)이 아름답다고들 하지만, 동정춘양(洞庭春暘)도 그 못지않게 아름다웠다. 아쉬운 것은 붉은 태양이 안개 벽 너머로 떠오르다 말고 너무 일찍 구름 속으로 숨어버렸다는 것이었다.

동정호를 가로질러 빠르게 나아가던 배가 황등진에 도착한 것은 승선한 지 이틀이 지나고 아침 해가 동정호를 불사르며 떠오르던 묘시말이었다.

걱정했던 운룡상단의 추적은 없었다. 물길을 타고 밤낮을 가리지 않은 채 노를 저어 빠르게 움직인 점도 있었지만, 아마 그들도 신녀를 쫓는다는 것에 많은 혼란을 겪고 있는 것 같았다. 그것은 좋은 징후였다.

역시 천은산장의 행동이 어디로 가느냐에 따라 호남의 무력이 택할 방향도 달라질 수 있다는 반증이었다. 계속 정파의 길을 걷는다면 호남은 여전히 천은산장의 천하라 할 수 있지만, 그렇지 않고 마도의 길을 걷는다면 수많은 호남의 정파들이 등을 돌리거나 침묵할 터. 그렇다면 천은산장을 무너뜨리는 것이 결코 불가능한 일만은 아니라는 말이었다.

진고영은 아침 안개에 싸인 황등진의 작은 포구를 바라보며 혼잣말처럼 중얼거렸다.

"어쩌면… 그리 멀지 않았을 수도……."

황등진의 포구 옆 송림 속에는 세 대의 마차가 밤새워 손님을 기다리고 있었다. 이슬이 내려앉은 죽립을 쓴 마부는 미동도 하지 않은 채 안개 속을 주시하다 어느 순간 눈을 빛내며 고개를 끄덕였다.

"왔군. 가자."

흐릿한 안개 사이로 한 척의 배가 모습을 보인 것이다, 돛대 위에 한 자루 검이 새겨진 하얀 깃발을 달고.

마차가 포구를 향해 움직이자 배가 포구에 닿기도 전에 많은 사람들이 날아 내렸다.

그들 중 제일 먼저 날아 내린 위경리가 바닥에서 흙을 한 줌 움켜쥐더니 코를 대고 킁킁댄다.

"거참, 얼마나 됐다고… 흙 냄새가 새롭구만."

"며칠만 더 물 위에 있었으면 아예 흙으로 밥을 해 먹겠다고 하시겠수."

육정기의 핀잔에도 눈을 지그시 감은 위경리의 표정은 변하지를 않았다. 입만 빼고.

"쯧쯧쯧. 너 같은 놈이나 흙으로 밥을 해 먹지. 하기야 풍취를 모르는 놈하고 이야기를 해봐야 뭐 하냐?"

한바탕 혀를 차며 한 소리 내지르던 위경리. 한데 뭐가 이상한지 고개를 갸웃거리며 흙을 혀로 핥아 맛을 보더니 탄성을 지른다.

"흠! 동정호를 육지의 바다라 하더니만 흙에서도 짠맛이 나는군. 신기하네……."

"흥! 아예 얼굴을 처박고 잡수시지 그러시나?"

별 시답잖은 소리 다 한다는 듯 육정기가 코웃음을 날릴 때, 마부석에 앉아 있던 죽립 쓴 마부의 눈빛이 묘하게 빛났다. 그것을 제대로 본 사람은 마부에게 다가서는 진고영을 보고 있던 우형욱뿐이었다.

마부에게 다가간 진고영은 포권을 취하며 인사를 건넸다.

"수고하셨습니다, 사마 단주님."

"별말씀을. 수고야 여러분들이 하셨지요."

마부석에 앉아 있던 마부, 그는 첩검단주 사마충인이었다. 총동원된 첩검단을 최전방에서 지휘할 겸, 그가 직접 황등진까지 내려온 것이다.

"일단 타시지요. 숭양(崇陽)까지는 제대로 쉬지도 못하고 달려야 할 듯싶습니다."

배에서 내린 사람들 중 우선적으로 부상자들을 한 대의 큰 마차에 태웠다. 그곳에는 부상자를 치료할 간단한 약재들이 준비되어 있었다. 그리고 다른 두 대의 마차에 이십여 명이 나누어 탔다.

한데 우형욱은 부상자가 타는 마차를 마다하고 사마충인의 옆 자리에 올라탄다. 뭔가 잔뜩 궁금한 표정을 한 채.

황등진에서 숭양까지는 사백여 리. 하지만 강서성의 경계에 있는 산줄기를 타 넘으려면 족히 이틀은 걸리는 거리였다. 무창까지 수로로 가면 간편한 길이었지만 지금쯤 악양을 비롯한 주요 수로는 모두 막혔다고 봐야 할 것이다.

하나 드넓은 육지의 모든 길을 막을 수는 없을 터. 오히려 육로가 수로보다 더 편한 길이 될 수도 있었다.

바람을 가르며 먼지구름 속으로 사라진 마차는 악양으로 통하는 넓은 관도로 나오면서 속도를 늦추고 완속으로 달려갔다. 오가는 사람들의 시선을 끌어봐야 좋을 것이 없기도 했지만, 자칫 지나는 행인이라도 친다면 곤란한 일이었기 때문이다.

그때 사마충인의 옆에서 조용히 앉아 있던 우형욱이 힐끔 그를 보며 말을 건넸다.

"저… 사마 단주님."

"아, 우 소협."

"아까 말입니다. 뭐 좀 이상한 게 있었습니까?"

"음?"

"위 노선배님을 이상하게 바라보시던데……."

"……."

뭔가 망설이는 눈치. 그러나 근 일 년을 위경리에게 시달린 우형욱의 눈치는 이미 고수급이었다.

'분명히 뭔가가 있다. 크크……'

“제가 알면 안 되는 일인가 보죠?”

“그게…….”

사마충인은 빤히 쳐다보는 우형욱의 눈빛이 그렇게 부담스러울 수 없었다.

말없이 일각을 달리건만 여전히 쳐다본다. 또 일각. 쳐다보는 눈빛이 여전히 빛나고 있다. 도대체가 이 사람들하고 같이 있다 보면 자신조차 정신이 없을 지경이다.

얼마의 시간이 지나고 우형욱이 입을 열었다.

“저… 숭양에 도착하려면 이틀 걸린다고 했죠?”

윽. 협박인가? 감히! 그런데… 떼어놓을 방법이 없다. 확! 밀어버릴 수도 없고.

마침내 사마충인의 입에서 한숨이 새어 나왔다.

“도대체 뭐가 그리 궁금하다고…….”

한 시진 동안이었다, 자신을 빤히 쳐다본 시간이. 남들이 보면 오해하기 딱 좋을 정도였다.

“그냥요. 뭐, 말 안 해주셔도 괜찮지만 워낙 궁금한 것을 못 참는 성격이라서… 이해하십시오, 사마 단주님.”

지독한 놈이다. 거머리도 이보다는 덜 지독할 것 같았다. 그런데 이틀? 사마충인은 고개를 내저으며 나직하게 입을 열었다.

“그럼… 위 선배에겐 절대 비밀이네.”

우형욱이 엉덩이를 더 바짝 붙이며 다가앉는다.

“그럼요! 당연하죠!”

어째 믿음이 안 가는 대답이다. 저렇게 확언하는 자치고 입 무거운 사람을 본 적이 없는 사마충인이다.

하지만 어쩌랴. 저 눈빛을 받으며 이틀을 더 달려야 한다면 그는 미쳐 버릴 텐데.

"그 흙…… 위 선배가 냄새 맡은 흙 말이네."

"예, 그 흙."

"내가… 밤새 거시기한 곳의 흙이거든."

"거시기…… 쉬? 컥! 그래서 짜…….."

'우히! 우하하하!!'

사마충인의 얼굴도 웃음을 참느라 붉게 달아올라 있을 지경이니 우형욱은 어떻겠는가. 우형욱은 지금 모든 혈류가 얼굴로 뭉쳐 혈인이 되어가고 있었다. 육정기가 보았다면 '혈사령이다!' 소리치며 달려들 정도로.

'크크크. 위 노선배! 나중에 두고 봅시다요! 흐흐흐…….'

2

"안 되오!"

"안 된다?"

"어찌… 어찌……?"

눈을 부릅뜬 윤화중의 떨리는 말에는 안타까움과 다급함이 섞여 그의 당황함을 잘 드러내고 있었다.

"그럼 죽게 놔둘 건가?"

"……."

칠십이 넘어 보이는 노인의 두 눈은 언뜻 광기조차 느껴질 정도로 차갑게 번들거리고 있었으니, 그가 바로 독절(毒絶), 독령수(毒靈手) 당천민이었다.

"정녕… 정녕 그 방법밖에 없겠습니까?"

윤화중의 움켜쥔 손에서 진득한 땀이 방울져 떨어진다. 하지만 당천민의 표정에는 한 점 변화도 없었다.

그러니 윤화중은 더욱 답답할 뿐이다. 그런데…….

"……하… 세요……."

모기의 날갯짓 같은 소리. 침상에서 들릴 듯 말 듯 가느다란 목소리가 고요함에 촛불 휘날리는 소리도 들릴 듯한 실내를 맴돈다.

"소장주!"

윤화중이 부리나케 침상으로 다가가자 바르르 떨리는 눈꺼풀이 들어올려지고, 또다시 속삭이는 듯한 목소리가 동방설리의 입술을 비집고 새어 나왔다.

"하시라고… 하세요… 숙부……."

"크윽! 소장주…… 설리야……."

마치 자신의 죄인 양 윤화중이 참담한 표정으로 침음성을 발할 때, 침상 위의 동방설리를 지그시 쳐다보는 당천민의 눈에서 처음으로 감정 비슷한 빛이 떠올랐다.

그녀를 처음부터 돌봤던 조카의 말에 의하면, 독비에 맞은 후 엿새 동안 한마디도 안 했다 했었다. 그동안 상태가 더 나아진 것도 아니라 했다. 자신이 보아도 더 나아질 상황이 아니었음이 분명했다.

한데…… 이제는 말을 한다. 그것은 그녀가 그동안 기력을 아끼기 위해서 말을 하지 않았다는 것으로밖에 설명할 수 없다. 게다가 자신의 가슴을 도려낸다 하는데도 아무런 거리낌이 없다. 그야말로 지독하다면 지독하고 현명하다면 현명하게 처신하는 여인이다.

당천민은 문득 가주이자 자신의 조카인 당현문이 왜 이 나이 어린 여인을 믿고 암중의 일을 진행시켰는지 이해되기 시작했다. 자신을 비롯한 원로들은 그렇게 반대했거늘…….

'어쩌면… 가주가 판단을 잘했는지도…….'

"내가 치료하고자 하는 방법대로 하면 군사는 한쪽 가슴을 잃을 것이오. 그래도 좋다면 나는… 그대를 치료하겠소."

그의 입에서 처음으로 반 존대에 동방설리의 지위를 인정하는 말이 나오자 뒤에서 당천민의 수발을 들기 위해 대기하고 있던 당군문의 눈빛이 가볍게 흔들렸다.

'숙부께서 동방 군사를 인정하셨구나. 그렇다면 가주 형님의 근심도 한결 줄어들겠군. 후우…… 전화위복이라 해야 하나?'

미미하게 머리를 끄덕이는 동방설리를 바라보던 당천민이 뒤도 돌아보지 않고 냉랭히 말했다.

"뭐 하는 것이냐? 준비하지 않고?"

"예? 예! 숙부님."

당군문과 의녀가 뜨거운 물과 여러 가지 준비물을 가지러 밖으로 나가자 당천민이 윤화중을 돌아보았다.

"여기서 치료 과정을 보지 않을 거라면 그대도 나가서 기다리는 게 어떤가?"

"아! 알겠습니다. 나가서 기다리겠습니다. 혹시라도 필요한 것이 있으면 불러주시길……."

고개를 끄덕이는 당천민을 뒤로하고 윤화중은 힘없는 걸음을 옮겨

밖으로 나갔다. 그런 그의 가슴속에서는 간절한 바람이 소용돌이치고 있었다.

'일어나야 한다, 설리야. 꼭, 꼭 일어나야 한다. 그렇지 않으면 네 할아버지가 분노할지 모른단다. 그러면… 무서운 일이 일어날 것이다. 그걸 막기 위해서라도, 네 할아버지의 분노를 막기 위해서라도 너는 꼭 일어나야만 하는 것이다, 설리야…….'

십여 년 전만 해도 친숙부처럼 따르던 아이였다. 얼마나 예뻤는지 자신도 저런 아이를 자식으로 갖고 싶을 정도였다. 그 후 동방설리가 클 때쯤 자신은 노장주의 비밀 호위인 비객(秘客)이 되었다.

비객이 된다는 것은 극과 극이 있는 자리였다. 나이 오십이 넘으면 운현산장의 주요 간부로서 새로운 삶을 살 수 있다. 하지만 그때까지 가족을 가질 수 없다. 만일 가족을 가진다면, 그 가족은 산장의 정해진 범위 내에서 결코 나갈 수 없는 감금 생활이나 다름없는 생활을 해야 만 한다.

윤화중은 비객 생활을 하면서 가족을 가지지 않았고, 그런 그에게 동방설리는 친딸처럼 생각되는 사랑스런 아이였다. 그래서 이번 파견 도 그가 자원해서 온 것이었다. 그런데 무림련으로 파견되기 전, 그는 동방선운이 무심코 동방설리에 대해서 중얼거리는 말을 들은 적이 있었다.

그때 그는 말했다.

"아가야, 너를 떠나보낸 것이 후회가 되는구나. 허허허…… 네가 없으니 이리도 심심한 것을……. 만일 너에게 무슨 일이 생긴다면 아마 나는 못 참을 것 같구나. 만인의 생명보다도 너 하나가 나에겐 더 소중하게 생각되니…… 대선생은 무슨……. 아가야, 살아서 와야 한다. 만일 네가 죽는다면 이 할아비는 미쳐 버릴 게야……."

운현대선생 동방선운이 미쳐 버린다는 것, 윤화중에겐 그 말이 그 어떤 말보다도 무섭게 들렸다. 무공이 강한 자가 미친다면 천인의 피가 흐르지만, 동방선운 같은 사람이 미친다면, 진정 만인의 피가 장강을 붉게 물들이고도 남을 것이기 때문이었다.

"후우……."

하늘을 바라보는 그의 입에서는 동방설리를 위해 아무것도 할 수 없는 자신이 한심해서 한숨만이 나올 뿐이었다.

다섯 개의 굵은 황촛불이 타오르는 방 안.

당군문을 따라온 의녀가 동방설리의 의복을 젖히자 시퍼렇게 변색된 맨살이 드러났다. 은근히 코를 찔러오는 악취의 근원이기도 한 곳이었다.

하지만 그곳을 바라보는 당천민의 차가운 눈에서는 아무런 감정의 흔들림조차 보이지 않았다. 오히려 흥미로운 장난감을 발견한 듯한 기대에 찬 눈빛만이 미미한 열기를 담고 번쩍이고 있었다.

"굉장한 독이군."

그러다 끝내는 그의 입에서 탄성이 터져 나왔다. 그리고 품속에 손을 넣더니 길쭉한 물건 하나를 꺼냈다. 그것은 전체가 온통 눈보다 더 새하얀 하나의 비수였다.

당천민의 품에서 한 자루의 비수가 모습을 드러내자 곁에서 그를 보필하던 당군문의 눈이 경악으로 부릅떠졌다.

“맙소사! 백정비(白晶匕)!?”

“소란 떨지 말고 조용히 해라!”

책망이 담긴 한마디에도 당군문의 놀란 눈은 하얀 비수에서 떠날 줄을 몰랐다.

‘어떻게…… 본 가의 삼보 중 하나인 저것이 외지로 나올 수 있단 말인가?’

당가삼보(唐家三寶). 당군문이 아는 한 세 가지 보물은 결코 당가의 담장을 넘어 밖으로 유출될 수 없는 물건이었다. 한데 어떻게……. 의혹으로 점철된 생각이 그의 뇌리를 가득 채우고 있을 때였다.

당천민의 손이 촌각의 망설임도 없이 비수의 손잡이를 잡아가고, 번쩍! 맑은 백광이 눈부시게 빛나더니, 스슥! 동방설리의 가슴을 베어갔다. 눈 한 번 깜빡이기도 전에 일어난 일이었다.

“백포!”

당천민의 일갈에 의녀가 재빨리 백포를 가져다 동방설리의 가슴에서 흐르는 사혈을 닦아냈다. 그러자 또다시 차가운 백광이 번쩍였다. 순간.

팟!

“헉!”

의녀가 눈을 질끈 감으며 놀라 신음을 흘렸다. 가슴의 살점이, 동방설리의 가슴살이 뭉텅이로 떨어져 나가며 흑혈이 솟구친 것이다. 의녀가 제아무리 경험 많고 담대하다 해도 질겁하지 않을 수 없는 광경이었다.

“뭐 하나? 막아!”

“예? 예!”

의녀가 후닥닥 새로운 백포로 움푹 파인 가슴을 막아보지만, 솟구치는 피의 양이 워낙 많아 백포는 금방 시뻘건 혈포가 되어버렸다. 그러자 당천민의 손이 보이지 않을 정도로 동방설리의 가슴 위를 누비며 혈도를 점해갔다.

그야말로 '어?' 하는 사이에 벌어진 일이었다. 하지만 진짜 놀랄 일은 그 다음에 벌어졌다.

푹! 날카로운 것이 살에 박히는 파육음이 들렸다.

당천민이 백정비를 동방설리의 오른쪽 젖가슴에 그대로 꽂아버린 것이다!

"악!"

"헉!"

의녀의 입에서 비명이 튀어나오고, 당군문의 입에서조차 다급한 신음이 터졌다.

벌컥!

"무슨 일이오?"

의녀의 느닷없는 비명에 윤화중이 놀라 소리치며 방으로 들어오다가 뜻밖의 상황에 안색이 싸늘하게 굳어져 갔다.

"대체 뭐 하는……!"

싸늘한 당천민의 눈이 그런 윤화중을 쳐다본다.

"조용히 해라! 치료는 이제부터 시작이거늘 무슨 짓들이냐!"

"……."

어이없는 표정들이다. 세상에…… 여인의 가슴에 비수를 꽂아놓고 이제 시작이라니…….

"네가 보기엔 내가 그냥 놔둬도 죽을 사람을 힘들여서 죽일 어리석은 사람으로 보이더냐?"

차가운 북풍한설 같은 냉갈에 윤화중은 멈칫하며 당천민을 마주 주시했다.

"하면… 소장주의 가슴에 꽂힌 비수는 뭡니까?"

"그러면 그대는 군사의 독을 어떻게 해독할 생각인가?"

"그건……."

딱딱 부러질 듯한 당천민의 말이 이어졌다.

"백정비는 천하에서 가장 귀한 보물 중 하나이다. 백정비 앞에선 백독이 고개를 수그린다. 만일 백정비로도 해독이 안 된다면 백약이 무효하다. 군사의 가슴을 도려낸 것은 이미 독이 뭉쳐 있는 썩은 살이기 때문이다. 도려내지 않으면 해독을 하는 것 자체도 힘들겠지만, 한다 해도 살지 못할 것이기 때문이었다."

"……."

"그대는 내가 어찌했어야 한다고 생각하는가?"

"……죄송합니다, 당 선배님. 후배가 그만 마음이 심란하다 보니……."

"됐네! 나가 있게나!"

고개를 되돌린 당천민의 눈에 동방설리의 오른쪽 젖가슴에 꽂힌 백정비가 보였다. 한데 그렇게 새하얗던 백정비가 어느새 파란 기를 머금고 있는 게 아닌가.

그것은 백정비가 마침내 동방설리의 가슴에 뭉쳐 있던 독기운을 빨아들이기 시작했다는 말과도 같았다.

"군문, 준비는 됐느냐?"

"예, 숙부님."

"잠시 후에 내가 백정비를 뽑거든 지체 말고 동방 군사를 약탕에 집
어넣어라."

3

황등진을 출발한 지 이틀째, 숭정을 거쳐 무창으로 가는 길은 거칠
것이 없었다. 천은산장이 제아무리 광대한 세력을 가지고 있다 해도
그것은 호남에서의 일일 뿐이었다.

더구나 백리단황이 대풍운보의 무사들을 이끌고 접경 지역인 의춘
에까지 출진했다는 소문이 퍼지고 있었다. 그렇다면 천은산장도 그쪽
에 신경 쓰지 않을 도리가 없을 것이다.

세 대의 마차가 거칠 것 없이 달려 함녕을 지나칠 때, 첨겁단 무창
지부로부터 소식이 전해졌다. 그 바람에 잠시 휴식을 갖기로 하고 이
름없는 자그마한 호숫가에 여장을 풀었다.

철한장 재가동. 모든 봉쇄를 풀고 상주인원 집결. 대공자 폐판 마치고 남
하 중.

"음? 진이가?"

전서를 읽어가던 사마충인이 의외라는 듯 눈을 크게 뜨며 중얼거리
자 옆에서 목을 빼고 쳐다보던 우형욱이 고개를 돌렸다.

"뭔데 그러십니까?"

“첫째 진이가 폐관을 마치고 우리와 합류하기 위해 남하하고 있다고
하네.”

그의 말소리는 결코 작지 않았기에 모두가 들을 수 있었다. 사마정
역시 그의 말을 들었는지 가볍게 놀라는 표정이 역력했다.

“숙부님, 진 형님이 혼자 오시는 겁니까?”

“아마 아닐 것이네. 내 알기로 철운단과 척천단이 같이 움직이는 걸
로 알고 있네. 그 외에도 적지 않은 고수들이 끼어 있을 것 같네. 아버
님께서 이번에 확실하게 끝장을 내려 작정하신 것 같구먼.”

아마 첩검단의 소식은 시시각각 철검산장으로 전해질 터였다. 이번
작전 역시 전해졌을 것이고, 작전에 대한 제반 소식을 접한 사마혁성은
이번 기회를 천은산장을 칠 최적의 기회로 생각했을 것이다.

물론 구출 작전이 성공한다는 전제 하에.

마차의 바퀴에 등을 기대고 앉아 있던 진고영은 사마충인과 사마정
의 대화를 들을수록 마음이 착잡해져 옴을 금할 수 없었다.

검제 사마혁성이 마음먹고 보냈다면 적지 않은 수일 것이다. 결국은
싸움이 커진다는 말이다. 그로 인해 동정호를 시뻘겋게 물들이며 죽어
갈 사람도 많아질 것이다. 문제는 그걸 거절할 상황이 아니라는 것이
다.

진고영이 심란한 마음을 다스리러 저 멀리 펼쳐진 호숫가의 풍경에
눈을 돌렸을 때였다.

‘응?’

문득 호숫가를 걷고 있는 설유화의 모습이 눈에 들어온다. 힘없이
처진 어깨를 한 채, 천천히 옮기는 걸음 하나하나에는 수많은 상념이
담겨 있는 것처럼 느껴졌다.

어찌 그렇지 않으랴. 아버지라 불렀던 사람이 하루아침에 원수가 될지 모를 상황이다. 웃으며 떠들고, 서로 간에 형제자매처럼 아꼈던 사람들의 가슴에 검을 꽂아야 할지 모르는 현실이다. 통곡하지 않고 있는 것만 해도 그녀의 강한 의지를 보여주는 반증이라 할 수 있을 지경이었다.

달려가 끌어안아 주고 싶다.

모든 것을 나에게 맡겨달라 하고 싶다.

당신의 아픔을 나누어 가지고 싶다고 말하고 싶다.

하지만 그래서는 안 된다는 것을, 그럴 수도 없다는 것을 너무나 잘 아는 진고영으로선 애절한 아픔에 가슴만 시커멓게 타 들어갈 뿐이었다.

설유화가 돌아서고 있다. 그녀의 눈이 자신을 쳐다보고 있다. 희미하게 웃음을 지으려 애쓰는 모습이 눈에 들어온다.

'유화…… 이겨내시오! 당신은 이겨낼 수 있을 것이오! 정 안 되겠거든 나에게 기대시오! 내 비록 어깨에 무거운 짐을 지고는 있지만, 당신의 짐을 나누어 들 수 있을 정도의 힘은 남아 있다오!'

진고영도 마주 웃어주었다.

살랑대는 봄바람에 흐드러지게 핀 들꽃들이 춤을 춘다.

노란 꽃, 빨간 꽃, 자주색 꽃… 서로가 고아한 색깔을 뽐내며 춤을 춘다.

바람에 실린 꽃향기가 코끝을 간지르고,

피어나기 위해 몸부림치는 꽃봉오리들이 산고의 고통을 노래한다.

모두가 대자연의 위대함 속에 녹아 하나가 되어가고 있다.

눈을 드니 북으로 날아가는 철새들의 군무가 장관으로 그려지고 있었다.

저들도 갈 길이 있구나. 가고자 하는 곳이 있구나.

나는 어디로 가고자 하는 걸까.

나는 무엇을 위해 가고 있는 걸까.

훗! 나 자신의 앞길도 모르는 놈이 남의 앞길을 염려하는 것도 우습기만 하구나.

자박, 자박.

발걸음 소리에 고개를 돌려보니 설유화가 어느새 이 장 거리까지 다가와 있었다. 진고영은 자신도 모르게 그녀를 향해 말했다.

"모든 것이 잘될 것이오. 아픔 뒤에는 기쁨이라는 놈이 항상 잠들어 있다오."

설유화가 대답했다.

"네… 그랬으면 좋겠어요. 가슴이 아프다는 것이 이렇게 힘들 줄은 미처 몰랐어요. 하지만… 이겨낼 거예요. 그래야 하늘에 계신 어머니도 마음 편히 잠드실 테니까요."

이틀간 말 한마디 없었던 그녀라고는 믿기지 않을 만큼 단호함이 실린 말이었다.

많은 고민을 하고 많은 아픔을 삭였을 것이다. 그리고 마침내는 아픔을 자양분 삼아 어떠한 결론을 이끌어냈을 것이다.

그녀의 흔들리지 않는 눈빛이 그걸 말해 주고 있었다.

두 사람의 눈이 허공에서 엉켜 들어갔다. 굳이 말을 더 할 필요가 없었다. 눈으로 이야기할 수 있는 사람들에게는 말이란 그저 마음을 전하는 또 하나의 방법일 뿐이었다.

잠깐의 휴식이 끝나자 발걸음을 재촉했다.

이제 하루면 장강에 이른다. 떠나온 지 열흘 만에 전격적으로 진행된 작전이 끝을 보이고 있는 것이다. 감회가 새로운지 사람들의 눈에는 안도의 빛이 떠오르고 있었다.

비검단에서 약간의 손실이 있었고, 잠풍단의 무사들 소식을 아직 들을 수 없어 안타까웠지만, 단순히 도주만 하는 상황이라면 최악의 상황은 당하지 않을 것이라는 게 일반적인 생각이었다. 또한 직접 움직인 진고영 일행 중 사망자가 나오지 않은 것은 거의 기적이라 할 수 있었다.

철저한 계획 아래 적들이 쫓아오지 못할 정도로 빠르게 움직인 것이 효과를 본 것이다. 몇몇 부상자가 있기는 했지만, 전체적인 계획에 비하면 최소한의 손실이라 할 수 있었다.

진고영으로선 가슴을 쓸어 내릴 만큼의 성공적인 작전이었다. 그런만큼 이제 일행의 관심사는 과연 천은산장이 어떻게 움직일 것인가 하는 것이었다. 그에 따라 강호의 흐름이 바뀔 것이기에.

알게 모르게 강호의 눈이 첨예의 관심을 가지고 주시하는 사이, 북상하는 사람들의 가슴에는 벌써부터 격랑하는 장강의 거대한 물줄기가 흐르고 있었다.

4

"흠! 좋아! 너의 공을 높이 사 팔은 자르지 않겠다, 호용!"

“감읍하옵니다, 혈왕이시여!”

“하나 이대로 당하고만 있을 수는 없지 않느냐?”

“물론이옵니다.”

“그럼 대책은?”

“일단 선전포고를 할 생각이옵니다. 놈들이 가만히 있는 흑곡과 혈정곡을 쳤으니 충분히 명분은 되옵니다.”

“흠······.”

“그런 다음 사천의 문파 몇 곳을 손볼 생각이옵니다.”

“그래?”

“감히 본 궁을 건드렸으니 당한 것의 열 배는 갚아줄 생각이옵니다.”

“당연하지!”

“그리고 무림련을 한 번 뒤흔들어 볼 생각입니다.”

문인호용의 말에 혈왕의 눈이 번들거리며 붉게 타올랐다.

“<u>흐흐흐</u>······ 할 때는 확실히 해야 한다. 그래야 무서운 줄을 알고 함부로 날뛰지 못할 것이다.”

“알겠사옵니다, 혈왕이시여!”

“천은산장은 진고영에게 개망신을 당하고, 우리는 무림련을 흔든다······. 재미있군, 재미있어. 우하하하!!”

孤影 第二章

1

철한장에 도착한 다음날, 마침내 사마진이 이백의 무사를 이끌고 도착했다. 철검산장을 출발한 지 닷새 만이었다고 한다.

이백의 무사가 들어서자 그렇게 넓어 보이기만 하던 철한장이 순식간에 사람들로 북적거렸다. 그리고 그들에 대한 소식은 곧바로 후원으로 전해졌다.

"진이가 왔다고?"

한참 첩검전에서 전해온 소식에 대해 진고영 등과 이런 저런 이야기를 하고 있던 사마충인이 반가움이 깃든 목소리로 되물었다.

"예, 단주! 이백여 명의 무사들을 이끌고 오셨습니다."

"흠… 알았다."

장원의 마당에서 웅성거리며 서 있던 사람들이 한순간에 조용해졌다. 그들의 눈에 안채를 돌아 나오는 십여 명의 사람이 보였던 것이다.

그들의 눈이 첩검단주 사마충인을 위시해서 걸어오는 사람들을 훑어가더니 어느 한 사람에게 고정된 순간, 은은한 열기가 마당을 가득 채우며 피어올랐다. 귀가 따가울 정도로 들었던, 당금 강호를 뒤흔든 신협 진고영이 거기에 있었던 것이다.

사마진의 눈도 진고영에게 고정된 채 떠날 줄을 몰랐다. 그가 폐관을 깨고 나오자마자 들은 이야기가 진고영에 대한 소문이었다.

처음에는 피식 웃었다. 강호의 소문은 믿을 수 없는 소문이 태반이니까. 한데 아버지가 그런다.

"내가 전력을 다한다면 십 초를 받아낼 수 있을지 모르겠다."

그래서 내가 말했다.

"아버지의 전력을 다한 십 초를 받아낼 정도면 전혀 헛소문만은 아닌 것 같군요."

그랬더니 아버지가 어이없다며 웃었다.

"허허허! 네가 뭘 잘못 알았구나. 내가 신협의 십 초를 못 받아낸단 말이다."

어이없는 건 나였다. 아버지가 누군데, 천하에 누가 있어 아버지를 십초 만에 이길 수 있단 말인가?

그런데……

"오 초 정도는 견딜 수 있을 것 같은데……."

나는 아버지의 말에 대해 이해하기를 포기해 버렸다.

저 앞에 그 사람이 오고 있다. 큰 키, 비쩍 말라 보이는 몸, 어느 한 구석도 강해 보이지 않는 자다. 그런데 왜 손에서 땀이 나는 거지? 젠

장, 내가 언제부터 소문에 연연하며 살았다고.

사마진의 눈이 진고영만을 쳐다보고 있자 사마충인의 이마가 가볍게 찌푸려졌다.
"홍! 네 눈에는 숙부는 보이지도 않는가 보구나?"
'헛!'
"진이가 작은 숙부를 뵙습니다."
"엎드려 절 받는다는 말이 무슨 뜻인 줄 알겠군."
장난스럽게 입꼬리를 올리며 하는 말에 사마진은 등에 진땀이 배었다. 그때 사마충인의 전음이 귓전을 울렸다.
"너, 엉뚱한 생각 마라. 충고하는데, 쓸데없는 자존심 세우려다 코 부러지면 나 책임 못 진다."
역시 첩검단주다운 칼 같은 눈치다. 아무래도 오늘은 힘들 것 같다.
사마진의 몸이 움찔거리자 사마충인이 다시 소리쳤다.
"너, 정말 왜 이러냐? 어른들이 즐비하니 계시는데! 철검산장 망신 줄 일 있느냐?"
"아! 사마진이……."
다급히 포권을 취하며 허리를 숙이는데, 이런! 누가 누구지? 에라, 모르겠다.
"…어르신들께 인사드립니다."
천하제일눈치 위경리가 속으로 코웃음 쳤다.
'자식이 그래도 임기응변은 뛰어나는구만.'
"나, 위경리다. 오느라 수고 많았다."
'헛! 저 중년인이 장절?

과연 소문대로 싱싱한 껍데기를 걸쳤다. 한데 그만 놀라는 바람에 깜박 제대로 인사한다는 것을 잊어버렸다.

사마진이 어정쩡하니 있자 연부경이 웃으며 입을 열었다.

"난 연부경이라 하네."

"천중일기 연 노선배님을 뵙게 돼서 영광입니다!"

위경리의 눈초리가 매섭게 올라갔다.

'저 자식이 사람 차별을?!'

그때 육정기가 앞으로 나섰다. 그리고 큰 소리로 말했다.

"난! 육정기라 한다!"

부라리는 눈이 금방이라도 뭔 일을 저지를 것만 같다. 사마진은 크게 외쳤다.

"마개 육 선배님을 뵙게 돼서 영광입니다!"

흐뭇한 웃음을 지으며 육정기는 위경리를 돌아다봤다. 어떻수? 하는 표정으로.

일그러지는 위경리의 표정에 사마진은 어리둥절해졌다. 그가 어찌 알리오, 오늘의 일을 두고두고 후회하게 될 줄을.

유지화나 궁무진 등 다른 사람들은 담담히 인사를 나눴다. 그리고…

"진고영이라 합니다."

조용한 음성, 그러나 귀에 못이 박히듯이 틀어박힌다. 사마진의 눈에 열기가 서렸다.

"사마진입니다."

한없이 빨려 들어갈 것 같은 눈이 코앞에 있다.

'지금은 아니지만 언제고……'

그때였다. 사마진은 자신도 모르게 다리가 휘청이며 중심이 흔들리는 것만 같았다.

'엇?'

진고영의 눈을 계속 직시하자 마치 무저의 심해에 가라앉은 것 같은 느낌이 들면서 일어난 일이었다.

다행히 그의 곤혹스런 상황을 구해준 것은 척천단주 가등위였다.

"진 공자, 오랜만이오!"

일전에 한 번 비무를 해본 가등위에겐 그날의 패배가 보약이 되었다. 자신을 가로막고 있던 벽이 그날 이후 뚫렸으니까.

"예, 오랜만입니다. 가 단주님, 오시느라 수고하셨습니다."

"하하하! 진 공자를 만난다는 생각에 밤잠을 못 잘 지경이었소."

가등위의 너털웃음에 골난 위경리가 끼어들었다.

"시답잖은 소리 그만 하고 들어가자구."

그렇게 폭풍이 몰아치는 강호의 상황 속에서 한줄기 바람이 철한장에 안착했다.

이틀 뒤.

탕! 탕! 탕!

"아무도 없소?"

누군가가 철한장의 대문을 두드렸다.

새털구름을 이고 하늘을 날던 참새 한 마리가 무슨 일인가 하고 내려다본다.

젊은 도인이었다. 그 뒤로는 아홉 명의 도인이 조금 초조한 표정으로 조용히 서 있었다.

"사람이 없나? 이상하군. 분명 철한장이 맞는데……."

문을 두드린 젊은 도인의 중얼거림에 뒤에서 고요히 서 있던 중년의 도인이 고개를 들어 장원의 현판을 올려다봤다.

"무량수불. 너무 급하게 생각하지 말고 한 번 더 두드려 보거라."

"예, 시숙."

허진 도장의 말에 청은은 다시 대문을 두드리며 소리를 질렀다.

탕! 탕!

"아무도……!"

그때였다.

덜컹! 빗장이 풀리는 소리와 함께 커다란 대문이 열리고 삼십 초반의 장한이 나오더니 포권을 취한다.

"철한장의 위사장 등평이라 하오이다. 무당의 제자 분들께서 어인 일로 저희 철한장을 찾으셨는지요."

허진의 표정이 가볍게 변했다.

자신들을 보자마자 무당의 제자라 칭한다는 것은 벌써부터 자신들을 주시하고 있었단 말이다. 철한장이 철검산장의 전초 기지와 같다는 말은 들었는데, 그 말이 사실임에 분명한 것 같았다.

"무량수불. 본도는 무당의 허진이라 하오. 진 도우께 물어볼 것이 있어 만나러 왔소이다."

"진고영 대협 말씀이십니까?"

"그렇소."

"음… 일단 안으로 드셔서 잠시만 기다리시겠습니까? 안에 기별을 넣겠습니다."

진고영은 입가에 가는 웃음을 머금고 두 사람의 수다를 즐겁게 듣고 있었다. 사실 어쩌다 한마디씩 하는 것을 수다라 하기에는 좀 그렇지만, 하루에 몇 마디 하지 않던 며칠 전에 비하면 확실히 수다는 수다였다.

"동생은 무슨 색을 좋아해?"

"노란색이요. 언니는요?"

"나는 하늘색이 좋아. 깨끗해 보이잖아."

"언니의 마음이 맑아서 그럴 거예요."

"피이, 나보다 동생 마음이 더 깨끗할 거야. 사람들이 괜히 신녀라 부르겠어?"

"아니에요. 아마 언니가 호남에 있었으면 사람들은 언니를 신녀라 불렀을 텐데요, 뭐."

"호호호……."

도란도란…….

유옥하가 설유화의 마음을 다독이려 옆에 붙어 있다시피 한 지도 삼일이 되었다. 쉽게 풀어질 것 같지 않았던 가슴의 응어리가 조금씩 풀리기 시작한 것은 오늘 아침부터였다.

아침 식사 때, 유옥하가 설유화를 위해 직접 음식을 만들어 가지고 왔다. 어쩐지 어제 어떤 음식을 좋아하냐고 집요하게 캐묻더라니…….

진고영까지 초대된 식사는 오랜만에 포식을 할 정도로 맛이 있었다.

유옥하의 음식 솜씨가 좋다는 유지화의 말이, 그저 자식 자랑하기 좋아하는 아버지의 말로만 들렸었다. 고슴도치도 제 새끼는 예쁘다고 한다 하지를 않던가. 한데 유지화는 결코 고슴도치가 아니었고, 유옥하의 음식 솜씨는 사람의 감정까지도 움직일 수 있을 정도로 훌륭했다.

식사가 끝나고 차를 마시며 이어진 대화가 두 시진을 넘어서자 설유화의 표정에 맺혔던 서글픔, 고통, 괴로움들이 조금씩 걷혀지고 있는 것이다.

평온한 마음으로 두 여인의 종알거림을 듣고 있을 때였다. 밖에서 누군가가 진고영을 불렀다.

"진 대협, 계시는지요?"

무슨 일이지?

"예, 무슨 일입니까?"

"객당에 무당의 도인들이 진 대협 뵙기를 청하고 있습니다."

무당의 도인들? 순간, 진고영은 가슴을 헤집고 지나가는 싸늘한 바람이 느껴졌다.

'혹시?'

굳어진 얼굴로 일어서는 진고영을 보던 유옥하의 표정도 굳어졌다. 어지간한 일로는 표정이 변하지 않을 사람이 저 사람이다. 한데 저토록 굳어진 표정이라니.

진고영은 유옥하와 설유화를 향해 가볍게 고개를 숙이며 말했다.

"즐겁게 이야기들 나누고 계시오. 잠시 나가보겠소."

"그러세요."

객당으로 나가자 진고영의 눈에 들어온 광경은 참으로 가관이었다.

두 사람이 객당 앞 공터에서 다리 잘린 풍뎅이마냥 빙빙 돌고 있었다. 무요자와 위경리. 공인된 두 말썽꾸러기다. 한 사람은 무당에서, 한 사람은 전 강호에서…….

위경리의 번쩍거리는 눈빛이 금방이라도 상대를 잡아먹을 것처럼 빛난다.

"네가 웬일?"

"내 발로 내가 어디를 가든, 네놈이 뭔 상관이냐?"

무요자가 한 치도 물러서지 않고 대답한다.

"무당에서 늙어 죽겠다는 놈이 속세에 뭐 하러 발을 디딘단 말이냐?"

"일이 있으면 나올 수도 있는 것 아니냐? 그리고 죽는 것은 무당에서 죽을 것이니 내 말이 틀린 것도 아니지 않느냐?"

"이십 년 전에는 왜 그렇게 하지 못했는데?"

"그땐…… 후, 제기랄! 내가 전에 말했잖아!"

"사문의 명으로 일대제자는 산문 밖으로 못 나가게 했다구?"

"그려!"

"그래서 친구가 죽어가는데 모른 체했다구?"

"끙…….."

"친구보다는 사문이 중요하단 놈 말을 어떻게 믿냐?"

두 사람의 언쟁을 지켜보던 허진이 안 되겠는지 앞으로 나섰다.

"위 선배님……."

"넌 나서지 마!"

느닷없이 무요자가 빽 소리쳤다. 하지만 허진의 말은 계속됐다.

"그때는 사문의 명을 어기면 무공을 폐한다는 태극령이 떨어져 있던 때입니다."

"나서지 말라니까!"

위경리의 걸음이 멈추고, 이마에 골이 깊게 파였다.

무요자와 그는 어린 시절을 함께 보낸 죽마고우였다. 그리고 또 하나의 친구가 있었다. 비록 지금은 죽고 없지만.

그 친구가 죽어가기 전 자신에게 도움을 청했다. 만사를 제쳐 놓고 달려갔다. 가면서 무당에 기별을 넣어 무요자에게 달려오라 해놓고.

그런데 무요자는 오지를 않았다. 결국 악전고투 끝에 적을 물리치기는 했지만 친구는 죽고 말았다. 무요자만 왔어도 살 수 있었을 텐데.

그 이후, 위경리는 무요자와의 정을 끊고 담을 쌓고 지낸 것이다.

그런데 태극령이 떨어져 있던 때라면……. 이야기가 조금 달라진다.

"정말이냐?"

"그래……. 가고 싶어도… 무공을 폐하고 가면 무슨 도움이 되겠냐. 상청궁에 모두가 모여 있어야 했으니 도망갈 수도 없었고……."

한참 만에 위경리의 입에서 비틀린 말이 튀어나왔다.

"썩을 놈……. 진작 말하지 왜 숨겨?"

휙 몸을 돌리는 위경리의 눈이 잘게 떨렸다.

"에잉. 진 아우 왔으니 볼일 봐라!"

휙휙 걸어가는 위경리의 뒷모습이 어쩐지 힘이 없어 보인다. 그때, 진고영은 언뜻 볼 수 있었다. 위경리의 떨리는 눈에 이슬이 한 방울 맺혀 있는 것을.

"그게 사실입니까?"

진고영의 눈이 깊게 가라앉았다. 설마 했던 우려하던 일이 벌어진 것이다.

"사실이오. 진 도우 말대로 좀 더 경비를 철저히 했어야 하거늘."

허진의 낮게 깔린 침울한 말에 옆에 있던 무요자가 궁금해 죽겠다는 표정으로 진고영을 바라보았다.

"그게 그렇게 중요한 물건인가?"

"으음… 제가 아는 한은……. 곧 알게 될 것입니다."

"무슨 말인가?"

"제가 생각하는 사람의 손으로 들어갔다면……. 그는 곧 그 물건을 세상에 드러내게 될 것입니다."

"응? 누구인지를 안단 말인가?"

무요자를 비롯해 허진 등 무당 제자들의 눈이 놀람을 담고 크게 뜨였다. 그러자 진고영의 고개가 천천히 끄덕여졌다.

"제 생각이 맞는다면……."

꿀꺽! 무요자의 목에서 침 넘어가는 소리가 천둥소리처럼 들렸다.

"그 물건은…… 혁련유천에게 넘어갔을 것입니다."

쩍 벌어진 무요자의 입에서 끝내 한줄기 끈적한 침이… 후르륵! 떨어지려다 다시 빨려 들어갔다.

허진의 격동하는 눈이 불신의 표정을 담고 진고영을 쳐다본다.

"아무리… 혁련유천이 마도에 물들었다 해도 감히 본 파의 제자들을 죽이면서까지……."

진고영의 눈이 허진의 두 눈에 틀어박혔다.

"그는 더한 짓도 할 수 있는 자입니다."

"허…… 그것참."

"우리는 백령곡에서 많은 것을 봤습니다."

"백령곡?"

조용히 듣고만 있던 허양이 의아한 듯 반문했다.

"악마들의 대지지요, 백령곡은……."

진고영의 잔잔한 설명에 믿을 수 없다는 표정을 짓고 있던 허진이 눈을 감으며 도호를 외웠다.

"무량수불. 무량수불. 어찌 그런 곳이 있을 수가……."

심지어 무요자는 벙찐 얼굴로 진고영을 빤히 바라본다. 그렇게 반신 반의한 도인들이 멍하니 있을 때였다.

"삼악지는 아시겠지요?"

밖에서 한 사람이 들어오며 암울한 고요를 깨뜨렸다. 유지화였다.

"삼악지? 악마들의 요람, 삼악지 말인가?"

벌떡 일어선 무요자는 경악을 넘어서 몸을 부들부들 떨었다. 눈에서 는 신광이 번쩍이며 쏟아진다.

허진과 허양의 표정도 다르지 않다. 하지만 젊은 도인들은 영문을 몰라 세 사람만을 바라볼 뿐.

유지화의 말이 무겁게 이어졌다.

"천은산장의 뒤, 백령곡에 삼악지가 있습니다."

"맙소사!!"

털썩 주저앉은 무요자의 입에서 끝내 절망적인 한마디가 잇새로 새 어 나왔다.

"전설이 사실이란 말인가. 아수라의 전설이……. 허진… 본산에 전 서를 띄워라."

2

수많은 풍문이 강호를 질타했다.

그중 두 가지 이야기는 강호를 뒤흔들기에 조금도 부족함이 없었으니, 하나는 무검단이 흑곡과 혈정곡을 쳤다는 이야기였고, 또 다른 하나는 최근 강호인들의 귀와 눈을 잡아맨 신협의 천은산장 침입 사건이었다.

무검단은 흑곡과 혈정곡을 치며 반수 가까운 이백 명의 인원을 잃었다고 한다. 마도 십문 중 두 곳을 치며 얻은 피해라 하기에는 그다지 많지 않은 듯 보였지만, 정예들이 빠져나간 곳을 치면서 입은 이백이란 피해는 결코 적은 손실이 아니었다.

더구나 그 일로 인해 혈왕궁이 들고일어났다.

아무런 죄도 없는 두 곳을 무림련이 전격적으로 친 것은 강호의 법도에 어긋나는 짓이라는 것이 이유였다.

그 말에 무림련은 코웃음을 쳤다.

그들이 혈정마단을 사용한 것만 봐도 죽어 마땅한 짓을 했다는 것이었다. 그러면서 정검단과 무천단을 창단할 것이니 뜻있는 무림의 협사들은 모두 동참하라는 격문을 천하 곳곳에 내다 붙였다.

금방이라도 정사대전이 일어날 것 같은 분위기가 강호를 휩쓸었다.

그에 비하면 천은산장의 사건은 매우 조용히 알려졌고, 소문도 조용히 퍼져 나갔다. 하지만 그 반응은 상상 이상으로 뜨거웠다.

그것은 대무당파가 앞장서서 조사하겠다는 백령곡에 대한 소문 때문이었다. 또한 대풍운보가 퍼뜨린 괴인들에 대한 소문 때문이었다.

피도 눈물도 없는 괴물들, 고통도 느끼지 못하고, 몸뚱이는 도검에도 베어지지 않는다는 괴물들.

강시일 거라는 주장과 특수한 약물에 의해 괴인이 됐을 거라는 주장이 팽팽히 맞섰다. 그러던 중, 과거에 혈풍을 일으켰던 봉황전의 기보에 대한 이야기가 알게 모르게 강호인들 사이에 퍼졌다.

결국, 어찌 되었든 천은산장이 마도에 물들어 괴인들을 만들었다는 주장에 힘이 실렸다.

그러나 호남성에서만큼은 그 어떤 것도 아닌, 단 한 가지 일로 인해 성 전체가 발칵 뒤집혀 버렸다.

천은신녀께서 산장을 떠나셨다!

왜 떠났나에 대한 추론이 수십 가지나 등장했다. 그중 가장 가능성이 큰 소문은, 천은대공이 마도에 물드는 바람에 신녀께서 대공의 마음을 돌리기 위해 눈물을 머금고 산장을 떠났을 거라는 소문이었다.

그러나 산들바람 같은 미풍이 아무도 느끼지 못하는 사이에 은근하게 호남성의 구석구석을 덮어가고 있었으니…….

천은대공 혁련유천은 신녀의 친아버지가 아니다. 오히려 신녀의 친아버지를 죽인 원수였다. 신녀가 그 사실을 알자 혁련유천이 신녀를 죽이려 했다. 그래서 신녀가 산장에서 도망친 것이다. 도제 장무담이 그 사실을 밝혀냈다.

호남성의 무인들 모두가 숨을 죽였다. 알 수 없는 두려움에 긴장을 늦추지 않고 사태의 추이를 지켜볼 뿐이었다. 마치 폭풍의 눈 한가운데에 서 있는 사람들처럼.

*　　　*　　　*

당금 강호에 몰아친 폭풍의 중심, 철한장은 고요함 속에 잠들어 있었다.

하지만 첩검전만은 대들보가 짓눌려 무너질 것 같은 무거운 기운이 흐르고 있었다. 호남에서 돌아온 지 보름, 강호를 뒤흔드는 소문들이 첩검전을 통해 전해오자 회의가 소집된 것이다.

침묵을 깨고 조용한 목소리가 울렸다. 유지화의 목소리였다.

"무림련은 동방 군사가 쓰러지자 자성의 목소리가 높아져 가고 있습니다. 련의 총단에서 암습을 당했다는 것에 강호의 동도들이 모두 분개하고 있는 상황입니다. 아마 이 일로 인해 각 대문파의 일대제자들이 나오지 않을 수 없을 것입니다."

사마충인이 나섰다.

"정검단과 무천단이 창단되면 곧 대대적인 싸움이 벌어질 것 같습니다. 가히 전쟁이라 불러도 될 만큼 말입니다."

장내가 다시 침묵의 바다에 빠졌다. 진한 혈향이 코끝을 스치고 지나가는 것만 같았다. 유지화가 다시 입을 열었다.

"문제는 혈왕궁이 가만히 앉아서 당하고 있지만은 않을 거라는 사실입니다."

"그들의 움직임을 예상해 본다면?"

위경리가 의자에 깊숙이 몸을 묻고 물었다. 그러자 유지화가 말을 잇는다.

"저라면… 역습을 할 것입니다. 혈왕궁은 뭉쳐 있고, 무림련의 주축인 구파일방이나 오대세가들은 퍼져 있습니다. 어느 곳이든 쉽게 공격

당할 수 있지요. 두어 곳만 친다 해도 각 문파들은 흔들리지 않을 수 없습니다. 본산이 언제 공격당할지 모르는데 무림련에 모여서 훗날을 기약하고 있을 수만은 없지 않겠습니까? 어지간한 각오가 아니라면 무림련은 많은 피해를 입을 수밖에 없는 상황입니다."

방 안을 맴돌던 바람이 무게를 이기지 못하고 주저앉았다.

고개를 숙인 채 이마를 잔뜩 찌푸리고 있던 무요자가 그답지 않게 신중하게 입을 열었다.

"무림련은 그리 약하지 않소. 또한 구대문파나 오대세가도 쉽게 당할 정도는 아니오. 그들이 본산을 친다면 그들도 많은 피해를 감수해야 할 것이오. 그들이 그리하려 생각했다면 어째서 지금까지 가만히 있었겠소?"

"무언가 꿍꿍이속이 있었겠지요. 천은산장이 웅크리고 있는 것처럼 말입니다. 일전의 혈사령과 빙혼마령수 역수양 정도의 힘만 있어도 일개 문파에는 엄청난 피해를 줄 수 있을 것입니다. 그것만으로도 효과는 충분할 것입니다."

점점 무겁게 변하는 분위기가 맘에 안 들었던지 육정기가 일어서며 소리쳤다.

"너무 비관적으로만 생각하지 맙시다! 설마 무림련이 그렇게 약하게 나가떨어지겠습니까? 그리고… 우리에겐 혈왕궁보다 천은산장이 더 문제 아니오?"

위경리가 뜨악한 표정으로 육정기를 올려다본다.

"그놈, 첨으로 옳은 소리 하는 것 같네."

으쓱, 어깨가 올라가는 육정기를 보던 진고영이 묵묵히 고개를 끄덕인다.

“육 노형님의 말씀이 옳습니다. 일단은 하나하나 풀어가도록 합시다.”

헤벌쭉, 오랜만에 한 건 올린 육정기의 입이 한껏 벌어졌다. 그리고.

“그런 기분으로 우리… 술이라도 한잔하면서 합시다!”

한마디에 위경리도 고개를 끄덕였다.

“그럼 그렇지. 난 또 내일은 해가 서쪽에서 뜨는 줄 알았네……. 앉아!”

‘조또……. 너무 기분들이 가라앉았으니 술 한잔하면서 하자는 말이 뭐가 어때서?’

도대체가 이해할 수 없는 육정기였다.

“험! 험!”

분위기가 어색해지자 유지화가 헛기침을 터뜨리며 입을 열었다.

“혹시 장 노선배님의 소식은 없습니까?”

사마충인이 곤혹스런 표정으로 대답했다.

“그게… 이상합니다. 분명 천은산장을 무사히 빠져나오신 것 같은데… 행방이 묘연합니다. 다만…….”

모두의 눈이 사마충인에게로 향했다. 조금이라도 늦게 말하면 눈빛으로 입을 꿰매 버리겠다는 듯이.

“호남에서 퍼지고 있는 소문이 너무 상세합니다. 저희는 그것이 장 노선배가 이끄는 세력이 퍼뜨리는 소문이 아닌가 합니다.”

유지화가 끄덕끄덕.

“가능성이 있습니다. 한곳에 모여 있는 것보다 그게 더 효과적일 거라 생각하신 듯합니다. 그리고 실제로 효과를 보고 있고 말입니다. 지금 호남은 두 세력으로 갈리고 있는 상황입니다. 상당히 고무적인 일입니다."

"그렇다 해도 천은산장에 반하는 세력도 방관만 할 뿐입니다. 결코 천은산장과 싸우려 하지는 않을 것입니다."

"그 정도만 해도 적지 않은 도움이 됩니다. 심리적으로 천은산장의 일반 무사들이 흔들리지 않을 수 없을 테니까요."

"그건 그렇습니다만……."

"문제는 대풍운보가 합세한다 가정한 상황에서도 승리를 장담할 수 없다는 것입니다. 더 많은 고수들이 필요합니다."

"대체 얼마나……."

절레절레 고개를 젓는 연부경의 마음이 모두의 마음이었다.

"저들은 수성이고 우리는 공성입니다. 적어도 적들에 비해 두 배의 힘이 있어야 합니다."

암담한 현실이었다.

"그래야 피해를 최소화할 수 있습니다. 저들을 이긴다 해도 우리의 피해가 막대하다면 그것은 승리라 할 수 없습니다. 더구나 수라마고가 저들의 손에 들어간 이상은."

무겁게 짓누르는 진고영의 말에 위경리가 머리를 모로 꼬고는 물었다.

"그거… 뭐에 쓸려고 하는 걸까?"

수라마고를 말하는 것일 것이다. 하지만 아무도 그걸 모르니 답답할 뿐이다. 오직 진고영만이 조금이나마 짐작할 뿐.

"할아버지가 계실 만한 곳을 한 곳 알고 있어요."

진고영이 조용히 생각에 잠긴 채 창밖을 바라보고 있을 때였다. 설유화가 급히 방으로 찾아왔다. 그녀가 머뭇거리며 한 첫 이야기가 장무담의 소재에 대한 이야기였다.

"할아버지가 전에 하신 말씀이 있어요. 친한 친구가 한 명 있는데 혹시라도 산장을 떠나게 된다면 할아버지는 그 친구를 찾아갈 거라 하셨지요. 천계산 용운곡에 있는 자그마한 장원이라 하셨어요."

"유화 소저……."

"아무에게도 말하지 말고 찾아오라 하셨지요. 친구 분이 워낙 번거로운 것을 싫어하셔서 여러 사람이 몰려오면 할아버지까지 쫓겨난다구요. 지금 생각해 보니 저 혼자만 알고 있으라는 말이었던 것 같아요."

속삭이듯이 작은 목소리로 말하는 설유화의 두 눈에는 옅은 안개가 끼어 있었다.

"아무래도…… 가봐야 할까 봐요."

"소저, 너무 위험합니다. 지금 천은산장의 모든 정보망이 이곳을 향해 신경을 곤두세우고 있습니다. 소저가 장원을 떠나면 저들 역시 무슨 수를 써서라도 소저를 데려가려 할 겁니다."

"하지만……."

"장 노선배에 대한 것은 다른 사람들을 통해 알아보도록 하겠습니다. 소저의 말대로 그분이 그곳에 있다면, 어떻게 해서든 만나뵐 수 있도록 하겠습니다."

"진 공자……."

유화의 어깨가 가늘게 떨린다. 두 눈에는 안개가 뭉쳐 이슬이 되어 가고 있었다. 진고영은 차마 그녀를 직시하지 못한 채 말을 이어나갔다.

"저는 표현이 서툽니다. 그래서 하고 싶은 말도 제대로 못하지요.

오죽하면 우 형이 숙맥이라고 하겠습니까. 하지만 한 가지만은 말씀드릴 수 있습니다. 저는 유화 소저가 위험에 처하는 것을 더 이상은 볼 수 없습니다. 유화 소저가 가슴 아파하는 것을 보면 저도 가슴이 아픕니다. 그렇다고 무작정 혼자 행동할 수도 없습니다. 제 옆에는 많은 사람들이 함께 있기 때문이지요. 형제처럼, 숙부처럼, 친구처럼……."

독백 같은 말이 조용히 방 안을 흐르다 멈추자, 눈에 맺힌 이슬은 아랑곳하지 않고 설유화의 붉은 입술이 열렸다.

"말…… 잘하시는데요……."

어색한 진고영의 표정이 몰래 석류를 따먹다 들킨 어린아이처럼 어쩔 줄을 모른다. 그러자 설유화가 머뭇거리며 말을 이었다.

"저…… 한 가지 부탁해도 될까요?"

"예, 뭐라도……."

이미 엎질러진 물이다. 주워 담을 수도 없는 상황. 어쩌면 잘된 일인지도. 마음속에 간직하고만 있기에는 너무 버거웠던 참이었으니까.

벌어진 석류처럼 붉은 입술 속에서 박꽃 같은 하얀 이가 살짝 모습을 비춘다.

"저도…… 진 공자 옆에 있으면… 그분들처럼 생각해 주실 건가요?"

쾅!

진고영은 머리 속에서 폭죽이 터지는 소리가 들리는 것만 같았다. 가슴이 벌렁거려 입이 열리지가 않았다. 무슨 말을 하긴 해야 하는데 이놈의 몸이 말을 듣지 않는 것이다. 자신도 왜 그러는지 알 수가 없었다.

"그… 그……."

미칠 지경이다. 자신이 바보라는 것을 처음으로 자각한 어린아이가 되어버렸다.

진고영은 우형욱의 말을 인정하지 않을 수가 없었다.

천하제일숙맥…….

설유화의 고개가 천천히 수그러진다.

"역시…… 저는 안 되겠죠?"

서서히 돌아서는 설유화의 어깨가 천장 심해까지 늘어지는 것처럼 느껴진다.

"죄송해요. 공연히 부담만 드려서……."

옮겨가는 발걸음 소리가 진고영의 고막을 찢을 듯이 울린다. 한 걸음, 두 걸음…….

안 돼! 가지 마오! 제발 가지 마시오! 나는 당신을…… 유화! 당신을…….

"사랑한단 말이오!!"

느닷없이 막힌 둑이 터지더니 거대한 물줄기가 쏟아져 내렸다.

"처음 보았던 그날부터! 오늘, 지금까지! 한시도 잊지 않았소! 앞으로도 영원히… 영원히 잊지 못할 것이오!"

"……."

"당신이 받아주든, 받아주지 않든, 나의 마음은 변함이 없을 것이오! …유화! 당신을 사랑하오!!"

"……."

처음에는 가늘게, 진고영의 말이 끝났을 때는 거센 물결에 흔들리는 연꽃처럼, 설유화의 전신이 떨고 있었다. 손끝, 발끝, 심지어 머리카락의 끝까지.

어렵게 어렵게, 그녀가 돌아설 때까지 진고영은 한마디도 더하지 못하고 그녀만 바라볼 뿐이었다. 마치 처분만 기다리는 어린양처럼.

"당신은… 거짓말을 못할 사람이에요. 얼굴이 붉어지는 사람은 거짓말을 하면 금방 티가 나거든요."

벌건 얼굴의 진고영을 바라보는 설유화의 눈에 웃음이 걸렸다. 그 눈에서 이슬이 맺혀 떨어진다.

"그런데… 그거 알아요?"

진고영의 다물어진 입이 열릴 줄을 모른다. 그저 '모든 걸 당신의 처분에 맡기겠소' 다.

"언젠가 제 눈에 한 사람이 어른거렸어요. 처음에는 그저 그러려니 했어요. 한데 도무지 잊혀지지가 않는 거예요. 나중에는 가슴 깊은 곳에 자리를 잡더군요. 그리고 가슴이 답답할 때나 외로움을 느낄 때면 그 사람이 삐죽이 얼굴을 내미는 거예요."

그녀가 한 걸음 다가왔다.

"그 사람 이름을 들을 때마다 웃음이 절로 나오고, 언제 외로웠냐는 듯 마음이 즐거워졌어요. 그러던 어느 날, 그 사람이 아버지와 아니, 아버지라 생각했던 사람과 사이가 좋지 않다는 것을 알았지요."

두 걸음… 세 걸음…….

"유화는 가슴이 무너지는 것 같았어요. 그래서 부처님께 빌었지요. 제발 그 사람과 천은산장이 싸우지 않게 해달라고. 하지만 부처님은 제 소원을 들어주시지 않았어요. 아마 이러한 일이 일어날 것을 미리 알고 있었나 봐요."

숨결이 느껴질 정도로 가까워진 그녀의 얼굴에선 흘러내린 눈물이 자욱만 남긴 채 말라가고 있었다.

“저는 사랑 하나를 잃었고, 사랑 하나를 얻었어요.”

그녀가 고개를 쳐들고 진고영의 붉어진 얼굴을 빤히 쳐다보았다.

“저는 슬퍼해야 할까요, 아니면 기뻐해야 할까요?”

그녀의 두 눈에서 다시 잔떨림이 일었다. 말라가던 눈물이 다시 뭉클 솟아오르고 있었다.

진고영은 설유화의 하얀 배꽃 같은 얼굴을 내려다보다가 자신도 모르게 그녀의 어깨를 움켜쥐었다. 그리고 천천히 자신의 가슴에 그녀의 얼굴을 품었다.

“당신은 잃은 것이 없소. 잃어버렸던 아버지를 찾았고, 어머니의 마음을 알게 됐소. 그리고 당신을 지켜줄 사랑 하나를 덤으로 얻었소. 그러니 당신은 슬퍼할 이유가 아무것도 없소, 유화⋯⋯.”

가만히 진고영의 가슴에 묻고 있던 얼굴을 든 설유화의 입에서 옅은 박하향이 피어났다.

“당신 말이 맞는 것⋯⋯. 흡!”

진고영은 자신이 무슨 짓을 하고 있는 줄도 몰랐다. 알아도 알고 싶지도 않았다. 설유화의 입에서 박하향이 피어나는 순간 이미 그의 정신은 그의 것이 아니었다.

머리 속에서 조금 전보다 더욱 강력한 폭죽이 터지더니 온통 세상이 하얗게 변해 버렸다. 가슴속에서는 거센 용암이 막을 수 없는 화산처럼 분출하고 있었다. 두 사람을 제외한 세상의 모든 것이 사라져 버렸다.

입이 막혀 버린 설유화는 진고영이 끌어안지 않았다면 바닥에 쓰러져 버렸을 것이다. 그녀의 머리 속에서도 꽃이 피어나고 있었다. 무슨 색인지 알 수도, 알고 싶지도 않았다. 그저 꼭 잡은 진고영의 어깨를 놓치지 않기 위해서 온 힘을 다할 뿐이었다.

영원히 떨어지지 않기 위해서…….

후원으로 들어서던 유옥하의 눈에서 눈물이 방울져 떨어진다. 그녀의 입가에는 씁쓸한 웃음이 걸려 있었다. 손에 든 찻주전자에 든 찻물이 식어가고 있건만 그녀는 발걸음을 옮길 수가 없었다.

'그런가요? 저는 그저 당신의 옆에 있다는 것만으로 만족해야 하는 건가요? 그래요……. 그 정도로만 만족할게요. 하지만… 그래도…… 그 정을 조금만이라도 저에게 남겨주세요……. 옥하는… 옥하는 조금만 있어도 행복할 수 있는 방법을 알거든요.'

조용히 눈물을 훔친 유옥하는 끝내 몸을 돌릴 수밖에 없었다. 차마 방 안에서 들리는 사랑 고백을 그대로 서서 들을 용기가 유옥하에게는 없었던 것이다. 그녀가 몸을 돌려 발걸음을 떼었을 때였다. 설유화의 목소리가 들릴 듯 말 듯 들린다.

"당신 말이 맞는……. 흡!"

'……?'

유옥하의 눈이 동그랗게 커졌다.

'어머, 설마?

머리 속에서 충격적인 그림이 그려졌다. 휘청, 멈칫하는 바람에 몸의 중심이 흔들렸다.

"앗!"

놀라는 소리조차 죽였거늘, 손에 들린 다반(茶盤)이 기울어지고, 주르륵 미끌린 찻잔이 끝내 앞으로 튕겨 나간다.

찻잔이 떨어지는 시간이 일각은 걸리는 것처럼 느껴진다. 찻잔을 잡아가는 손이 한없이 느리게만 느껴진다.

손가락 끝에 찻잔이 걸렸다.

'휴! 다행……. 헉!'

맙소사! 이번엔 찻주전자가 옆으로 넘어진다.

한 손에는 찻잔의 끝이 잡혀 있다. 손가락을 툭, 쳐서 찻잔을 이 장 밖 정원의 수풀 속으로 쳐내고, 찻주전자의 손잡이를 잡아갔다. 다른 손에 들린 나머지 다반과 남아 있는 두 개의 찻잔을 조심하고.

천만다행으로 주전자의 손잡이가 검지에 걸렸다. 식은땀이 흐르는 시간이 지나갔다. 한데…….

유옥하의 눈이 갑자기 더할 수없이 커져 간다.

'아, 아, 안 돼!!'

이 장 밖으로 튕겨져 나간 찻잔이 떨어지는 곳. 오오!! 그곳에 커다란 정원석이 찻잔을 품에 안으려는 듯 당당히 버티고 서 있는 것이 아닌가. 그것은 순간이었다. 막을 수 없는 찻잔의 운명(?)이었다.

쨍그랑!!

정원석에 부딪치며 비산하는 찻잔의 파편에 눈부신 태양 빛이 반사되어 흩날린다.

덜컹!

진고영의 방문이 열렸다. 벌게져 어쩔 줄 모르는 얼굴의 진고영, 복사꽃처럼 환하게 핀 설유화의 얼굴.

정원을 향해 뻗은 손을 황급히 거둔 유옥하가 정신없이 입을 열었다.

"그, 그게…… 고의로 그런 게 아니에요!"

진고영과 설유화의 얼굴에선 아직도 아무런 반응이 없다.

"그냥 돌아가려는데 찻잔이……."

찻잔이 어쨌단 말인가. 저 혼자 날아가 정원석을 들이받기라도 했다는 말인가?

유옥하는 울고만 싶은 심정이었다. 그리고 들려온 진고영의 한마디에 유옥하는 끝내 울음을 터뜨렸다.

"손은 괜찮소?"

"예? …예……. 으앙!"

무슨 말을 하랴. 그저 부끄러워 말문이 열리지 않는데.

순간 한 마리 배추꽃 위를 나는 노랑나비처럼 설유화의 신형이 유옥하를 향해 날아오더니, 나비의 노랑 날개가 유옥하의 떨리는 어깨를 감싸 안았다.

"언니, 미안해요……."

눈물이 그렁그렁 맺힌 유옥하의 고개가 들린다.

"정말… 미안해요."

"아냐… 내가 눈치도 없이……. 흑흑!"

두 여인의 감싸 안은 모습을 바라보던 진고영의 고개가 두개산의 푸른 숲 쪽으로 돌려졌다. 머쓱한 표정을 감추려고.

자신에게 이런 날이 있으리라고 어찌 꿈에나 생각했을까.

'후우……. 이거 뭐라 해야 하나. 우 형에게 물어볼까? 아니지, 사마 형이 나으려나?'

참으로 난감한 일이었다. 누가 좋을까…….

그때 구원자가 나타났다.

"형님, 회의가 있다고 오시랍니다!"

임수행이었다. 그리고 또 하나가 해결됐다.

‘그렇군. 수행이에게 물어봐야겠다.’

"알았다! 수행, 나중에 잠깐 나 좀 보자!"

크게만 느껴졌던 대전이 꽉 찬 느낌이 들 정도다.

특별히 상석도 하석도 없는 대전의 거대한 탁자를 가운데 두고 둘러앉은 사람들 면면이 능히 강호에 바람을 일으킬 만한 얼굴들이었다.

어찌 그러지 않을까. 사괴가 있고 육기 칠절이 있다. 게다가 십팔마까지. 강호의 세력 중에서도 막강하기 그지없는 철검산장에 대풍운보의 백리웅천이 버티고 있다. 그리고 그들의 위에 우뚝 선 신협이 있다.

어느 누가 봐도 이해할 수 없는 조합이 신협이라는 이름 아래 뭉쳐 있었다.

한쪽에서 참관이 허락되어 자리에 앉아 있던 허진 도장은 그저 놀라울 뿐이었다. 강호의 누구도 느끼지 못하는 사이에 이곳 철한장에 태풍의 핵이 자리잡고 있음을 느끼고 있는 것이다. 그것도 거대한 태풍이.

허진 도장의 놀라움을 제쳐 두고 자리에서 일어난 유지화가 입을 열었다. 육중한 음성이 장내에 울려 퍼진다.

"최근의 강호 정세에 대해 여러분도 들어 알고 있을 것입니다. 강북은 혈왕궁과 무림련의 싸움이 본격적인 전면전으로 치닫고 있고, 강남은 천은산장을 둘러싸고 우리 철한장과 대풍운보가 대치하고 있는 국면입니다. 그야말로 혼돈강호라 할 수 있을 겁니다."

유지화는 잠시 말을 멈추고 둘러앉은 사람들을 바라보았다. 모두가 자신만을 바라볼 뿐 침묵의 바다에 빠진 것처럼 고요 속에 잠겨 있었다.

"그런데 문제가 하나 생겼습니다."

의혹에 찬 눈길들.

"무당에서 하나의 기보를 잃어버린 것에 대해서 들으셨을 겁니다."

하나같이 끄덕끄덕.

"일명 수라마고라 불리는 것입니다. 한데 그 물건이 천은산장으로 넘어간 것이 거의 확실시되고 있습니다."

도저히 못 참겠는지 육정기가 물었다.

"그런 물건 하나가 과연 전체적인 상황에 문제를 일으킬 정도로 중요하단 말이오?"

"때로는…… 그렇습니다. 하나만 예를 들어보지요."

유지화의 눈이 육정기의 사자 같은 눈을 직시했다.

"무림련이 곤욕을 치른 이유가 뭡니까? 혈정마단! 그 혈정마단 하나 때문에 수백의 희생이 더해졌습니다. 그러고도 공격을 주저하게 만들고 있습니다. 더 강한 무인들이 속속들이 본 문에서 파견 나오고 있습니다. 육 대협이 보기에 혈정마단 몇 알이 무림련에 문제를 안겨주었습니까, 아닙니까?"

육정기의 얼굴이 벌겋게 달아오르더니 고개가 끄덕여지고.

"썩을 놈들! 그런 걸 왜 만들어?"

무안한지 한마디 내뱉는 걸 빼놓지 않는다. 그러자 유지화가 회심의 결정타를 날렸다.

"진 공자는 수라마고가 혈정마단보다 훨씬 위험한 물건이라고 생각하고 있습니다. 육. 대. 협!"

육정기의 눈이 휘둥그레졌다. 그에게 진고영의 말은 곧 법이었다.

"엉? 그럼 진작 말하시지! 진 아우가 그리 말했으면 문제긴 문제고만! 험. 험."

어이가 없는지 위경리가 혀를 찼다. 끌끌, 쯔쯔쯔.

"글게 항상 내가 말허잖냐. 가만있으면 중간은 간다고, 이 곰 같은 육가야!"

"형님이나 좀 가만있으슈. 험. 근데 유 장주, 그거⋯ 수라마곤지 뭔지 그거 어따 쓰는 거유?"

혀를 차며 째려보던 위경리의 표정이 굳어졌다.

갑자기 어수선하던 실내가 또다시 침묵에 잠겨들었다.

그렇다. 말도 많고 탈도 많은 조그마한 북이 도대체 어디에 쓰이는 걸까.

이십여 명의 눈빛이 한곳으로 향했다. 진고영에게로.

수라마고에 대한 것은 짐작뿐이다. 아직 정확한 것은 아니다. 그러나 이제는 그것이나마 알려야 할 때이다. 그래야 상황이 닥치면 어떤 준비라도 할 수 있을 테니까.

진고영이 천천히 몸을 일으키자 진고영을 보는 눈들도 위로 올라간다. 진고영의 눈이 조용히 사위를 쓸어보자 눈빛이 마주친 자들 중 몇은 빙그레 웃는다. 몇은 움찔거린다. 몇은 경외감이 담긴 눈으로 마주본다.

그런 가운데 진고영의 입이 천천히 열렸다.

"여기 계신 분들 중에서는 저와 함께 천은산장에 잠입해 들어갔던 분들도 계시고, 옆에서 저희를 도와주셨던 분들도 계십니다. 또한 천은산장에 대해서 잘 모르는 분들도 계십니다."

각기 다른 반응들이다. 흥분, 두려움, 공포, 그리고 의아한 눈빛.

"천은산장의 무서움은 결코 겉으로 드러난 힘이 아닙니다. 알려지지 않은 힘, 숨겨져 있는 힘, 우리가 유의해야 할 것은 바로 그것입니다. 그 힘 중에 하나가 백령곡입니다."

"으음……."

위경리가 침음성을 발한다. 백령곡에 대해 잘 알지 못하는 자들은 의아한 눈으로 위경리를 쳐다봤다.

"저희는 백령곡에서 하마터면 큰 피해를 입을 뻔했습니다. 다행히 무사히 빠져나오긴 했습니다만 몇 분이 부상을 당했습니다. 그리고 저 역시 적지 않은 부상을 당해야 했습니다. 단지 염탐하는 과정에서 말입니다."

사람들의 눈이 휘둥그레졌다. 특히 진고영의 무위를 잘 아는 사람들은 경악의 표정을 감추지 않았다.

연부경이 침중한 표정으로 물었다.

"진정 진 공자가 감당하기 힘들 정도였단 말입니까?"

"그렇습니다. 제가 들어갔던 곳에는 두 사람이 있었습니다. 그 두 사람 중 하나라면 어떻게 해볼 수 있었습니다만 두 사람의 협공은 감당키 힘들었습니다. 특히 그곳의 마기는 저의 기운을 옭아맬 정도로 강했습니다."

"맙소사……."

위경리가 고개를 내둘렀다. 그는 안다, 진고영의 무공이 마공과는 상극이란 것을. 그런데도 감당 못할 마기라니…….

진고영이 계속 말을 이었다.

"거기에서 한 가지 이상한 것을 봤습니다. 청옥으로 된 관 속에 한 사람이 누워 있었습니다. 나이는 그리 많지 않아 보였는데, 죽은 사람은 아닌 듯했습니다. 그렇다고 강시나 그런 것도 아닌 듯 보였습니다.

괴기스런 광경에 의문만을 품고 나왔습니다만, 지금 생각해 보면, 그때 그 관을 부수지 않은 것이 몹시 후회가 됩니다.”

생각에 골몰하던 유지화가 진고영에게 물었다.

“그럼 진 공자는 그게 무엇인지 아신단 말입니까?”

“정확하지는 않습니다. 다만 수라마고에 비춰 생각하다 보니 오래전에 들었던 이야기가 하나 생각났을 뿐이지요.”

“일단 가능성에 대해선 뭐든지 생각해 봐야 합니다. 진 공자께서도 마음속에만 품지 말고 말씀을 하시기 바랍니다.”

“음… 알겠습니다.”

이마를 살짝 찌푸린 진고영이 눈을 반개한 채 생각에 잠겼다. 그리고 잠시, 느릿느릿 입을 떼는 진고영의 음성에 사람들은 가슴 깊은 곳에서부터 싸늘한 한기가 몰려옴을 느껴야만 했다.

“사부님께서 말씀하시길, 수라마고가 울리면 아수라가 현신한다 하셨습니다. 그분께서 천축을 여행하던 중에 들었다는 말이었습니다…….”

진고영이 우문현에게 물었다.

“사부님, 그럼 아수라가 정말로 있나요?”

우문현이 대답했다.

“그건 나도 모른다. 단지 내가 천축에 갔을 때였다. 바라문의 성자께서 말씀하시길, 아수라가 현신한다면 그것은 인간이 아수라를 만들었기 때문일 것이다, 하셨단다. 그분께선 인간이 신의 영역을 넘보기 위해서 아수라를 만들어낼 거라 하시더구나. 하지만 그 방법이 워낙 어렵고 조건이 너무나 까다롭기 때문에 불가능할 거라 하셨다.”

진고영이 고개를 갸웃거리며 다시 물었다.

"그럼 없다는 말이나 마찬가지 아닌가요?"

우문현이 평상시와 다르게 굳은 얼굴로 대답했다.

"그런데 그분께서 어느 날인가는 또 이런 말씀을 하시더구나. '만사, 만마, 만악의 대지에서 울리지 않는 북이 울리면 아수라가 깨어날 수도 있다' 고 말이다."

회상에 잠긴 채 말을 이어가던 진고영이 눈을 뜨더니 위경리와 연부경 등을 바라보았다. 천루동과 반혈동을 들어갔던 사람들을.

"처음에는 그 대상이 천루동의 마인인가, 아니면 반혈동의 마물들인가 했었습니다. 한데 가만히 생각해 보니, 아수라는 결코 여럿이 아닐 거라는 생각이 들었습니다. 불가능에 가까운 방법으로 그렇게 많은 아수라가 만들어진다는 것도 그렇고, 그들이 이미 활동하고 있는 걸로 봐서는 그들은 아수라가 아닐 거라는 생각입니다. 그렇다면 남은 것은 하나, 제가 들어갔던 동굴에 있던 청옥관, 그곳의 괴인이 필사적으로 막아서던 그 청옥관의 괴인. 오직 그것뿐입니다."

진고영의 말이 끝났다. 하지만 어느 누구도 입을 열지 않았다. 아니, 열 수가 없었다. 자신들도 모르게 등줄기를 타고 오르는 소름에 입이 떨어지지를 않는 것이다.

차 한 잔 마실 시간이 지나자 허진 도장이 힘겹게 입을 열었다.

"진 도우의 말씀은 잘 들었소이다. 한데 한 가지 물어볼 것이 있습니다."

"물어보시지요."

"다 아시는 이야깁니다만, 진 도우께선 장무담과 역수양, 그리고 귀왕 순우곤까지 꺾으신 걸로 압니다. 한데 말씀대로면 아수라라는 것이 그들보다도 더 위협이 된다는 말씀이신데, 과연 그 정도 힘을 지닌 괴물을 인위적으로 만들어내는 게 가능하다 생각하시는지……."

허진의 의문은 당연한 것이었다. 최소한 강호에 몸담고 있는 사람들이라면, 삼십삼천이라는 이름에 그만한 무게가 실려 있다는 것을 다 알고 있는 것이다.

하지만 그렇지 않은 사람들도 있었다. 그들에게는 그 어떤 것보다 진고영이라는 사람이 더욱 인간 같지 않게 보였다. 차라리 천 년 만에 환생한 무신이 진고영이라면 믿을까.

그중 한 사람, 위경리가 콧방귀를 뀌며 말했다.

"흥! 음마존이 뒈진 것은 왜 말 안 한다냐?"

허진을 비롯한 무당의 사람들과 사마진을 비롯한 철검산장의 고수들이 대경하며 소리쳤다.

"음마존 염천초가?"

"그가 죽었단 말입니까?"

"세상에!"

가만있을 육정기가 아니었다. 끝내 한마디 거든다. 그 역시 후자 중 한 사람이었다.

"위 형님! 왜 노적문이 삼 초 만에 졸도했다는 것은 뺍니까?"

그러자 위경리의 쌍심지가 역팔자를 그리며 올라갔다.

"안 죽었잖아!! 그리고 졸도했는지 어쨌는지 네가 봤냐? 봤어?"

멍하니 두 사람의 말을 듣던 무요자가 위경리를 향해 조심스럽게 입을 열었다.

"위가야, 노적문이면… 금안 노적문을 말하는 거냐? 아니면 다른……."

"이 호랑말코야! 노적문이 금왕 말고 또 있냐? 또 있어? 있으면 말해 봐!!"

"지, 진짜… 금왕 노적문?"

"이 말코가……. 내 말을 못 믿으면 뭐 하러 물어보냐?!"

놀라서 말할 기력도 없는지, 입을 다문 무요자의 시선이 어정쩡하니 서 있는 진고영을 향했다.

사실 그 이야기는 진고영이 얼마 전에야 말해 준 것이었다.

왠지 쑥스럽기도 했고, 몇 번 큰 싸움을 하다 보니 그러려니 한 측면도 있었다. 그러다 이틀 전, 천은산장에 대해 보다 정확한 것을 알아야 한다는 유지화의 말에 그날의 싸움을 이야기해 준 것이다. 그전만 해도 염천초와 금왕과의 싸움에서 다행히 빠져나왔다는 정도로만 알았다. 한 사람이라면 몰라도 적진에서 두 명의 절대고수를 상대한 일이었으니, 그것만 해도 진고영이 아니면 누구도 해낼 수 없는 일이었던 것이다. 그런데 진고영의 이야기대로라면, 그중 하나는 죽고, 하나는 크게 다쳤다는 내용이었으니… 당시 듣던 사람들이 진고영을 괴물처럼 생각한 것도 무리는 아니었다.

"운이 좋았을 뿐입니다."

진고영이 최대한 말을 가다듬고 말했지만 그 또한 씨도 먹히지 않았다.

"금왕이나 음마존을 운으로 이길 수 있다면 나는 혁련유천을 손가락으로도 이기겠네, 뭐."

위경리가 뚱한 표정으로 중얼거렸다.

이번에는 육정기도 가만히 있었다. 한쪽에서 우형욱도 존경의 눈초리로 위경리를 쳐다볼 뿐이다. 한데 위경리는 그것이 더 불안했다. 저 놈들이 웬일로… 였다.

그때 터져 나온 한마디.

"그럼 위 노선배가 혁련유천을 맡으면 되겠군요. 간단한 일이군요."

사마진이었다. 하도 기가 찬 말들이 쏟아지다 보니까 어이없던 차에 끼어들었다. 사마정은 형의 입을 제때 막지 못한 것이 자신의 잘못만 같았다. 창백한 안색으로 위경리와 사마진의 얼굴을 번갈아 보았다. 다행히 별다른 탈은 없을 듯… 했지만 아니올시다였다.

"사마양휘가 고생깨나 했겠다, 너 사람 만드느라고."

"노선배, 말씀이 너무……."

'어떻게 알았지? 내가 삼 년 폐관 한 이유를……'

위경리의 말에 사마진이 발끈하며 나서지만 위경리가 그런 걸 신경 쓸 리 만무하다.

"나중에 우는소리만 해봐라. 뜨거운 맛을 못 본 놈들이 꼭 끓는 물에 손을 담가보고서야 뜨겁다고 한단 말이야. 쯔쯔쯔……."

안 되겠는지 유지화가 나섰다.

"험험… 그만 하시고……. 중요한 것은 허진 도장님의 말씀대로 과연 아수라의 능력이 어느 정도이냐가 아니겠습니까?"

장내가 다시 조용해지자 진고영이 말을 잇는다.

"적어도… 혁련유천이 한 명 더 있다고 생각하시면 됩니다."

쿵!

천은산장을 조금이라도 아는 사람들은 가슴이 떨어지는 충격을 받았다.

천은산장을 모르는 사람은 조금 어리둥절한 가운데 진고영의 입을 쳐다본다.

무요자가 물었다.

"금왕과 비교한다면?"

"금왕이 둘은 있어야 혁련유천을 상대할 거라 생각합니다."

입이 쩍 벌어진 무요자가 어이없다는 투로 말했다.

"그걸 말이라 하시오? 당금 천하에 그런 고수가 어디 있단 말이오?"

쾅!

천우만이 탁자를 부서져라 내려치며 소리쳤다.

"이 말코야! 여태 뭐 들었냐? 그런 고수가 어디 있냐니? 네 눈앞에 있잖아! 눈에 껍질이 두 겹이냐?!"

어수선한 가운데 회의가 끝났다.

침중하게 굳어진 표정들이 결코 회의가 순탄치 못했음을 말해 주고 있었다.

그럴 수밖에 없었다. 믿는 사람과 믿지 않는 사람이 만나면 언제든 시끄러운 법이니까.

자금성을 보지도 못한 자들이 꼭 자기 집의 크기와 자금성을 비교하곤 하는 것이다.

"형님, 무슨 일로……."

임수행이 찾아왔다. 회의를 마치고 나가는 임수행에게 잠시 들르라 했더니 차 한 잔 마실 틈도 안 주고 들이닥친 것이다.

손에 든 차를 내려놓은 진고영이 천천히 입을 열었다.

"음… 뭐 좀 물어볼 일이 있네. 다른 사람에게는 차마 말하기가 좀 그래서…….”

　처음부터 차근차근 말했다. 입술 부딪친 것은 살짝 빼고, 그래도 획기적인 사건이었다. 임수행의 입이 함지박만하게 벌어졌다.

　“그래서…… 유 소저하고 설 소저하고 싸웠습니까?”

　“아니네. 싸운 건 아니고…….”

　“그럼 뭐가 문젭니까?”

　“그걸… 모르겠다는 거네…….”

　“…….”

　“아우는 홍 낭자의 마음을 어떻게 얻었나?”

　임수행의 얼굴이 벌게졌다.

　말을 안 했는데도 알고 있다. 고수는 눈치도 고순가 보다. 위 선배도 그렇고.

　“그냥…… 아무 말도 안 했습니다.”

　“아무 말도 안 했다? 음…….”

　잠시 고민에 잠겼던 진고영이 고개를 끄덕였다.

　“알았네.”

　뭘?

　“그냥 모르는 체하는 것이 나을 것 같군.”

　맙소사!

　“형님, 그래도 미안하단 말은 한마디 하시는 게…….”

　“음? 그럴… 까?”

　역시… 어쩔 수 없는…….

　장무담이 머무를 거라 생각되는 천계산 용운곡으로 무혼을 보냈다.

그라면 어떤 소식이든 가지고 오리라. 설유화도 그제야 안심이 되는지 얼굴에 화색이 돌았다.

유옥하는 두 사람을 놀려대는 데 재미가 붙었는지 만나기만 하면 입술을 내민다. 얼굴이 벌게지는 두 사람을 보는 것이 재미있나 보다. 그런데 어제부터 그녀는 입술을 내밀지 않았다. 이상하게 여긴 설유화가 진고영에게 넌지시 물어봤다.

그러자 진고영이 머뭇거리다 마지못해 대답을 했다.

"그게…… 미안하다고 말하러 갔다가… 입술을…… 뺏겼소. 말만으로는 용서가 안 된다면서 덮치는데…… 피하지 못했소."

"예? …풋! 호… 호호호!! 깔깔깔!!"

설유화가 철한장에 온 이후 처음으로 배꼽을 잡고 웃어댔다. 그러다 사방에서 사람들이 뛰쳐나오는 바람에 설유화는 억지로 웃음을 삼키며 방으로 들어가고, 뛰쳐나온 사람들 앞에는 오직 얼굴이 벌게진 진고영만이 서 있을 뿐이었다.

"음… 웃으면 복이 온다고 했더니 저렇게……."

孤影　第三章

1

　무림련 밀영각의 넓은 대전 안, 십여 명의 사람들이 둘러앉아 있지만 숨소리조차 들리지 않을 정도로 조용했다. 그들의 시선은 상석에 앉은 동방설리에게로 집중되어 있었다.

　모두가 죽을 거라 생각했다. 한데 당천민이 그녀를 돌본 지 보름만에 독상이 치유되었다. 들리는 소문으로는 그녀의 가슴 한쪽이 잘려 나갔다는 말이 은밀히 돌고 있었다. 그러나 그 어떤 소문도 그녀가 살아났다는 것보다 중요하지는 않았다. 최소한 밀영각의 수하들에게는.

　죽음의 문턱에서 살아 나온 그녀의 표정은 의외로 이전과 조금도 변함이 없었다. 그것이 밀영각 휘하의 사람들에게 더욱 긴장감을 불러일으키고 있었다.

　수하들을 둘러보던 동방설리가 입가에 웃음을 지은 채 말문을 열었다.

"오랜만이로군요."

나직하면서도 영롱한 목소리 역시 예전 그대로였다. 도무지 죽을 뻔했다가 살아 나온 사람의 음성이라고 하기에는 믿을 수 없을 정도로 너무나 맑은 음성이었다.

밀영전 제일향주 양국명이 일어서며 포권을 취했다.

"삼가 각주의 쾌유를 경하드립니다."

"경하드리오이다!!"

다른 향주들 역시 뒤질세라 일어서며 허리를 굽힌다. 동방설리는 조용히 웃으며 열 명의 향주를 둘러보았다.

"감사합니다. 모든 것이 여러분들의 염려 덕분인 것 같군요."

하지만 말을 하는 그녀의 두 눈만은 전혀 웃고 있지를 않았다. 무언가 심상치 않은 분위기를 느꼈는지 양국명은 조용히 자리에 앉은 채 동방설리의 눈을 바라보았다. 순간적으로 싸늘한 기운이 가슴을 짓누른다. 양국명은 왠지 앉은자리가 가시방석 같기만 했다. 왜 인지는 자신도 알 수 없었다.

그 와중에 동방설리가 입을 열었다.

"앞으로 본 각의 구조에 많은 변화가 있을 겁니다. 그 일에 대해서 이미 련주와 원로원의 승낙이 떨어졌습니다. 하나 여러분의 도움이 없다면 불가능한 일이지요. 저는 여러분이 저를 도와주실 거라 생각합니다."

밀영각의 구조는 각주 휘하 십 향주가 주도한다. 각 향주마다 삼 개조의 활동조가 있다. 단순하면서도 그 체계가 생각보다 경직되어 있어 말단에서 올라오는 보고가 종종 누락되기도 한다. 특히 각 향주들의 문파가 관련되었을 경우는 더욱 그러했다.

양국명은 동방설리가 무엇을 노리는지를 짐작할 수 있었다.

'대문파의 영향을 일체 배제하고 자신만의 밀영각을 만들겠다는 건 가?'

양국명이 생각에 잠겨 있을 때, 동방설리가 다시 말했다.

"밀영각은 혈왕궁과의 싸움에서 최선봉에 서게 될 것입니다. 앞으로의 싸움은 정보를 누가, 얼마나 빨리, 얼마나 자세히 아느냐에 따라 좌우될 테니까요."

*   *   *

정보의 중요성에 대해서라면 혈왕궁의 문인호용 역시 그 누구 못지 않게 잘 알고 있었다.

그런 문인호용의 눈이 번질거리며 빛나고 있다.

그의 손에 들린 짧은 내용의 서신 한 장, 무림련의 첩자로부터 온 서신 때문이었다.

동방설리가 밀영각 구조 개편을 시작으로 활동 재개함.

죽을 정도의 상처는 입었지만 죽을 거라 생각하지는 않았다.

동방설리 같은 여인은 죽이기도 어렵지만, 쉽게 죽지도 않는다. 아니, 하늘이 쉽게 죽도록 놔두지를 않는 것이다.

서신을 바라보던 문인호용의 입이 씰룩거렸다.

"질긴 계집……. 하나 네년이 아무리 발버둥 쳐도 이제는 늦었다. 후후후, 구르는 수레바퀴를 어찌 막나 한번 지켜보지."

　　　　　*　　　　　*　　　　　*

　아미산 금정봉의 기슭을 타고 한 무리의 인영들이 붉은 그림자만을 남긴 채 이동하고 있었다.

　그들의 목적지는 금정봉 중턱의 금정사. 바로 아미파의 심장부라 할 수 있는 그곳이었다.

　빠르게 움직이는 그림자의 수는 무려 일백이 넘어 보였다. 일체의 소음이 없는 움직임, 싸늘히 흐르는 냉기, 소름이 돋을 정도의 살기가 숲 속을 흐른다.

　얼마를 달렸을까. 금정봉 중턱에 늘어선 아미의 사찰이 눈을 가득 메우자, 선두에 선 당당한 체격의 혈포인의 손이 들리고, 뒤따르던 일백 무사의 신형이 일절 소음도 남기지 않은 채 멈추어 섰다.

　혈포인은 고개도 돌리지 않은 채 입을 열었다.

　"일각 후면 목적지다. 해가 지기 전까지 마음껏 쳐라. 최대한 피를 뿌려라. 후후후, 구대문파라는 허울에 가득 차 있는 자들에게 혈귀당의 무서움을 각인시켜 줘라."

　대답도 없다. 다만 싸늘하던 눈빛에 혈광만이 더욱 진해져 갈 뿐이다.

　진한 혈향을 머금은 햇빛이 유난히 붉은빛을 품고 금정봉을 덮어가고 있지만, 금정사의 일상생활은 여전히 계속되고 있었다. 누구도 자신들의 뒤에서 칼을 들고 노리는 자들이 있다는 것을 짐작조차 못하고 있는 것이다. 아니, 어쩌면 누가 감히 자신들을 치랴 하는 오만이 그들의 마음을 지배하고 있었던 건지도.

그렇게 사월이 다 지나가던 어느 날, 일체의 경비조차 없는 아미산에 피구름이 가득 몰려들고 있었다.

*   *   *

청성의 장로이며 운정전의 전주인 우명 도장은 이마를 찌푸리며 하늘을 바라보았다.

'기이하구나. 왜 이다지도 마음이 답답하단 말인가. 꼭 무슨 일이라도 일어날 것 같은 기분이 드니…….'

아침나절부터 답답한 마음이 들었다. 청명한 하늘은 맑기만 한데 왜 그런지는 알 수가 없었다. 하지만 한 가지 사실만은 분명했다. 전부터 이런 기분이 드는 날은 뭔가 안 좋은 일이 일어났다.

우명 도장은 밖을 향해 입을 열었다.

"정운 있느냐?"

"예, 사숙. 하명할 일이라도 있으신지요."

"음……. 아무래도 기분이 좋지가 않다. 혹시 모르니 제자들을 시켜 경비를 강화하도록 하거라."

"심려 놓으십시오. 제자들이 정기적으로 순찰을 돌고 있사옵니다. 게다가 누가 감히 본 파에 시비를 걸겠사옵니까?"

정운의 자신만만한 말에 우명 도장의 눈이 가볍게 찌푸려졌다. 하지만 그의 말이 결코 틀린 것은 아니니 뭐라 할 수도 없었다. 최고의 전성기를 구가하고 있는 청성에 대들 세력이 최소한 사천 땅에는 없는 것이다.

그래도 우명 도장은 여전히 불안하고 답답한 마음이 가라앉지를 않

75

았다.

그 시각, 청성의 입구라 할 수 있는 건복궁을 우회하여 붉은 그림자들이 관일봉 쪽을 향해 움직이고 있었다.

입구를 지키던 도인들은 자신들의 등 뒤를 돌아 사신들이 지나간 것도 모르고, 몰래 숨겨놓은 술단지를 윗사람에게 들켜 빼앗겼던 일을 이야기하느라 정신이 없었다. 하기야 그들을 보았다면 목숨도 붙어 있지 못했을 테니, 어찌 보면 그들 자신들에게는 다행한 일이라 할 수 있었을 것이다.

저 멀리 이십여 장 떨어진 곳에 건복궁 입구를 지키는 젊은 말코들이 보인다.

얼굴까지 붉어 혈면사령이라고 불리는 혈영당주 홍사명은 하얀 웃음을 흘리며 관일봉을 바라보았다. 자신이 이끄는 혈영당의 목적지였다.

지금쯤 아미파를 치러 간 혈귀당 역시 아미산에 도착했을 것이다.

한날한시에 구대문파 중 두 군데를 치라는 명령이 떨어졌다. 완전한 멸문을 바라고 내린 명령은 아니었다. 일 개 당으로선 그렇게 할 수도 없는 일이었지만.

그렇다 해도 자신은 이번 행사에서 최선을 다 할 것이다. 그래야 콧대 높은 혈귀당주 곽일산의 콧대를 꺾을 수 있을 것이니까. 아마 곽일산 역시 자신과 같은 마음일 것이다.

'흐흐흐……. 누가 이기나 해보자, 곽일산.'

홍사명을 비롯한 혈영당의 무사 일백이 우명 도장의 가슴에 한 가닥

암운을 드리우며 관일봉을 향해 움직이는 동안, 그 누구도 그들을 발견하지 못했다는 것은, 훗날 청성의 앞날이 어두워짐과 직결되었다. 그러나 지금은 아무도 그런 사실을 알 수가 없었다.

오직 밀려오는 답답한 심경에 우명 도장만이 가슴을 치고 있을 뿐이었다.

*   *   *

탕!

탁자가 부서질 듯이 요동을 친다.

그래도 아무도 입을 여는 자가 없다. 그저 탁자의 끝에 서 있는 독목(獨目)의 서생만 주시할 뿐이다.

공야등이 굳은 얼굴로 탁자를 둘러앉은 사람들을 쓸어보며 말문을 열었다.

"주군께서 임명한 군사시오. 곧 주군의 말이란 말이오. 주군의 명령을 듣지 않을 자라면 지금 이 자리에 앉아 있을 필요가 없소. 나가시오!"

여전히 입을 여는 자가 없다. 하지만 조금 전과는 다른 이유에서였다. 지금 입을 열어 혼자서 덤터기를 뒤집어쓰고 싶지 않은 것이다.

그때 아무런 말 없이 탁자 끝에 서 있던 독목서생이 조용히 입을 열었다.

"내가 하고자 하는 일은 단 하납니다. 그리고 주군께선 내가 하고자 하는 일을 인정해 주셨습니다. 여러분은 나에게 하등의 마음을 쓸 필요가 없습니다. 여러분은 오직 하나, 천은산장을 부수는 일만 하시면

77

됩니다. 그것이 바로 주군께서 바라는 일이니 말입니다.”

장내가 조용해지자, 꿍하니 아무 말도 하지 않고 있던 호공탁이 고개를 들고 말했다.

“그건 알겠는데…… 자네… 험! 무 군사 말대로라면 천은산장을 깨부수기 위해선 군사의 말을 들어야 한다 이 말 아니신가? 결국은 그게 그거지 않은가?”

독목서생이 가느다란 웃음을 입가에 걸치고 대답했다.

“그럼 제가 주군께 직접 작전에 대해 말씀드리지요. 아마 장주께선 다시 여러분을 불러 명령을 내리실 겁니다. 직접 말이지요. 그게 편하시겠습니까? 그렇다면 그렇게 하지요, 저야 그것이 편할 수도 있으니.”

“협!”

호공탁의 입이 찰나간에 닫혔다. 다른 사람들의 눈빛도 굳어진다. 이 자리의 누구도 백리단황과 마주 앉아 이야기한다는 것에 마음이 편할 사람은 없는 것이다.

자신들의 의견을 제대로 말하지 못할 것은 자명한 일이다.

불만이 있어도 속 앓이만 해야 한다.

땀을 삐질삐질 흘리다 결국은 존명, 이라 외치며 싸움터로 달려가야 할 것이다.

사람들의 눈이 서로를 돌아보다가 미미하게 끄덕여졌다.

독목서생이 협박 비슷하게 몰아붙이는 것은 마음에 안 들었지만, 아무래도 백리단황보다는 저 젊은 자가 편해 보였다. 그것은 이 자리에 있는 모든 대풍운보 간부들의 공통된 마음이었다.

조용히 상황을 바라보던 공야등의 입가에 보일 듯 말 듯 웃음이 걸렸다.

이미 기세 싸움은 끝났다. 대풍운보의 군사 자리에 아직 삼십도 안 되어 보이는 자가 임명된 것에 불만을 품었던 사람들이 모두 한발 물러선 것이다. 그렇다면 이제 못을 박아야 한다.

때가 되었단 생각에 공야등이 일어섰다. 그리고 못을 박듯이 말했다.

"앞으로 무 군사의 말을 거역하는 자는 주군의 말을 거역하는 것으로 알겠소! 누구라도 불만이 있는 자는 이곳에서 말하시오!"

"……."

"없소? 그럼 앞으로 무 군사의 말은 곧 주군의 말임을 명심하시오!"

한결같이 고개를 끄덕인다. 어쩔 수 없다는 듯 호공탁도 고개를 끄덕인다.

그날 부로 마침내 대풍운보의 군사위(軍士位)에 한 사람이 앉았다.

그의 이름은 독목서생(獨目書生) 무오였다.

2

사람들이 모여든다.

소문이 퍼져 나간 지 한 달만의 일이었다.

철한장의 정문을 책임진 무사들은 하루가 멀다 하고 찾아오는 무림의 고수들로 인해 긴장을 늦출 수가 없을 지경이었다.

그중에는 젊은 자들도 다수 있었다.

이름을 날리고자 찾아오는 자도 있었고, 어느 정도 이름을 얻었으니

79

이제는 진정한 협의를 행하기 위해서 찾아온 자도 있었다.

저 위쪽 하북성에서 왔다는 자도 있었고, 저 아래 광동성에서 왔다는 자도 있었다.

하루에 수십 명씩 맞이하다 보니 철한장의 여유있던 방이 꽉 찰 지경이었다. 그러던 차에 몇 사람이 철한장을 방문했다. 젊은 자들이란 것을 빼면 특이할 것도 없는 자들이었다.

진고영이 조용히 눈을 감고 수천제마력에 대해 참오하고 있을 때였다. 누군가가 자신의 방으로 다급히 다가오는 소리가 들렸다.

"진 대협 계시는지요?"

"예, 무슨 일입니까?"

"유 전주님께서 잠시 모셔오라 하십니다."

유지화가 첩검전에서 일을 보면서부터 장내의 사람들은 그를 첩검전주라 부르고 있었다.

"알겠습니다. 곧 가도록 하겠습니다."

잠시 후, 첩검전에 들어선 진고영은 유지화가 젊은 무사 두 사람과 마주 앉아 있는 것을 볼 수 있었다.

아무래도 그들로 인해서 자신을 부른 것 같았다. 아니나 다를까, 그 사람들은 진고영이 들어서는 것을 보더니 몸을 일으킨다. 유지화가 가벼운 웃음을 지으며 진고영에게 손짓했다.

"앉으시게. 진 공자를 뵙자고 청해서 불렀소."

철한장에 오는 사람들은 모두 진고영을 보고자 한다. 하지만 그들 모두를 진고영과 만나게 한다면 진고영은 말 그대로 밥 먹을 시간도 없을 것이다. 그런데도 유지화가 저리 말하는 것은 눈앞의 사람들이 그럴 만한 사람들이라는 말일 것이다. 궁금하지 않을 수 없는 일이다.

진고영이 먼저 정중히 인사를 건넸다.

"진고영이라 합니다."

백의를 입은 청년이 포권을 취하며 인사를 받는다.

"이렇게 신협을 뵙게 돼서 영광이오이다."

"별말씀을……."

"성검문의 두지악이라 하오이다."

"절영보의 강대승이라 하오이다."

"반갑습니다."

성검문(成劍門)이나 절영보(絶影堡)라면 호남성에서 열 손가락 안에 든다는 문파들이다. 결코 간단히 대할 수 있는 문파들이 아니다. 두 사람은 그 두 곳의 대제자격인 사람들이다. 하나 그렇다고 유지화가 진고영을 직접 불러낼 정도의 문파도, 사람도 아니다. 뭔가 다른 이유가 있을 것이다.

진고영의 의문을 짐작이라도 한다는 듯 유지화가 조용히 입을 열었다.

"간단히 말하겠소. 두 분은 신녀 때문에 오신 분들이오."

단순한 말 한마디, 그러나 그 파장은 작지가 않았다.

진고영의 눈이 깊숙한 곳에서부터 빛을 뿜어내기 시작했다. 유지화와 이야기하던 중에 어느 정도는 이 일을 예상하고 나름대로 계획도 세워뒀던 부분이다. 신녀로 인한 움직임, 과연 언제, 어떻게 움직일까가 관심사였던 일이다. 한데 마침내 움직임이 시작되었다.

두지악이 조심스럽게 입을 열었다.

"저희는 철한장이나 진 대협과 싸우고자 하는 것이 아닙니다. 우리가 원하는 것은 신녀께서 이곳으로 와야만 했던 이유입니다. 소문과 진실이 같은지, 아니면 부풀려진 것인지를 알고 싶은 것입니다."

강대승이 덧붙여 말했다.

"어떤 결과가 나와도 저희는 철한장과는 싸우지 않을 것임을 밝히는 바입니다."

진고영은 유지화를 돌아보았다. 유지화가 미미하게 웃으며 고개를 젓는다. 아직 말을 해주지 않았다는 뜻. 유지화의 전음이 진고영의 귓전을 두드렸다.

"진 공자의 말을 듣고 싶다 하더이다. 유화 소저의 말 역시, 듣고 나서 결정할 것이 있다고 하오."

진고영이 고개를 끄덕였다.

"좋습니다. 하나 이 이야기는 유화 소저의 비밀이 담긴 이야기입니다. 저 혼자의 결정으로 입을 열 수 있는 이야기가 아닙니다. 유 전주 님?"

유지화가 빙그레 웃었다.

"지금 오고 계실 것이오."

말이 끝나기 무섭게 전각의 문이 열리고 설유화의 목소리가 들렸다.

"저를 부르셨나요?"

하늘거리는 궁장을 걸치고 들어서는 설유화의 모습에 방 안의 사람들은 모두가 입을 벌리고 감탄을 금치 못했다. 심지어 진고영이나 유지화조차도. 그저 '선녀다' 라는 말이 입 안에서 맴돌고 있을 뿐이다.

설유화는 첩검전을 들어서다 사람들의 눈이 모두 자신만을 향하자 얼굴이 살짝 붉어졌다. 그러자 참지 못하고 두지악의 입에서 탄성이 터졌다.

"아! 신녀를 뵈오이다!"

강대승도 뒤질세라 일어서 고개를 숙인다.

"신녀를 뵈오이다."

설유화는 두 사람을 알아보고는 가벼운 웃음을 지었다.

"오랜만이군요, 두 소협, 강 소협."

사뿐사뿐 걸어 자리에 앉자 그제야 사람들의 풀린 눈동자가 제자리를 잡았다. 설유화가 짓궂은 눈으로 진고영을 흘겨보았다.

"진 공자께서도 오셨군요."

"설 소저가 오신다는 이야기를 들었으면 제가 오지 않아도 될 걸 그랬습니다."

진고영의 오기 찬 대답에 설유화의 입술이 삐죽거렸다. 그러자 유지화가 재빨리 두 사람 사이에 끼어들었다.

"자, 자, 일단 이야기를 나눠봅시다."

근 이각에 걸친 이야기가 나눠지는 동안 실내의 공기는 유동을 멈추고 얼어붙어 버렸다.

두지악은 벌린 입을 다물지 못하고 경악으로 눈을 부릅뜨고 있었고, 강대승은 보이지 않게 어깨를 떨고 있었다. 그만큼 설유화의 사연에 대한 이야기나 진고영이 천은산장에서 겪은 이야기는 두 사람에게 큰 충격을 주었다.

이야기가 끝났건만 입을 여는 사람이 없었다.

유지화는 침묵이 흘러가도록 그대로 놔두었다. 때로는 침묵이 백 마디 말보다 더 효과적인 법이다.

잠시 반 각 정도 침묵이 흘러간 자리에 탄식이 터져 나왔다. 유지화였다.

“하……. 우리라고 사람 죽이는 것을 좋아해서 싸우려 하겠소?”

단순한 말 한마디였지만 그 말에 두지악과 강대승의 고개가 숙여졌다.

안되어 보였는지 설유화가 입을 연다.

“두 분께 드리고 싶은 말은 한 가지입니다. 어느 길이 옳은 길인지만 판단해 주시길 바랄 뿐입니다.”

설유화의 말에 두지악이 벌떡 일어났다.

“어찌 그리 말씀을 하십니까? 저희들더러 어찌 신녀를 버리고 행동하라 하십니까? 더구나 천은산장의 혁련 장주가 악에 물든 것이 신녀의 말씀으로 확실해졌거늘…….”

강대승이 마지막으로 확답하듯 무거운 목소리로 말했다.

“저희는 기다릴 것입니다. 언제든 천은산장을 치시거든 저희에게 연락을 주십시오. 많은 도움은 안 될지라도, 천은산장의 가지 정도는 저희가 책임질 수 있을 것입니다. 호남의 무림지사들이 악의 화신에게 농락당하는 꼴만은 면해야 되지 않겠습니까?”

그것이었다. 두 사람이 호남 무림 젊은 무사들의 대표자격으로 은밀히 철한장을 방문한 이유는 바로 협의라는 대의명분 때문이었다.

“저희는 임시로 청무회(靑武會)라 부르고 있습니다.”

두 사람이 돌아간 자리에 유지화와 진고영만이 남았다. 설유화는 유옥하에게 맛있는 것을 얻어먹으러 간다며 별원으로 건너갔다. 그걸 보고 고개를 젓던 유지화가 푸념 섞인 한숨을 토해냈다.

“이거…… 이러다 옥하가 식당에서 사는 것은 아닐지 모르겠구먼.”

진고영의 얼굴이 움찔거린다. 그의 말뜻을 모를 리 없다.

“그럴 리가 있겠습니까? 알고 보면 유 낭자도 당찬 여걸인데요.”

유지화의 눈이 슬그머니 진고영을 흘겨본다.

“거, 진 공자가 그리 말하니 안심이 되긴 하네만…….”

“…….”

그러다 서서히 표정이 굳어가고.

“그건 그렇고……. 때가 된 것 같네.”

느닷없이 유지화의 말이 무겁게 변하자 진고영의 얼굴도 침중하니 굳어졌다. 유지화의 말뜻을 알아들은 것이다.

“수라마고마저 나타났으니 시간을 지체할 수 없는 일입니다. 게다가 가장 염려했던 호남 무림의 의중도 파악했으니…….”

“일단은 장에 집결된 세력을 움직일 조직 체계부터 만들도록 해야겠네. 빠른 시간 안에 모든 움직임을 통제하려면 조금 바쁠 것 같구먼.”

말은 그랬지만 유지화가 바쁠 것은 없었다.

진고영을 중심으로 기존 고수들을 제마단.

철검산장에서 온 병력은 철검단.

외부에서 몰려온 고수들은 유협일단과 유협이단으로 간단하게 나누어 버렸다.

한데 문제는 유협단에 있었다. 삼백여 무사 중 일류고수들의 숫자만도 이백여 명에 이른다. 그중 진짜 고수들도 적지가 않다. 그러다 보니 수장을 맡길 사람 역시 넘쳐 날 지경이었다.

유지화는 유협단의 두 수장을 뽑는 일을 위경리에게 맡겨 버렸다.

“위 선배가 그래도 경험이 풍부하시니 수장을 뽑는 일에는 저보다 훨씬 나을 것 같습니다.”

“음하하하! 좋아! 내가 한번 알아보지!”

간단했다. 어깨를 으쓱인 위경리가 가가대소하며 나선 것이다. 거기다 위경리 잘되는 꼴은 못 보는 육정기마저 나섰다.

“어떻게 형님 혼자 저 많은 사람들을 시험해 본다 하시오? 내가 도와드리리다! 우하하! 역시 형님 생각하는 건 이 아우밖에 없지 않습니까?”

두 사람이 나선 이상 조금 시끄러워지긴 해도 유협단 수장 인선은 곧 끝날 터였다. 그리고 조직의 체계가 잡히면 마침내 전쟁이 시작되는 것이다.

서서히… 서서히 철한장의 하늘에 태풍의 눈이 형성되기 시작하고 있었다.

3

그리고 또 하나의 폭풍이 불고 있었다.

무림련에 날아든 두 장의 첩지가 강력한 회오리가 되어 무림련을 뒤흔들고 있었다.

그중 하나는 아미파의 본산 아미산에서 날아온 것이었고.

혈왕궁의 무리로 보이는 고수들이 습격, 이백여 명의 제자들이 다치거나 죽었음. 습격자들은 해가 지자 물러갔음.

또 하나는 청성파에서 날아온 서신이었다.

혈의를 입은 괴인들 난입, 무차별적인 살인과 방화를 저지른 후 사라짐. 제자들 수십 명이 죽고 백여 명이 중경상을 입었음. 련 차원의 조치를 바람.

놀라움은 사람들의 입마저 자물쇠로 잠가 버렸다.
누구도 입을 열지 않은 채 눈치만 볼 뿐이었다.
본산이 공격받은 것은 초유의 사태였다. 근래 백여 년간 일어나지 않았던 일이 한꺼번에 두 군데에서 일어난 것이다.
안절부절못하는 원로들의 모습만이 이 일이 얼마나 충격으로 다가왔는가를 보여주고 있을 뿐이었다.
언제라도 본산이 공격을 받을 수 있다는 것. 그것은 단순한 두려움의 차원이 아니었다. 자칫하면 무림련이 뒤흔들릴 상황인 것이다.
침묵 속에서 위지천목의 나직하면서도 무거운 음성이 정청을 울렸다.
"참으로 광오한 놈들이오. 감히 본산을 공격하다니. 피해를 당한 아미와 청성에 삼가 위로의 말씀을 전하는 바이오."
이때라는 듯 청성의 우진 도장이 말문을 열었다.
"무량수불. 련주께서 그리 말씀하시니 한 말씀드리겠소이다."
"말씀하십시오. 하나 청성이 무림련에서 철수한다는 말만은 하시지 말았으면 하오."
"그, 그건……."
미리 앞질러서 위지천목이 말문을 막자 우진 도장의 안색이 창백하니 굳어져 간다. 그러자 아미의 정연 사태가 몸을 일으켰다.

“어찌 련주의 말을 거역하겠습니까. 하지만 지금의 사태는 련에도 약간의 책임이 없다 할 수 없을 것입니다. 하니 련에서도 어떻게서든 움직여 주서야 하지 않겠습니까?”

모두가 당연하다는 듯 위지천목을 바라본다. 그때였다.

“물론 련에서도 책임을 져야 합니다.”

동방설리가 앞으로 나섰다. 한순간 그녀를 바라보는 위지천목의 미간이 찌푸려졌다.

“하지만 한 가지 묻겠습니다. 사태께서는 우리가 혈왕궁을 쳐서 다시는 이런 일이 벌어지지 않게 하는 것을 원하십니까, 아니면 단순히 련에서 청성과 아미로 몰려가 희생자들을 애도해 주기를 원하십니까?”

“그거야······.”

정연 사태가 머뭇거리자 동방설리가 말을 이었다.

“우리가 두 문파로 몰려간다면 적들은 웃으면서 구경할 것입니다. 또한 무림련의 무사들이 자파로 돌아간다면 적들은 쾌재를 부를 것입니다. 본래 적들이 원하는 것이 바로 그것일 테니까요. 어찌할까요. 적들의 웃음거리가 될까요? 아니면 적들이 원하는 대로 움직여 줄까요?”

칼날 같은 질책성 물음에 정연 사태의 고개가 숙여졌다. 하지만 한마디는 잊지 않았다.

“무검단 등 새롭게 삼 단을 조직한다고 본산의 고수들이 빠져나오지 않았다면 이런 일은 없었을 것이오, 동방 군사.”

동방설리가 고개를 숙이며 말했다.

“그 일에 대해서는 죄송할 따름입니다. 하나 전에도 말씀드렸다시피 혈왕궁은 어느 일파가 막아낼 수 있는 힘이 아닙니다. 강호의 정파가 모두 힘을 합쳐야 할 정도로 거대한 힘입니다. 이번 일만 봐도 알 수 있는 일이지요. 적들은 일개 수하들만을 보내 구대문파의 본산을 공격했습니다. 련으로 본산의 고수들이 많이 와 있다고는 하나 저들 역시 모든 힘을 기울이지 않았습니다. 저들은 말하고 있습니다. 언제든 자신들은 우리를 공격할 수 있다고 말입니다. 다시 말하면 이곳에 있는 제자들이 본산으로 돌아간다고 해도 적들은 공격할 수 있는 힘이 있다는 말입니다.”

천천히 고개를 든 동방설리의 눈이 빛나고 있었다.

“무림련이 흔들리면 저들은 자신들의 입맛대로 본산을 공격할 것입니다. 과연 저들의 집중 공격을 받고 멀쩡할 수 있는 문파가 몇이나 될까요?”

“너무 말이 과하오!”

탕!

허광이 탁자를 내려치며 벌떡 일어섰다. 하지만 동방설리의 표정에는 일절 변화가 없다.

“과하다구요? 혈왕궁은 마도십문 중 최하 다섯 개 이상의 문파를 수하로 움직이고 있습니다. 그들만으로도 거대한 힘입니다. 게다가 혈왕궁 본궁의 힘은 아직 짐작도 못하고 있는 판입니다. 겨우 역수양이 그들의 수하였다는 정도만 알 뿐이지요. 허광 도장께선 혈왕궁의 힘에 관해 아는 것이 있으십니까?”

“으음…….”

허광이 침음성을 흘리며 자리에 앉자 동방설리는 정청의 사람들을 쓸어보았다.

“우리가 생존하기 위해서는 혈왕궁을 무너뜨려야 합니다. 이번 일로 그것이 더욱 확실해졌습니다. 정의나 협의 따위의 대의가 아니더라도 말입니다."

또다시 침묵이 정청을 지배했다. 위지천목의 미간도 환하게 펴졌다. 마지막으로 동방설리가 못을 박았다.

"련에서 떠나는 것은 여러분들이 판단할 일입니다. 하나 저는 여러분들께 말하고 싶습니다. 하루라도 빨리 나머지 정검단과 의검단, 그리고 의천단을 만들어서 혈왕궁을 물리치는 길만이 우리가 살고 강호 대의가 사는 길이라고 말입니다."

그녀의 말이 끝나는 것과 동시에 소림 장로 지심 대사의 눈이 감기고 불호 소리가 정청에 울려 퍼졌다.

"아미타불……. 희생된 분들을 위한 분향소를 련에 설치하도록 합시다. 보다 많은 동도들이 이 사실을 알고 마도를 치는 데 동참하도록 말이외다."

크게 고개를 끄덕인 위지천목이 합장하며 대답했다.

"당연히 련에서 해야 할 일입니다, 대사."

4

쾅!

일장 격돌에 두 사람의 신형이 주르륵 물러서고, 경력의 회오리는 먼지구름을 일으키며 허공으로 스러진다.

일 장을 물러선 위경리의 얼굴이 환하게 웃음 지어졌다. 상대에겐 그것이 마음에 안 드는가 보다.

90

“위 선배! 이 군 모가 그리 우습게 보이오?”

“푸하하! 그럴 리가 있나? 오히려 자네의 강맹한 권격을 보니 마음에 들어서 웃은 걸세!”

파산권(破山拳) 군후영, 안휘제일권이라 불리며 당금에 권장으로는 십대고수에 들어갈 수 있는 자.

위경리라 하더라도 일이십 초 안에 승부를 낼 수 없는 고수가 바로 군후영이었다.

그런 고수가 철한장을 찾아왔으니 위경리로선 기꺼울 수밖에 없는 일이었다. 위경리는 군후영을 유협단의 단주 중 한 사람으로 천거할 생각이었으나, 그전에 오랜만에 몸을 풀고자 쌍봉곡으로 군후영을 데려온 것이다.

이미 이십여 초를 겨뤄봤다. 한데도 아직 더 해보고 싶은가 보다.

“어디, 한 번 더 해보자구.”

군후영은 어이가 없었다. 그렇다고 손 놓고 있을 수도 없었다. 시커먼 장력이 위경리의 손에서 휘몰아치고 있었으니…….

“좋습니다! 까짓거 한 번 더 해보죠!”

군후영은 정자로 다리를 벌리고 두 주먹을 움켜쥐었다. 순간 그의 주먹에서 강맹한 기운이 소용돌이처럼 일어났다.

한 발을 앞으로 나아가며 오른손을 내뻗는다. 소용돌이치던 권력이 휘돌며 나아간다.

두 번째 발을 내딛는다. 그러면서 내뻗는 왼손에서 산을 부러뜨릴 것 같은 권력과 함께 우렛소리가 울려 나온다.

우르르르…….

위경리의 두 눈 가득 흥분이 용솟음쳤다. 언제든 권장의 고수와 부딪치는 것은 색다른 묘미가 있다. 검이나 도를 쓰는 자들은 느낄 수 없는 기분이다. 육신과 육신이 부딪치는 가운데 힘을 겨룬다는 것. 거기에는 오직 권장의 고수들만이 느낄 수 있는 재미가 있는 것이다.

"타앗!"

위경리의 입에서 처음으로 기합이 터져 나왔다.

검은 장력이 순간적으로 폭출되며 권력을 감싸간다. 군후영의 얼굴이 잔뜩 긴장된 채 두 손을 흔들어 마주쳐 간다.

쾅쾅쾅……!

위경리의 손이 순식간에 십여 개의 환영을 그리며 권력을 뚫고 군후영의 가슴을 노리고 뻗어간다.

"이익!"

이를 악문 군후영의 권이 위경리의 시커먼 장력을 도끼로 내리찍듯 찍어버렸다.

떠더더덩!

장력과 권력이 부딪치는 소리라고는 믿어지지 않는 기음이 울리고,

파바박!

뒤로 오 보를 물러나는 군후영의 안색이 창백하니 굳어져 간다.

'과연 장절!'

경탄하지 않을 수 없었다. 자신이 찍어간 권력은 바위라 하더라도 가루로 부술 정도의 위력을 담고 있다. 한데도 위경리의 장력은 한 점 흐트러짐없이 여전히 같은 부위를 노리고 밀려들어 오고 있다.

"하압!"

일성 기합과 함께 군후영의 신형이 물구나무서듯이 휘돌더니 그 자세 그대로 위경리를 향해 쌍권을 내친다. 마치 산이라도 부숴 버릴 듯이.

“좋구나!”

위경리의 진심에 찬 탄성이 터지고, 크게 휘젓는 쌍장이 두 가닥의 권력을 휘감아 버렸다.

후웅…… 쾅!

그러더니 굉음과 함께 군후영의 몸이 일 장 밖으로 훌훌 날아갔다. 위경리 역시 주르륵 삼 보를 물러나더니 빙그레 웃으며 군후영을 바라봤다.

“그게 파산권인가?”

군후영이 길게 숨을 내쉬곤 고개를 끄덕이며 말했다.

“후우……. 그렇습니다. 그건 그렇고 위 선배는 어찌 기력도 떨어지지 않습니까? 듣던 것보다 더하군요.”

“잉? 기력이 떨어지면 자네 같은 후배가 우습게 볼 텐데, 그건 안 되지.”

“아무래도 칠절이라는 이름이 이십 년은 더 갈 것 같군요. 휴.”

“뭐, 그것도 아니야. 이번 일만 끝나면 조용히 지낼 걸세. 그때 가서 자네들이 많이 해 먹으라구.”

“예?”

“가자구. 몸도 풀었겠다. 가서 이야기 좀 하자구.”

위경리가 전청으로 나가자 어느새 육정기가 와 있었다. 한데 모습이 많이 흐트러져 있다. 위경리는 그런 육정기를 보고는 냉랭히 코웃음을 날렸다.

“흥! 어디 가서 멧돼지라도 잡고 왔냐? 어째 꼴이 말이 아니다?”

육정기가 약간 풀이 죽은 표정으로 고개를 돌렸다.

“너무 그러지 마슈. 잠깐 방심했다가 이렇게 됐으니까.”

“누구하고 붙었는데?”

“원래 창응비검 오대릉을 점찍었는데…… 가보니까 마량 선배가 있더이다.”

“마량? 삼극검(三極劍) 마량?”

“그럼 그 양반 말고 내가 선배라 부를 마량이라는 이름이 또 있소?”

“그러니까 네가 마량하고 붙었다?”

“그렇다니까요!!”

버럭 소리를 지르는 육정기를 향해 위경리의 혀 차는 소리가 날아갔다.

“안 죽은 게 다행이다. 쯔쯔쯔…….”

“위 형님!!”

“덤빌 사람한테 덤벼야지… 나도 자신없는 사람한테 덤볐으니 그나마 죽자고 싸우지 않은 게 다행이지, 에혀! 찍어봐야 맛을 아나. 쩝.”

육정기의 표정이 누렇게 변했다.

“그, 그정도…… 요?”

“그랴! 육기 중에서도 첫째 둘째를 다투는 게 마량이다. 믿을 수 없거든 연 형에게 물어봐라.”

“끄응……. 제길. 어쩐지 겁나게 세더라니.”

“그런데 마량, 그 친구 어데 갔나?”

“진 아우가 보더니 아는 체합디다. 지금 진 아우와 이야기하고 있수.”

“엉? 왜 그 이야기를 지금 하는 겨?”

어이가 없다는 듯 육정기가 위경리를 쳐다봤다.

“언제 물어보기라도…….”

하지만 말이 끝나기도 전에 위경리의 신형이 밖으로 사라진다. 그러자 꿔다 논 보릿자루가 된 군후영만 이상한 꼴이 되었다.

“위 선배님! 이야기하자면서요?”

뒤에다 소리치지만 감감무소식. 그때 육정기의 눈이 번쩍 빛났다.

“험! 나하고 이야기하지!”

군후영은 그렇지 않아도 심기가 불편했는데, 허름한 데다 어디서 당했는지 옷이 여기저기 찢긴 자가 반말을 갈겨대자 소리를 버럭 질렀다.

“싸리밥만 먹었나, 왜 반말이야? 당신 누구야?!”

육정기는 하도 어이가 없어 입만 벌린 채 뻐끔거렸다. 천하의 육정기가…… 이런…….

“내, 내가 바로…….”

그때였다. 우형욱이 뛰어들어 오며 소리친다.

“육 선배님! 유 전주님과 진 대형께서 모이시라는데요! 어? 옷이 왜 그래요? 또 말썽 피웠…….”

순간적으로 돌아가는 육정기의 눈빛이 불을 뿜는다.

‘헉!’

뭔가 이상하다. 눈치 하면 위경리 뺨칠 정도의 우형욱이었다. 찬바람이 가슴을 후비고 들어올 정도면 보통 일이 아니다. 이럴 땐,

“저 먼저 갑니다!”

재빨리 뒤돌아서며 우형욱이 한마디 덧붙였다.

“늦으면 안 될 것 같은 분위기던데…….”

육정기의 눈빛이 조금씩 가라앉는다.

"후우……. 그래, 참자, 참아. 진 아우가 부른다는데… 참아야지. 끄응."

그러더니 군후영을 노려보고는 발길을 돌려 우형욱을 쫓아갔다. 그러자 군후영이 피식 웃음을 터뜨렸다.

"거참, 별 싱거운 사람 다 보겠네."

갸웃, 한데 뭔가가 뒤통수를 잡아당기는 기분이다. 뭐지?

털썩 주저앉은 군후영은 탁자 위의 식은 차를 한 잔 따라 마셨다.

"그래도 차 맛은 괜찮군. 에이, 그 육간지 뭔지 때문에……. 가만, 육, 육가? 커억!!"

느닷없이 군후영이 차를 뿜어내더니 얼굴색이 노랗게 물들었다.

"서, 설마……? 그자가… 선불 맞은 멧돼지라는……. 으으……."

"모두 모이시라고 한 점 죄송합니다."

유지화가 두루두루 쳐다보며 포권으로 인사를 대신했다.

"다름이 아니라 대계를 행할 날이 잡혔기에 여러분들을 모셨습니다."

"아! 드디어!!"

"오! 마침내 시작이오?"

흥분된 표정에 열기가 피어오른다. 두 주먹을 꽉 움켜쥔 사람도 있다. 그리고 일그러졌던 인상을 펴는 사람도 있었다. 육정기였다. 드디어 일이 진행된다는 말에 지금껏 억눌렸던 기가 살아나고 있는 것이다. 그리고 그 기가 마침내 입을 뚫고 나왔다.

"내가 선봉에 서겠소이다!"

위경리가 고개를 끄덕거렸다.

“그랴, 너 말고 누가 선봉에 서겠냐.”

“역시 형님이 나를 알아주시는구려!”

감격에 겨운 육정기의 말에 차마 위경리는 이어서 하려던 말을 참을 수밖에 없었다.

‘똥침 맞은 멧돼지를 선봉에 안 세우면 누굴 선봉에 세우겠냐’였는데……. 그 말까지 했다가는 회의장이 난장판이 될 것 같은 느낌이 든 것이다. 누가 뭐래도 강호제일눈치가 아니던가.

그저 고개를 끄덕여 주는 수밖에. 훗날 위경리는 이날의 결정을 두고두고 자찬했다고 한다.

유지화가 장내의 홍분이 가라앉자 한쪽에 있는 노인을 가리켰다.

“여러분께 소개시켜 드릴 분이 있습니다. 물론 많은 분들이 와 계십니다만, 정말 뜻밖에 찾아와 주신 분이 계십니다. 육기 중의 한 분인 삼극검 마량 대협이십니다!”

“아!”

“오!”

탄성이 터지고 여기저기서 분분히 인사를 건넨다.

“마 대협을 뵙습니다!”

“이곳에서 마 대협을 뵙다니 영광입니다.”

이런 저런 인사 속에 노인이 일어서 가볍게 목례로 화답했다.

“반겨주셔서 고맙소이다. 사실 이 늙은이는 그저 나 자신의 말년이나 잘 보내자며 유유자적 살아왔소이다. 한데 어느 날 소문이 돌더이다. 어느 몇 사람이 정의 탈을 쓴 마의 무리와 알려지지 않은 전쟁을 하고 있다고 말이외다. 처음에는 그러려니 했소이다. 그런데 말이오… 그 사람들 중에는 나보다 나이가 더 든 분도 있고, 나와 비슷한 분도 있다고 하더이다. 참으로 부끄럽기가 한이 없었소이다. 내 자신이 부끄러워 얼굴을 들고 다니기가 힘들어지더이다. 그런데 어느 날 내 손주 녀석이 그럽디다. 할아버지는 힘도 센데 왜 나쁜 사람들하고 싸우려 하지 않느냐고 말입니다. 그래서 한마디 했지요. '무슨 소리냐? 나도 싸우러 갈 거다!'"

마량이 밝게 웃으며 말을 이었다.

"그렇게 무작정 이곳을 왔소이다. 그런데 오고 나니까 정말 잘 왔다는 생각이 듭디다. 이곳에 오니까 말이오, 부끄러웠던 감정이 다 없어지지 뭐겠소이까? 허허허. 내가 아직도 파삭 늙지는 않았다는 것도 깨닫고 말이외다."

마량이 진고영을 돌아보며 빙긋 웃었다.

"전날 진 공자가 내가 머물던 사찰에 온 적이 있소이다. 그때 내가 식사를 대접했지요. 그래서 이번에는 내가 얻어먹으러 왔소이다. 부디 잘 봐주시구려."

그였다. 섬서를 떠나 호북으로 내려올 때 잠깐 하룻밤 묵었던 정국사의 노인. 그가 바로 육기의 한 사람, 삼극검 마량이었던 것이다. 참으로 놀라운 인연이었다.

진고영이 자리에서 일어나더니 마량을 향해 깊숙이 허리를 숙였다.

"그저 마 선배님의 마음에 감격할 따름입니다. 답할 것이 마음밖에 없음을 이해해 주시기 바랍니다."

짧은 한마디였지만, 그 말에는 진고영의 모든 마음이 담겨 있었다. 웃음을 짓는 마량도 충분히 그 마음을 느낄 수 있었다. 천하에 한마디 말로 자신의 마음을 표현할 수 있는 사람이 얼마나 될까. 마량은 자신의 선택이 결코 잘못되지 않았음을 다시 한 번 확인할 수 있었다.

진고영, 그는 나이를 떠나 진정 마음을 줄 만한 사람이라는 생각이
든 것이다.

북새통 같던 철한장이 정리되자 두 가지 문제가 생겼다.

하나는 현재의 인원에 비해 철한장이 비좁다는 것이다. 본래 삼사백
명 정도를 예상하고 준비된 곳이었는데, 그만 인원이 오백 명 가깝게
모여들어 버렸으니…….

하는 수 없이 무창 인근의 큰 장원 하나를 사들였다. 물론 돈은 철검
산장이 냈다. 사마진은 돈이 아까워 끙끙대다가 사마정이 여자를 소개
시켜 준다는 말에 흐뭇한 웃음을 흘리고 다녔다.

"형님, 서문 소저는 통 큰 남자를 좋아합니다."

"하하하! 그래? 당연히 남자는 통이 커야지! 그럼!"

뒤로 돌아선 사마정이 안도의 한숨을 쉬든 말든 사마진의 웃음은 그
칠 줄을 몰랐다.

두 번째는 인원이 많다 보니 주위의 시선이 집중되어 있는 터라 비
밀스런 작전은 이제 물 건너갔다는 것이다.

얼마 전이었다. 무당에서 장로 급의 고수를 포함해 십여 명이 비밀
리에 철한장을 찾아왔다. 허진의 연락을 받은 무당에서 무림련으로 보
내려던 인원 중 일부를 빼내 철한장으로 돌린 것이다.

무림련 쪽에서 보면 인상이 찌푸려질 일이었다. 자신들 역시 한 명
의 고수가 아쉬운 판에 십여 명에 달하는 고수를 다른 곳으로 파견하
다니. 그래서 비밀스럽게 움직였을 것이다. 한데 막상 목적지에 당도
하고 보니 그런 정도의 비밀은 비밀도 아니라는 듯 하루 만에 소문이
다 나버렸다.

그 일은 수뇌부들에게 경종을 울려주는 계기가 되었다.

사람이 많다 보니 제대로 통솔이 되지가 않았다. 기존의 인원이나 철검산장에서 온 사람들은 그다지 문제가 되지 않았다. 그러나 협의를 행한답시고 모여든 삼백여 고수들은 통제가 쉽지 않았던 것이다.

결국 수뇌회의에서는 한 가지 결정을 내렸다.

고인 힘을 쓰지 않으면 혼탁해질 뿐이다. 혼탁해진 힘은 없느니만 못하다. 그러니 혼탁해지기 전에 힘이 나아갈 방향을 정해 움직이도록 한다.

방향은 남쪽, 천은산장을 향해!

5

사위가 온통 시뻘건 혈무로 가득 찬 석실의 중앙에서 괴이하고도 사이한 음성이 암울하니 울려 퍼지고 있었다.

"우흐흐흐! 일어나라! 일어나거라, 나의 분신이여! 아수라의 화신이여!"

둥!!! 우우우웅……. 둥!!! 우우우웅…….

시커먼 눈처럼 생긴 수라마고가 울음소리를 흘리고 있었다.

백의노인의 시뻘건 손가락이 결을 짚듯이 수라마고의 눈동자를 짚어갈 때마다 환희에 찬 아수라의 노래가 울려 퍼지고 있었다.

"이 땅의 만마 만사 만악을 지배하시는 아수라의 종이여! 일어나 아수라의 힘을 받아들여라!"

두우우웅! 두두우우웅!

뭉클거리는 혈무 사이를 뚫고 아수라의 울음소리가 더욱 커져만 간다.

얼마나 지났을까.

부글부글부글…….

석실 중앙의 청옥관에서 끓어오르는 소리가 들리기 시작한 것은 북소리가 울린 지 한 시진이 지났을 때였다.

백의노인의 눈에서 혈광이 더욱 짙게 뿜어져 나오고, 입가에 떠올라 있던 미소는 더욱 짙어져만 간다.

"크카카카카! 그래, 받아들여라! 네가 사는 길은 아수라의 힘을 받아들이는 길뿐이다!!"

손가락이 다시 수라마고의 눈동자를 짚어간다.

두우우웅!!

부글부글부글…….

점점 거세게 끓어오르던 청옥관의 짙푸른 액체가 튀어 오르기 시작한다.

팍! 화악!!

혈무와 맞닥뜨린 파란 액체가 허공에서 청무로 화한 채 사라져 간다. 백의노인의 얼굴이 희열로 가득 차 갔다.

"우흐흐흐! 드디어!"

어느 순간.

쿠르르르……. 청옥관의 짙푸른 액체가 청옥관을 넘쳐흐르기 시작했다. 그럴수록 백의노인의 웃음소리도 커져만 간다.

"크카카카! 우하하하하! 오라! 오라! 나에게 오라! 아수라의 혼을 받아들여 나에게 오라!"

두둥둥!!

수라마고가 연속적으로 울리고, 미친 듯한 마소와 함께 발작처럼 질러대는 소리가 동굴을 가득 메웠다.

콰광!

그때였다. 더 견디지 못한 청옥관이 터져 나갔다. 그리고……

청옥관 속의 정체불명의 남자가 일어서고 있었다. 그의 눈은 반쯤 떠진 채 백의노인을 바라보고 있었다.

반 각이 지나지 않아 천천히 그의 입이 열리고, 지저의 깊은 무저동에서나 흘러나올 법한 목소리가 그의 입에서 흘러나왔다.

"누… 구…… 나… 는……? 너… 는……?"

백의노인의 붉은 눈동자가 더욱 붉어졌다.

"우흐흐흐…… 너는……."

백의노인이 희열에 들떠 입을 열려 할 때였다.

"나는 너의 주인 혁련유천! 너는 아수라!"

머리 속을 뒤집을 듯한 마기가 서린 음성이 백의노인의 뒤쪽에서 울리고,

퍽! 콰직!

백의노인의 어깨가 산산이 부서지며 붉은 핏물이 허공으로 솟구쳤다.

"크윽!"

일그러진 얼굴의 백의노인이 뒤를 돌아봤다. 그리고 그의 입에서 한마디 한이 맺힌 말이 튀어나왔다.

"유, 유천…… 네가?"

맙소사! 그였다! 백의노인의 어깨를 부순 그는 혁련유천이었다.

그리고 백의노인은 바로 수라동에서 진고영과 마주쳤던 정체불명의 미친 노인, 혈무에 휩싸여 진고영을 곤경에 빠지게 했던 바로 그 노인이었다.

"당신이 할 일은 다 했소. 이제는 편히 쉬어야 할 때요."

"네가… 어찌…… 감히……."

"우흐흐흐……. 아버지, 당신은 그동안 미친 것처럼 행동했지만 결코 나의 눈을 속일 수는 없었소."

아버지? 아버지라고? 그럼 백의노인이 혁련웅?

"왜? 왜 나에게 수라마고를……?"

"흐흐흐……. 당신이 미처 모르는 것이 있소."

"모르는 것?"

피가 바닥을 적시고 있건만 혁련웅의 눈은 오직 의혹으로만 가득 차 있을 뿐이다.

"수라마고에 영을 불러 넣고 아수라를 깨우면 그 당사자는 혼을 잃고 백치가 되어야만 한다는 것이오. 흐하하하!"

"이, 이, 이…… 때려죽일……."

백의노인이 믿을 수 없다는 표정으로 한 서린 말을 내뱉지만, 혁련유천은 한 점의 정도 담기지 않은 눈으로 그를 바라볼 뿐이었다.

"당신 역시 나를 죽일 생각이었지 않소?"

"무슨……?"

"아수라를 깨워 나를 죽이고 나의 모든 것을 당신의 친아들인 유현에게 물려주려던 게 아니었단 말이오?"

"그, 그, 그……."

"나는 혁련유천이오! 천은대공 혁련유천이 바로 나란 말이외다! 후후후. 당신은 먼저 나를 제대로 알았어야 하오."

"너, 너도 나의 아들이다……."

"물론, 나도 당신의 아들이오. 양아들 말이오, 배다른 아들이 아닌. 크크큭……. 당신은 내가 모르는 줄 알았겠지?"

시뻘건 눈의 혁련유천이 괴악한 미소를 지으며 혁련웅의 목을 움켜쥐었다.

"커억!!"

"당신이 나에게 혈왕궁의 최고 무공인 수라혈마기를 줄 때만 해도 나는 당신을 믿으려 했지. 하지만 말이야, 당신은 생각도 못했을 거야. 내가 수라혈마기를 익히던 중 그 무서의 숨겨진 부분에서 한 가지 사실을 알았으리라고는. 흐흐흐, 천음신맥의 피를 이용해 아수라를 깨우면 된다고? 웃기는 소리. 그러기 위해선 나의 수라혈마기를 대부분 희생해야 하는데. 그때 뒤통수를 치려고 그랬나? 크크크……."

"아… 니야……."

혁련웅의 다급한 목소리가 움켜 쥐어진 손가락 사이로 흘러나온다.

"물론 그리한다고 해도 방법은 마련되어 있었지. 그런데 마고가 나타났어, 마고가. 나는 아주 간단하고도 훨씬 효과적인 방법을 생각해낼 수가 있었어, 늙은이."

혁련유천의 붉은 광망 사이로 녹광이 일렁인다.

"뭐 줄 아나? 바로… 늙은이의 힘을 빌리는 것이지. 나는 구경만 하고 말이야. 우흐흐흐……."

"아, 아, 악마 같은… 놈……."

"당신만 아니었다면 나는 벌써 강호에 발을 디뎠을 것이야. 당신이 그 알량한 아들놈만 키워놓지 않았더라면, 아수라가 없더라도 본좌는 벌써 강남에 피를 뿌리고 강북을 쳐서 내 세상을 만들었을 거란 말이야. 그놈이 나를 견제하는 바람에 시일을 늦춘 것이 결국은 이렇게 돼 버렸어! 그러니 당신이 나를 위해서 아수라에게 혼을 바치란 말이야! 당신의 혼을!"

혁련유천의 시뻘건 눈이 앞에 서 있는 청옥관의 괴인에게로 향했다.

"우흐흐흐! 아수라여, 이자의 혼을 마시고 새 생명을 얻어라!"

"쿠아아아! 아, 아, 안! 돼!"

孤影　第四章

1

백리웅천이 먼저 철한장을 떠났다. 가기 싫어하는 백리웅천을 억지로 보낸 사람은 다름 아닌 유지화였다.

최근 들어 들어온 정보 중에 대풍운보에 대한 정보도 상당량이 되었다. 한데 그 내용 중에 한 가지 마음에 걸리는 것이 있었던 것이다. 독목서생에 대한 것이 바로 그것이었다.

본래 대풍운보는 내놓고 군사라 할 만한 사람이 없었다. 그래서인지 지닌 무력에 비해 대대적인 전략에선 좀 미흡하다는 것이 강호의 정설이었다.

그나마 공야등이 군사의 역할을 하며 그다지 큰 실수는 저지르지 않았고, 백리단황의 추진력이 군사가 없는 미흡함을 충분히 메울 수 있을 만큼 대단했기에 강호의 이대세력으로서 군림할 수 있었던 것이다.

그런데 이번에 대풍운보가 의춘에 임시 거점을 확보하고 주요 세력을 집결시킨 것은 의외의 일이었다. 단시간에 천은산장의 주요 통로가 막혀 버린 것이다. 그것은 유지화의 관점에선 놀라운 일이었기에, 유지화는 곰곰이 생각해 보았다.

백리단황은 결코 그런 전략을 구사할 성격이 아니었다. 그저 싸우고자 한다면 밀어붙여 버리지 어정쩡한 전략은 쓰지 않는 성격이다.

공야등은 그런 전략을 구사할 만큼 머리가 빨리 돌아가지 않는다. 일순간에 힘을 집결시키고 사태를 관망하며 천은산장의 발목을 잡을 전략을 세우기에는 그의 능력이 따르지 않는 일인 것이다.

그럼 대체 누군가? 누가 있기에 한순간에 천은산장을 옴짝달싹도 못하게 묶어버렸단 말인가?

다른 사람은 소홀히 생각할 일이었지만 유지화로서는 가장 신경을 쓸 수밖에 없는 일이었다.

그래서 백리웅천을 대풍운보의 임시 거점인 의춘으로 보낸 것이었다. 대풍운보와의 협력 방식을 논의하고 독목서생에 대해서 알아볼 겸해서.

백리웅천이 먼저 떠나자 제일 시끄럽게 군사람은 아니나 다를까, 육정기였다.

"선봉은 나라고 해놓고 왜 웅천을 먼저 보내는 거요? 나도 가겠소!"

그러자 위경리의 한마디가 육정기의 고막을 때렸다.

"누가 너 가는 걸 막든? 가려면 가라. 단! 지금 네 맘대로 가면 다시는 우리와 같이 다닐 생각 말고. 천방지축으로 날뛰는 사람하고 같은 길을 갈 만치 정신없는 사람 여기에 없으니까."

단정하듯 머리까지 휙 돌리며 끝맺는 말에 육정기는 눈을 떼구루루 굴려 사람들의 반응을 살펴보았다.

제기랄! 왜 저렇게 안됐다는 눈빛들이야, 쪽팔리게. 특히! 군가, 저
놈!

“군가야! 먹물 터지기 전에…… 눈알 안 덮을래?”

백리응천이 떠나고 나자 본격적인 준비가 시작되었다. 사람들의 표
정도 긴장감으로 잔뜩 굳어져 장원 안은 싸늘한 기운마저 감돌 지경이
었다.

그 영향 때문인지 후원 진고영의 방 안에도 침묵만이 무겁게 흐르고
있었다.

진고영의 앞에는 두 사람이 앉아 있었다. 한 사람은 설유화였고 다
른 한 사람은 장무담을 찾아갔던 무혼이었다.

얼마나 지났을까, 진고영이 침묵의 장을 젖히고 조용히 말문을 열었
다.

“무 대협, 장 노선배님은……?”

“다행히 어르신을 만날 수 있었습니다.”

“아!!”

설유화가 밝아진 얼굴로 무혼을 직시했다. 어서 말 좀 해달라는 듯
한 눈빛으로.

“건강하시던가요?”

“예, 무공만 쓰시지 못할 뿐이지 몸은 건강하십니다.”

“다행이에요, 정말 다행…….”

눈물이 맺히는지 옷자락을 들어 눈 끝을 찍는 설유화였다. 그러자
무혼이 나직하니 한마디를 덧붙였다.

“어르신께서 전하라는 말씀이 계셨습니다.”

“할아버지가요?”

“예. 다름이 아니라… 이번 천은산장의 공격에 아가씨께선 가지 말라 하셨습니다.”

“예? 그게…….”

“반드시 그 말만은 지키셔야 한다 하셨습니다.”

의혹이 일지 않을 수 없는 말이었다. 다른 누구보다도 설유화가 참전해야 할 싸움이거늘, 왜?

“그 이유는 나중에 말씀을 하신다고, 꼭 지켜달라 하셨습니다.”

설유화는 혼란스러운 마음에 눈이 가늘게 떨렸다.

“대체 왜……?”

진고영의 눈에서도 묘한 빛이 반짝였다.

‘유화 소저가 가서는 안 되는 일이 무엇이겠는가?

하지만 지금은 그 어느 것도 확신할 수가 없는 상황, 진고영은 일단 모든 의혹을 마음속에 묻어두기로 했다. 자칫하면 더 큰 혼란만 가져올 뿐이니까.

“장 노선배님이 유화 소저에게 그런 말을 할 때는 무엇 때문이겠소? 피가 난무하고 어떻게 흐를지 모를 상황에 어찌 소저가 끼어 있는 것을 바라겠소. 일단은 장 노선배님의 말씀을 따르는 것이 옳을 것 같습니다.”

“정말… 정말 그런 이유 때문일까요?”

알 수 없는 불안한 마음에 설유화는 가슴이 아려왔다. 그렇다고 할아버지의 말을 거역할 수도 없는 상황이다. 게다가 자신이 과연 혁련 유천과 대면하고 태연할 수 있을까?

“하아……. 알았어요. 그렇게 할게요.”

삼 일이 지나자 대군이 움직일 수 있는 준비가 모두 끝났다. 오백 명이 넘은 인원이 움직인다는 것은 결코 간단한 일이 아니었다.

일단 유협 단원들의 조직을 나누고 호흡을 맞추는 데만도 이틀이 걸렸다. 그나마 그들을 이끄는 단주가 삼극검 마량이나 되니 가능한 일이었다.

파산권 군후영이 이끄는 유협이단에선 처음에 그를 인정하지 않는 자들이 있었으나, 결국은 비무로서 모든 것이 결정되었다. 다섯 명의 도전자를 꺾은 군후영이 단주로서 인정을 받은 것이다.

그렇게 단주가 결정되자 유협 이 개 단의 단주 밑으로 스무 명씩 짜여진 대주가 임명되었다.

유협일단은 마량의 재량으로 열 명의 대주가 임명되었고, 유협이단은 군후영에게 도전했다 패한 다섯 명 이외에 다섯 명을 더 뽑아 대주를 맡겼다. 비록 형식적인 자리이긴 하지만 무인의 자존심이 그들의 경쟁심을 부추기는 바람에 한바탕 비무가 벌어져 유협단은 생기가 돌고 있었다. 그리고 그렇게 생기가 도는 유협단이 제일 먼저 철한장을 출발하였다.

2

바람이 분다. 동정호를 가르고 불어오는 바람이 악양을 쓸어버릴 듯 거세게 밀어닥친다.

여름이 다가오는지 거센 바람 속에는 습한 물기가 가득 담겨 있었다. 아무래도 한바탕 폭풍이라도 몰아칠 것만 같은 날씨였다.

시커먼 먹구름이 몰려오는 오월의 마지막 날, 악양 동쪽 삼십 리 떨어진 곳을 달려가는 사람들의 가슴에도 폭풍이 가득 담겨 있었다.

하지만 폭풍은 남쪽에서만 불어오는 것이 아니었다. 북쪽에서 불어닥친 거센 폭풍이 남쪽으로도 내려가고 있는 것이었다.

족히 백여 명의 무사들이 한마디 말도 없이 달려가는 광경은, 몰려오는 폭풍조차 질려 도망치게 할 정도로 위풍당당해 보였다.

그들은 철한장을 떠난 지 삼 일 만에 악양을 스치고 지나가는 철검단의 무사들이었다. 그중 선두를 달리고 있던 위맹한 얼굴의 중년인이 뒤도 돌아보지 않고 소리쳤다.

"제마단과의 거리가 떨어져서는 안 된다! 설마 모든 공을 남들에게 넘겨주고 뒤치닥꺼리나 할 생각은 아니겠지?"

가등위의 일갈에 달려가는 발걸음들이 한층 더 빨라지기 시작했다. 그러자 가등위의 옆에서 달려가던 사마진이 고개를 끄덕이며 한마디 덧붙였다.

"만일 그렇게 된다면 내가 책임지고 지옥 훈련을 시킬 겁니다."

그들과 같은 목적으로 달리고 있는 무리들이 두 무리가 더 있었다. 유협일단과 유협이단이 바로 그들이었다.

이백 명씩 이루어진 두 개 단이 내려가는 주위의 무림문파들은 문을 꼭꼭 걸어 닫고 상황을 살피기에 여념이 없었다.

자칫 폭풍에 휩쓸리면 한순간에 전멸을 면할 수 없을 정도의 세력들이 호남을 쓸고 내려가는 상황이, 그들을 움직일 수 없게 만들고 있었

던 것이다. 그렇다고 천은산장과의 싸움에 앞장설 수도 없다. 그랬다
간 나중에 천은산장이 이길 경우 어떤 보복을 당할지 모르니까.

그저 조용히 지켜보는 것이 약소 문파로서 할 수 있는 최선의 방법
이었다.

* * *

"이거 한바탕 폭풍이 불겠는데? 하늘이 심상치 않아……."

위경리가 하늘을 보더니 중얼거린다. 점점 거세지는 바람이 아무래
도 신경이 쓰이나 보다.

그럴 수밖에 없었다. 대규모로 움직이다 보면 아무래도 날씨가 신경
쓰일 수밖에 없었다. 게다가 연합 작전일 경우는 더욱더 그러했다.

유지화도 마음에 걸리는지 눈살을 찌푸리며 하늘을 올려다봤다.

"일단 상음까지는 애초 계획대로 도착해야 합니다. 그래야 대풍운보
의 공격을 최대한 이용할 수 있을 겁니다."

"꼭 그들과 연합을 해야만 하는 거요?"

육정기가 마음에 들지 않는다는 듯 쏘아붙이자 유지화가 신중하게
고개를 끄덕였다.

"직접적인 도움도 도움이지만, 적어도 적들의 힘이 우리에게 집중되
는 것만은 피할 수 있습니다."

"쓸데없는 이야기 들을 필요 없이 빨리 가기나 하자구."

위경리의 한마디에 육정기가 눈을 부라렸다. 하지만 그뿐이었다. 위
경리가 쏘아보며 한마디 하자, 찔끔.

"너 혼자 떨어져서 갈려면 가고."

행여나 자기 마음을 이해해 줄까 힐끔 진고영을 돌아보았지만, 무슨 생각에 빠져 있는지 진고영은 자신들 쪽은 쳐다보지도 않고 있다. 육정기는 하는 수 없이 꼬리 내린 강아지가 되어야만 했다.

"뭐, 다들 생각이 그렇다면야……. 험! 갑시다!"

3

"놈들이 움직였다?"

"그렇습니다, 각주!"

"흥! 이제는 아예 대놓고 치겠다는 건가?"

공손곽의 싸늘한 목소리가 영무각을 울렸다.

조이경은 고개를 들어 분기에 차 있는 공손곽을 보며 조용히 보고를 올렸다.

"놈들의 규모가 생각보다 더 큰 걸로 파악되었습니다, 각주."

"응? 규모가 크다?"

"각지에서 모여든 고수들의 숫자가 근 사백에 이른다 합니다."

"흥! 그래 봐야 오합지졸이 태반이겠지!"

"저…… 그중에는 삼극검 마량이나 군후영 같은 절정의 고수들도 끼어 있습니다. 게다가 아직 정확히 파악되지 않은 고수들도 다수가……."

"뭐야? 마량이 끼어 있다고?"

"예, 각주."

공손곽의 미간이 가볍게 찌푸려졌다.

"그놈들이 제법 고수들을 끌어 모았군. 그래도 결과는 변하지 않을 것이다. 놈들에게 이곳은 지옥이 될 것이다. 후후후……."

자신의 말을 가볍게 듣는 공손곽을 바라보던 조이경이 머뭇거리며 나머지 보고를 마저 올렸다.

"대풍운보의 백리단황이 움직이고 있습니다."

그때서야 조소를 머금고 있던 공손곽의 낯빛이 신중하게 굳어져 간다. 그걸 보는 조이경의 입가에도 가는 웃음이 걸렸다.

'흥! 어디 한번 헤쳐 나가보시지. 우리 영무를 무시하고 일을 해나 갈 수 있나.'

4

진고영은 바위에 등을 기대고 어둠 속에서 타오르는 모닥불을 바라 보았다.

모닥불 주위로는 많은 사람들이 모여 있었다. 그리고 모닥불의 한가 운데에서는 한 마리 커다란 노루가 껍질이 벗겨진 채 노릇노릇 익어가 고 있었다.

홍이지가 자그마한 소도로 노루의 살을 저며내고 있다. 그 옆에서 임수행은 무엇이 좋은지 웃음을 지우지 못하고 저며낸 살들을 사람들 에게 가져다주고 있었다.

한쪽에 자리잡은 무당의 제자들만이 비상 식량으로 가져온 고기 없는 만두를 씹고 있을 뿐이다. 한데 그중에서도 무요자만은 가끔씩 눈을 흘끔거린다. 아마도 고기 냄새 때문에 그의 입에는 침이 한입 가득 고였을 것이다.

진고영의 입가에 빙그레 웃음이 걸렸다.

'유향이 같이 왔으면 나도 저런 기분일까? 음… 옥하가 같이 왔으면 양념도 준비해 왔을지 모르는데…….'

이런 저런 생각에 잠겨 있던 진고영의 미간이 살짝 구겨졌다. 숲 속에서 몇 가닥의 은밀한 기운이 느껴진 것이다.

위경리를 바라보았다. 임수행이 가져다준 고기를 희희낙락하며 먹고 있다. 육정기도, 연부경도……. 아무도 자신들에게 다가오는 기운을 눈치채지 못하고 있다.

탁한 기운은 아니다. 그렇다고 맑은 기운도 아니다. 군이 말하라면 강하되 무거운 기운이랄까?

진고영이 조용히 몸을 일으키자 유지화가 무슨 일인가 쳐다본다.

"누군가가 주위에 있습니다."

진고영의 전음에 유지화는 놀란 눈으로 주위를 훑어봤다.

"십 장 이상 떨어져 있습니다."

"몇 명이나 되는지 알 수 있겠나?"

"세 명인 듯싶습니다만 살기는 느껴지지 않습니다."

"하면 어떻게 할 생각인가?"

"그냥 불러보죠."

"응?"

어이가 없는지 그대로 소리로 흘러나왔다. 위경리가 맛있게 고기를 뜯다 말고 유지화를 쳐다봤다.

“왜 끙끙거리나?”

위경리다운 질문이다. 유지화는 별거 아니라는 투로 가볍게 입을 열었다.

“손님이 왔나 봅니다.”

“손님?”

위경리가 무슨 생뚱맞은 말이냐는 표정으로 유지화를 바라보자 진고영이 빙그레 웃으며 숲을 향해 말했다.

“같이 드시겠습니까?”

상황이 이상함을 느꼈는지 고기를 먹으며 이런 저런 이야기를 나누던 사람들이 모두 입을 다물었다.

그러자 진고영이 다시 숲을 향해 포권을 취하며 다시 말했다.

“검을 마주 댈 것이 아니라면 나오셔서 같이 식사나 하시지요.”

부스럭.

그제야 숲에서 인기척이 나더니 잠시 후 두 명의 중년인과 한 노인이 모습을 드러냈다.

그들을 바라보던 사람 중 연부경이 놀란 목소리로 소리쳤다.

“강 형?”

“오랜만이오, 연 형.”

노인이 연부경에게 가볍게 인사를 하자 사람들이 모두 놀란 눈으로 노인을 쳐다보았다.

천중일기 연부경과 호형호제할 사람이 강호에 몇이나 될 건가. 그것만으로도 사람들이 놀라기에는 충분한 이유가 되었다.

“십여 년 전에 형산에서 뵌 것이 마지막이었으니……. 허허허, 참으로 오랜만이구려.”

연부경의 말에 위경리가 제일 먼저 반응을 보였다.

"형산비검 강운청?"

자신도 모르게 튀어나온 말에 강운청의 이마에 주름이 졌다. 이제 잘 봐줘야 사십대로 보이는 자가 하늘 같은 선배의 이름을 아무렇게나 부르는 것은 아무리 좋게 봐주려고 해도 좋게 봐줄 수가 없는 것이다.

그의 마음을 안 듯 강운청 옆의 중년인이 검을 내밀며 앞으로 나섰다.

"무례하군! 아무리 신협 일행의 이름이 당금 강호를 뒤흔든다 해도 아무나 어른의 이름을 함부로 부르다니!"

벙찐 위경리의 표정이 가관이다. 미처 상황을 깨닫지 못하고 있던 육정기가 잠깐 사이에 그 말뜻을 알아듣고 피안대소를 금치 못했다.

"푸하하하! 형님, 오늘 임자 만나셨수. 그럼! 사람이 예의를 모르면 안 되지, 암!"

"이, 이, 이……."

때리는 시어미보다 말리는 시누이가 더 밉다 했던가. 위경리는 눈앞의 중년인보다 크게 웃고 있는 육정기가 더 얄미웠다.

"육가야, 너 내년 금일을 제삿날로 삼고 싶은 거냐, 지금?"

"헙!"

육정기는 기억하고 있었다. 일전에 남들이 안 웃을 때 웃었다고 수염이 밀리지 않았던가? 그런데도 또 잊고 웃으며 놀려댔으니…….

"험! 그게 아니고 형님이 젊게 보이니 저 사람이 그런 게 아닌가 해서 말이오. 허허, 내 어찌 형님을 놀리겠수."

강운청의 찌푸려졌던 이마가 더욱 깊게 찌푸려졌다. 그는 문득 한 가지 소문이 생각났던 것이다.

나이는 육십이 훨씬 넘었는데 생긴 건 고작 사십대, 천하가 좁다 하고 돌아다니기를 좋아하는 장(掌)의 고수. 그가 신협과 함께 움직이고 있다.

‘맙소사! 그럼 저자가?’

강운청이 생각을 정리하고 막 결론을 내렸을 때였다.

“그래도 감히!”

멋모르는 사질 놈이 앞으로 나서고 있는 것이 보인다.

‘이런!’

대경한 강운청이 막 입을 열려 하자, 겁없는 사질 윤우경이 검을 잡아가고, 위경리의 입이 묘하게 비틀리더니 한 손이 앞으로 내밀어진다.

“조심해!”

강운청의 입에서 다급한 소리가 터져 나왔다. 그러든 말든 위경리의 우수가 묘하게 뒤집히는 듯하더니 어둠 속에서조차 검게 보이는 기운이 윤우경의 검을 휘감아간다.

한순간에 벌어진 일이었다. 누가 말리고 어쩌고 할 시간도 없었다.

윤우경의 안색이 어둠 속에서 창백하게 변해갔다.

이를 악물고 빼내려고 하지만 검이 움직이지를 않는 것이다. 그걸 보던 다른 중년인이 검을 뽑아간다. 순간,

“그 검을 뽑으면 우리는 당신의 목숨을 보장할 수 없소.”

가슴을 짓누르는 음성이 중년인의 귓전을 때리자 중년인은 경악을 담고 검을 잡아가던 손을 멈추어 버렸다. 그런데 반응은 다른 곳에서 나왔다.

“감히 형산의 제자들을 죽이기라도 하겠단 말인가?”

강운청이 눈을 치켜뜨며 소리를 내지른 것이다.

"못할 건 또 뭔가?"

천우만이 아니꼽다는 투로 나섰다.

그 말에 한 소리 내지르려던 강운청은 상대의 나이가 자신보다 아래가 아님을 알고 마음을 억눌렀다.

"당신은?"

"나? 천우만."

"천우…… 헉! 주천괴 천우만 선배?"

강운청의 눈이 휘둥그레졌다. 성질을 참은 것이 천만다행이었다. 그 어떤 사람보다도 건드려서는 안 되는 사람이 바로 천우만이었다. 주천괴의 악명을 알고 있는 사람이라면.

'천하의 변덕쟁이 주천괴 천우만이 이 자리에 있었다니.'

가슴을 쓸어 내린 강운청은 일단 안색부터 바꾸어야만 했다. 말 한마디 잘못했다간 어떤 트집을 잡힐지 모르니까. 그러면서도 결코 상대가 두려워서가 아니라고 자위했다.

"아무리 천 선배라 해도 형산을 무시하는 말은 받아들일 수 없소."

"흥! 대단한 형산이군."

그래도 표정이 조금은 부드럽게 보였는지 천우만이 콧방귀만 뀔 뿐 별다른 말은 하지 않는다. 그걸 본 강운청이 다시 진고영 쪽을 바라보았다. 한데 입을 열려던 강운청의 입이 열리지 않는다. 표정이 딱딱하게 굳어지더니 서서히 일그러져 간다.

그런 그의 시선이 진고영의 뒤쪽에서 어슬렁거리며 걸어 나오는 무요자에게로 향해 있다.

"무요… 자네……."

"오랜만이구먼, 강 도우."

저 말썽꾸러기가 무슨 일로 여기에 있단 말인가. 강운청의 입에서 자신도 모르게 묘한 뜻의 말이 튀어나왔다.

"무당이 자네를 풀어놓다니. 정말 알 수 없군."

"그만한 이유가 있음이 아니겠는가? 흘흘……."

"설령 자네라 해도 저 젊은이의 잘못을 대신할 수는 없네."

무요자를 향해 딱 잘라 말할 때였다.

떠덩!! 쩡!

한 소리 격한 충돌음과 함께 윤우경의 몸이 주르륵 서너 걸음 밀려났다. 어둠 속에서도 확연히 느껴질 정도로 일그러진 얼굴은 작지 않은 낭패를 보았음을 알 수 있을 정도였다.

강운청의 얼굴이 차갑게 굳어진 채 위경리를 쏘아보았다.

"현수 위경리가 장절로 불리며 위명을 떨친다더니 허언은 아니었나 보군."

위경리도 차갑게 말을 받았다.

"무작정 검을 빼 드는 자들이 예의 운운하는 꼴은 못 봐주거든."

두 사람의 눈빛이 어둠 속에서 불꽃을 튀긴다. 그러자 어정쩡하니 서 있던 무요자가 손사래를 치며 가운데로 끼어들었다.

"알고 보면 아무것도 아닌 걸로 너무 인상 쓸 필요가진 없을 것 같구려."

위경리가 무요자를 째려봤다.

"너 같으면 무작정 검을 빼 드는 후배 놈을 가만 놔둘 테냐?"

"허허허……."

무요자가 도인답게 넉넉한 너털웃음을 흘렸다. 하지만,

"그런 후배 자식은 반 죽도록 패서라도 교육을 시켜야지. 그게 선배된 사람으로서 도리인 건 분명하지. 암!"

입에서 나온 말은 시정잡배들이나 할 법한 말투다.

멍.

사람들은 어이없는 표정으로 무요자를 바라보고, 허진은 머리를 쥐어 싸매고 주저앉고 싶은 심정이었다. 심지어 강운청조차 할 말을 잃었는지 멍하니 무요자를 바라보다 끝내 혀를 차고 말았다.

"그럼 그렇지, 난 또……."

한데 그 덕분에 장내를 휘돌던 싸늘한 기운이 가셔 버렸다.

강운청은 또다시 따질 만한 상황도 아니고, 게다가 본래 검을 먼저 빼어 든 사질의 잘못도 있는지라 마음을 가라앉혔다. 그러고는 고개를 돌려 윤우경을 돌아보았다.

윤우경은 저 엄한 사숙이 무엇 때문에 자신을 바라보는 줄 알고 있었다.

"후배 윤우경이 위 선배께 결례를 범했습니다."

사실 상대가 위경리라는 걸 알자 죽었다 살아난 심정이었다.

'제길! 겉모습이 저러니 누가 알겠나?'

위경리가 한 번 쏘아보더니 고개를 돌린다. '됐네, 이 사람아' 하는 표정이다. 그걸로 상황 끝이라 생각했다.

그런데 강운청의 입에서 재차 냉랭한 한마디가 튀어나온다.

"위 형이 저 아이의 사과를 받아들인 걸로 이해하겠소. 하나 나는 저 젊은 후배에게 한 가지 따져 볼 것이 있소."

강운청은 뱉음과 동시에 한 걸음 앞으로 나섰다. 마치 다른 사람은 나서지 말라는 표정을 짓고.

윤우경도 흐트러진 의복을 손보고 강운청의 우측으로 붙었다. 그러자 또 다른 중년인 소동철도 좌측으로 붙는다. 둘 다 냉엄한 표정으로.

그러자 아무도 나서지 않았다. 아무도…….

윤우경은 그럼 그렇지, 하는 자부심이 가슴 가득 밀려왔다.

강운청을 따라 한 걸음 나섰다. 사람들이 뒤로 물러선다. 윤우경의 입가에 슬쩍 미소가 떠올랐다.

하지만 강운청의 표정은 윤우경과 반대로 점점 신중해지고 있었다.

언뜻 위경리의 표정에 조소가 떠오른 것을 느낀 것은 자신만의 착각이었을까. 아무렇게나 서서 자신들을 바라보는 사람들의 얼굴에 떠오른 것은 흥미로운 표정, 그 이상도 그 이하도 아니었다. 왜?

그의 질문에 답하듯 나지막한 말소리가 들려왔다.

"진 아우가 안 말렸으면 오랜만에 재미 좀 봤을 텐데. 쩝."

"네가 그러면 진 아우가 어련히 좋아하겠다. 쯔쯔쯔."

위경리의 목소리였다. 한데 다른 목소리는?

두 걸음째 옮기던 강운청의 걸음이 멈췄다.

"육 선배가 아니라도 제가 나섰을 겁니다."

날선 음성. 젊은 음성이지만 힘이 배어 있다.

'육 선배? 육가라… 웃! 마개 육정기?'

강운청의 머리가 재빨리 돌아간다. 귀는 그들을 향한 채, 위경리가 옆의 젊은 자를 바라보며 말한다.

"어쭈? 네가?"

"그럼요. 사부 같은 분께 검을 들이대는데 그럼 그걸 두고 봐야만 합니까?"

"자식!"

흐뭇해하는 위경리의 표정이 안 봐도 훤하다.

그는 굳은 표정으로 일 장 앞에 서 있는 젊은이를 바라보았다. 이제야 눈앞의 젊은이가 누구인지 확실하게 안 것이다.

"자네가 신협이라는 진고영인가?"

옆에서 따라오던 윤우경의 걸음이 우뚝 멈추었다. 소동철도 따라서 멈춘다. 그런 두 사람의 눈은 한껏 커져 있었다.

"과분한 명호입니다. 진고영이라 합니다."

강운청의 멈칫 흔들렸다.

진고영, 산을 내려와 귀가 따갑게 들은 이름. 아무리 호남의 저 아래쪽에 있다 하지만 강호의 소식 정도는 어느 정도 알고 있었다. 그중에서도 당금 강호를 뒤흔드는 이야기는 형산 제자들의 입에서 지금도 쉴 새 없이 흘러나오고 있다. 그러니 그가 진고영이라는 이름을 모를 수가 없는 것이다.

"말은 많이 들었네. 많은 일이 있었다고 하더군. 하나 그렇다고 해서 형산을 무시하는 말을 그냥 넘길 수는 없네."

진고영이 조용히 강운청을 바라보았다.

"노선배께선 저더러 형산을 무시했다 하지만, 저는 형산을 무시하지 않았습니다. 다만 사실을 말씀드린 것뿐이지요."

"사실이라? 무엇이 말인가?"

"노선배의 일행 분이 검을 뽑았다면 목숨을 보장할 수 없다 했지요."

"그게 형산을 무시했다는 말이네."

"그렇다면 검을 뽑아보라 하시지요, 사실인지 아닌지."

진고영의 한마디에 분위기가 갑자기 싸늘하게 변했다.

설마 그렇게까지 말할 줄이야. 모두가 의외라는 눈으로 진고영을 바라보았다.

냉막하게 굳어진 강운청의 입이 쉽게 열리지를 않는다. 그럴 수밖에 없었다. 소문을 믿든 믿지 않든 상대는 당금 강호를 뒤흔드는 신협이다. 들리는 말로는 삼십삼천 중 몇이 눈앞의 젊은이에게 목숨을 잃었다 한다. 삼십삼천의 무서움을 아는 노고수들에게 그 말은 상대가 곧 하늘과 같은 고수라는 말이나 같았다.

강운청이 노려보고만 있자 옆에 있던 윤우경이 한 걸음 나섰다.

"사숙, 제가 저자에게 과연 그런 능력이 있는지 시험⋯⋯."

"놀고 있네."

윤우경의 말을 끊으며 육정기가 나섰다.

"나는 육정기라고 한다. 조금 전에 내가 나서려 했지, 저놈이 검을 뽑았으면. 그러니 시험을 해보려면 나에게 해야 할 것이다."

청망검의 손잡이를 움켜쥔 육정기의 전신에서 폭풍 같은 기세가 뿜어져 나왔다.

육정기의 한마디에 윤우경의 얼굴이 시커멓게 변했다.

마개 육정기, 결코 자신으로서는 상대할 수 없는 고수다. 앞에 있는 사숙이라면 모를까. 더구나 성질도 지랄 맞다는데⋯⋯. 그런 육정기가 세 사람을 둘러보며 말했다.

"여기 있는 우리가 다 덤벼도 진 아우를 어떻게 할 수 있을까 말까 한데, 뭐? 시험? 그대가? 웃기지도 않는 소리 하고 자빠졌네."

어이가 없는지 실실 웃는다.

강운청이 더 이상은 못 보겠는지 한 걸음 나서며 육정기를 향해 기운을 내뿜었다.

후우웅⋯⋯.

두 사람 사이에서 느닷없이 바람이 인다. 누가 말릴 사이도 없이 육정기가 씩, 웃으며 말했다.

"그려! 해보자구! 심심했는데 잘됐네, 뭐."

창!

육정기가 청망검을 빼어 들었다. 일순간에 사위가 조용해졌다.

강운청도 검을 잡아간다. 옆의 두 사람이 황급히 물러섰다.

스르릉…….

천천히 빼어 드는 검날에서 아지랑이 같은 기운이 넘실댄다. 그는 마개 육정기가 결코 자신의 아래가 아니라는 것을 누구보다도 잘 알고 있었다.

자신이 형산제일검으로 십정의 일인이라면 상대는 천하의 우내십팔마 중 하나가 아니던가.

날선 긴장이 금방이라도 피를 뿌릴 것처럼 사방을 휘감아간다. 그때였다. 일순간, 한마디 묵직한 목소리가 날선 긴장을 짓눌러 버렸다.

"그. 만. 하. 시. 지. 요."

진고영이었다. 단순히 양유대력이 가득 실린 한마디였다.

한데 육정기의 폭풍 같은 기세가 물먹은 솜처럼 한순간에 누그러져 버렸다.

강운청의 검에서 뿜어지던 검기가 안개처럼 흩어져 버렸다.

부르르 떨리는 강운청의 표정에선 믿을 수 없는 일을 당한 넋 나간 처녀의 표정이 떠오르고 있었다.

누구보다 진고영의 한마디 말의 위력을 잘 아는 방거산이 고개를 끄덕이며 우렁우렁한 목소리로 말했다.

"저거… 진 숙부에게 당해보지 않은 사람은 몰라. 마치 심장이 나락으로 떨어지는 것 같은 기분이거든.”

처음 백리웅천과 눈싸움 벌이던 때를 떠올린 방거산이 어깨를 떨며 하는 소리에, 사람들은 그제야 왜 두 사람이 놀란 눈으로 진고영을 바라보았는지를 알 수 있었다.

아연한 눈들이 진고영을 바라본다. 세상에, 절정고수 두 사람의 기싸움을 말 한마디로 잠재우다니…….

머쓱해진 진고영이 강운청을 바라보았다.

“어쨌든 육 선배가 노선배의 일행을 공격했다면 분명 무사하지는 못했을 테니, 더 이상의 말싸움은 불필요할 것 같습니다만.”

강운청도 이제는 물러설 때라는 것을 느꼈다. 기세에서 철저하게 무너져 버렸으니 더 이상은 어찌할 방도가 없다.

소문은 결코 잘못 전해지지 않았다. 어찌 생각하면 허탈감이 들 지경이었다. 형산제일검이라는 자신이 말 한마디에 내뿜던 기운을 누그러뜨리고 꼬리 만 강아지 신세가 되다니.

망연한 심정으로 진고영을 바라보자, 그가 다시 자신을 향해 물어온다.

“어쩐 일로 이곳까지 오신 것인지 여쭈어도 되겠습니까?”

억! 맙소사! 이런! 내가 지금 뭐 하고 있는 거지?

강운청의 얼굴이 슬쩍 붉어졌다. 그러고 보니 지금 자신이 왜 여기에 왔는지를 잠시 잊어버리고 소란만 피운 꼴이 되어버린 것이다.

강호제일 눈치귀신 위경리가 제일 먼저 상황을 눈치챘다.

“잊을 걸 잊어야지!”

할 말이 없다. 그래도 일단은 눈을 부라려 위경리를 노려봤다. 위경리가 마주 노려본다. 꼬시다는 눈빛이다.

두 사람을 번갈아 보던 무요자가 낄 데 안 낄 데 분간없이 슬며시 물어본다.

"강 도우, 뭘 잊었는데?"

크으, 오늘 완전히 형산제일무게 강운청의 이름값이 똥값이 되어버렸다.

홱! 소리가 나도록 고개를 돌린 강운청이 진고영을 바라보며 입을 열었다.

"험! 나는 우리 형산의 입장을 전해주러 왔네."

옆에서 듣고 있던 위경리가 말했다.

"그러다 한 번 붙어보고 싶어서 주위를 맴돌았겠지."

무요자가 또 나섰다.

"어? 나도 한번 붙어보려고 나왔는데. 강 도우도 나하고 같은……."

위경리가 다시 말했다.

"너, 가만히 있었던 게 잘한 거여. 저 꼴을 봐라."

강운청이 더 이상 참지 못하고 크게 소리쳤다.

"그래, 이 위가 놈아! 도대체 신협 진고영이 얼마나 강한지 알아보려고 직접 나왔다! 됐냐!"

위경리가 눈을 크게 뜨고 말했다.

"누가 머라 했남? 왜 큰 소리를 지르고 난리여?"

창!

"에라이! 너라도 한번 붙어보자!! 그놈의 주뎅이는 떼어두고!"

한바탕 난리가 났다. 검을 뽑아 든 강운청이 위경리에게 달려들자 위경리의 신형이 저만치 물러난다. 그래도 입은 쉬지를 않는다.

"꼭 말발 달리는 사람들이 힘을 앞세우더라고. 무식하게 말이지."

"크아!!"

괴성이 숲을 울렸다. 누구도 막을 수 없었다. 진고영도 막을 수 없었다. 어둠 속에서 두 사람이 동에 번쩍 서에 번쩍 하며 쫓고 쫓긴다.

앞선 자는 계속 중얼거리고,

"이제 그만 하자니까. 고기 다 타겠구만."

뒤쫓는 자는 괴성을 지른다.

"으아아!! 네놈 엉덩이 살로 오늘 저녁을 때우리라!!"

그리고 나머지 사람들은…… 모닥불 가로 다가가서 고기를 잘라 먹는다.

윤우경과 소동철은 어이가 없다 못해 할 말을 잃어버렸다.

사숙과 자신들은 형산의 입장을 전하겠다는 임무를 띠고 왔다. 사숙이 신협에 대한 소문을 확인하겠다는 말을 할 때도 그러려니 했다. 하늘로 불리던 자들이 그에게 죽어갔으니 세긴 엄청 셀 것이다. 그래도 설마 친선비무에서 어찌하기야 하겠나. 명색이 형산파의 원로인데.

그렇게 편안한 마음으로 이들을 찾아 북상했고, 마침내 이들의 위치를 알게 되었다.

한데 사숙은 아침에 찾아가자는 걸 굳이 이 밤중에 가서 만나겠다며 서둘렀다. 일은 그때부터 이상해지기 시작했던 것 같다.

결국은 장절 위경리와 숨바꼭질을 하며 숲을 돌아다니고 있으니……. 미칠 노릇이었다.

한 가지 더 어이없는 일은, 바로 위경리 일행의 행동이었다.

위경리는 사숙에게 쫓겨 숲을 돌아다니고 있는데,

쟁! 파팡! 지금도 숲에서 두 사람이 부딪치고 있는 소리가 들린다. 근 삼십여 명의 사람 중 심각한 표정으로 있는 사람들은 무당의 제자들뿐이다. 그나마 무요자는 제외하고.

나머지 사람들? 그들은 모닥불 가로 다가가 한 여인이 썰어주는 고기를 넙죽넙죽 받아먹고 있다. 자신들이 잘못된 건지…… 의문이 일 정도다.

하지만 두 사람은 생각도 못하고 있었다, 왜 저들이 저리도 태평한지.

잠시 후, 고기를 먹던 자들 중 육정기가 중얼거리는 소리가 들렸다.

"저러다 날 새지……. 거참, 웬만큼들 하시지, 고집 하고는……."

"그러게 말이네. 늙었어도 아직은 뛰어다닐 만한가 보군."

연부경의 말에 우형욱이 조심스럽게 묻는다.

"저…… 괜찮을까요?"

"위 형? 걱정 말아라. 특별한 일만 없으면 날 새도록 저럴 것이다. 네가 생각하기에 위 형의 발을 잡을 사람이 강호에 몇이나 있을 것 같으냐?"

"아!"

그랬다. 위경리는 장절이라는 별호대로 장에도 일가견이 있지만, 그를 아는 사람들은 위경리의 신법이 또한 일절이라는 것을 알고 있는 것이다.

"진 아우가 지켜보고 있는데 무슨 걱정을……."

더구나 육정기의 이어진 한마디는 우형욱을 다시 모닥불 가로 앉게 했다.

"어? 그쪽 고기는 내가 찍어놓은 건데!"

한 시진이 지났다. 두 사람이 씩씩거리며 대치하고 서 있다.

눈에선 불길이 아직도 꺼지지 않은 채 간간이 타오르고 있었다. 하지만 그뿐이었다. 지친 두 사람에겐 그저 앉아서 잠시 쉬고 싶은 마음뿐이었다. 자존심 때문에 이러지도 저러지도 못한 채 마주 보고 씩씩거릴 뿐이라는 이야기다.

위경리가 머리를 쓸어 넘기며 말했다.

"조금 쉬었다 하지."

"누구 맘대로?"

"나도 다리 힘은 남 못지않으니까 쉬기 싫으면 말고."

강운청은 이미 절실히 느끼고 있었다, 눈앞의 얄미운 늙은이의 발이 엄청 빠르고 변화가 심하다는 걸. 그러니 더 해봐야 남을 것도 없다는 걸. 자존심을 빼고는. 그런데 이제는 자존심보다 조금 쉬고 싶은 마음이 더 간절했다.

'제길, 이제 늙었다는 게 티가 나는군. 예전 같으면 삼 일을 뛰어도 괜찮았는데…….'

"그럼… 조금만 쉬지…….""

두 사람이 물러서서 각자의 일행에게로 다가가자 바위 위에 앉아 있던 진고영이 일어나더니 강운청에게 다가갔다.

그러더니 태연하게 입을 연다.

"아까 하던 이야기, 마저 하시지요."

아무것도 아닌 말이다. 그런데도 사람들의 표정이 어째 질린 얼굴이다. 지금 상황에 저런 말을 할 수 있다니…….

그러든 말든 진고영은 강운청의 앞에 털푸덕 주저앉았다.

윤우경과 소동철이 급히 강운선의 좌우로 나서려 하자 진고영의 고개가 들렸다.

“저희는 천은산장을 치러 갑니다. 그것이 무엇을 뜻하는지 노선배께
선 잘 아실 겁니다.”

고개를 내리고 강운청을 향했다. 무슨 일인지 윤우경과 소동철의 안
색이 어둠 속에서도 확연히 보일 정도로 창백하게 질려 있다.

“마도든 정도든 상관없이, 앞을 가로막는 자는 모두 적으로 간주할
수밖에 없는 입장이지요.”

강운청의 얼굴도 굳어졌다.

“그게 누구든, 어떤 문파든 말입니다.”

“감히……!”

“형산은 어느 쪽입니까? 가로막는 쪽입니까? 아니면 같은 길을 가는
쪽입니까?”

굳어진 강운청의 두 눈이 진고영의 눈을 직시했다.

이를 악문 강운청이 잇새로 말문을 열고 물었다.

“만일 막는다면?”

한마디에 한쪽에서 느긋이 상황을 지켜보던 자들이 긴장하며 자세
를 바로잡는다. 그러나 진고영의 표정에는 변화가 없다. 어차피 쉽게
꼬리 말 거라는 생각은 하지도 않았다는 표정이다. 천천히 입이 열린
다.

“막는다면…….”

우수가 옆구리의 관천곤을 잡아간다. 긴장이 장내를 질식시킬 듯이
덮어온다. 위경리와 강운청이 투닥거릴 때와는 다른 상황이다. 지금은
개인 간의 싸움이 아니라 자칫 구대문파의 하나인 형산을 상대할지 모
르는 상황인 것이다.

진고영이 완전히 곤을 빼어 들 때까지 강운청은 굳어진 표정으로 쳐

다만 보고 있다. 사람들에겐 그것이 또한 의문이었다.

우수에 들린 관천곤이 오 장 밖 우측의 바위를 가리킨다. 높이 일 장은 될 법한 바위를.

모두의 눈이 바위로 향했다.

그때, 심장을 나락으로 떨어뜨릴 것 같은 한마디 나직한 음성이 사람들의 귀를 파고들었다.

"부술 수밖에 없습니다."

번쩍! 우르르르…….

어둠을 가르고 시커먼 한줄기 묵광이 관천곤에서 뻗었다.

사위가 조용해졌다. 무게를 알 수 없는 적막이 이십여 명의 어깨를 짓눌러 말문을 닫아버렸다.

이를 악다문 강운청의 입에서 억눌린 목소리가 새어 나온다.

"광오한……."

거기까지였다. 강운청의 말문이 다시 닫혔다. 눈이 더 크게 뜨일 수 없을 만큼 크게 뜨였다. 누군가가 떨리는 목소리로 웅얼거린다.

"사, 사라… 진다……."

"맙소사!"

사라지고 있었다. 오 장 밖에 서 있던 바위가 바람에 휘말리며 윗부분부터 파도에 쓸리는 모래처럼 사라지고 있었다.

경악에 다시 말문이 닫혔다, 몇 사람만 빼고는.

"응. 그쪽 고기가 잘 익었다니까?"

"형욱아, 형님만 챙겨주기냐? 너, 정말 그럴 거야?"

"그러게 평소에 잘해야지. 험, 험!"

"연 매, 당신도 굽지만 말고 좀 먹지 그래?"

“에이, 살찌는데……. 그래도 당신이 먹으라면……. 호호호홍!!”

이들에게는 그저 당연한 일로 호들갑을 떠는 사람들이 더 이상할 뿐이었다.

한 점 고기를 입에 문 육정기가 말했다.

“형욱아, 어째 진 아우의 힘이 좀 빠진 것 같다? 한 번에 박살을 못 내는 게?”

입가의 고기 기름을 닦던 위경리가 핀잔을 주었다.

“육가야, 그렇게 나서지 말래도……. 본래 천천히 사라지게 하는 것이 더 어려운 법이여!”

조용히 천우만이 가져온 술 한 잔을 감지덕지하며 얻어 마시던 유지화가 품위있게 입을 열었다.

“아마 힘을 반밖에 안 썼을 겁니다.”

진고영이 조용히 말했다.

“천은산장은 저와 불공대천의 원수입니다. 노선배라면 원수의 앞을 막는 자를 어찌하시겠습니까?”

강운청의 볼이 가볍게 떨렸다. 믿을 수 없는 사실이지만 눈앞의 젊은이, 신협 진고영이 하는 말은 결코 공허한 협박 따위가 아니다.

만일 형산이 신협의 앞을 막으려 한다면 전멸을 각오해야 할지도 모른다. 단 한 수였지만 그 정도를 파악할 능력이 강운청에게는 있었다.

더구나 이제는 빠져나갈 구멍까지 만들어주고 있다. 강자의 배려인가? 아님 여유인가?

“나 역시…… 부술 것이네.”

“그럼 형산은 앞을 막는 적입니까? 아니면 같은 길을 가는 동료입니까?”

"형산은…… 절친한 동료는 못 되어도… 적은 되지 않기로 했네."

그랬다. 그것이 형산의 입장이었다. 한바탕 시끄러운 소동이 일어나긴 했지만 사실은 그 한마디를 하기 위해 왔다가 일어난 일이었다.

"우리는 천은산장과 그간 매우 가까운 사이였네. 한순간에 정을 끊고 친구를 적으로 돌리기에는 시간이 너무 짧았네. 그 정도는 그대가 이해해 주어야 할 것이네."

진고영이 몸을 일으켰다. 그리고 깊숙이 고개를 숙였다.

"그간 무례하게 군 점이 있다면 용서하시길. 그 말만으로도 저희에겐 많은 부담이 줄었습니다."

강운청이 고개를 저었다.

"후우, 자네가 무슨 잘못이겠나. 다 늙은이의 호승심 때문이지……."

"이제야 무얼 깨달았나 보군."

삐딱한 위경리의 말에 강운청이 묘한 웃음을 흘렸다.

"허허허. 그대도 더 크다 보면 알게 될 거네."

"……!"

눈치귀신도 실수할 때가 있는 법. 잠시 그 말을 음미하던 위경리가 고개를 모로 꼬고 강운청을 쳐다볼 때, 육정기가 엉겁결에 앞으로 나섰다.

"뭔 소리신지. 이 양반 클 건 다 컸는데……."

그러면서 위경리의 위아래를 훑어봤다.

"눈깔 치워라, 존 말 할 때……."

*　　　　*　　　　*

“어찌하시겠습니까?”

“놔둬라! 놈들이 가까이 오도록!”

“하오나…….”

“흐흐흐. 바퀴는 이미 굴러가기 시작했다. 어차피 힘도 없는 자들은 눈치만 보느라 움직이지도 못하고 있다. 본 장의 힘만으론 수백 리에 걸친 방어막을 친다는 것도 쉽지가 않은 상황. 그렇다면 좁혀야겠지.”

“위험하지 않겠사옵니까?”

“네가 해야 할 일이 무엇이더냐? 방도를 세워라!”

“존. 명!”

두 손을 바닥에 짚은 공손곽의 머리가 땅에 닿았다.

5

“무천단은 어떻게 되었나요?”

동방설리의 물음에 제갈환이 무심하게 답했다.

“지금 각파의 고수들이 모여들고 있네. 이미 련에 도착한 숫자만도 이백 명이 넘네.”

“무천단이 완성되면 바로 정검단의 창단에 박차를 가해야 합니다. 대군사께서도 정검단의 창단이 중요하다는 것을 잘 아실 겁니다. 물론 대군사께서 잘 알아서 하시겠지만…….”

“정말 그래야 할 정도로 혈왕궁이 위협적이라 생각하는가?”

제갈환의 말에 동방설리의 눈이 차갑게 반짝였다.

"정검단에는 수많은 강호의 고수들이 참여하게 될 것입니다. 그저 구파와 오대세가의 고수들이 모인 무천단과는 또 다른 힘이 될 것입니다. 그들은 우리가 그저 대문파의 기득권만을 위해 싸우는 것이 아니라는 점을 부각시키게 될 것입니다."

무서운 여인이었다. 제갈환은 문득 등 뒤로 흐르는 식은땀에 흠칫 몸을 떨었다.

이 여인은 단순히 싸우자고 하는 것이 아니다. 전강호인을 모조리 싸움터로 끌어들이고 있다.

무엇을 하자는 것일까. 그러다간 수천, 수만의 피가 흐를 것이거늘.

제갈환은 슬며시 눈을 감았다가 다시 떴다. 동방설리의 말이 다시 들려오고 있었던 것이다.

"대군사께서 무얼 걱정하시는지 알아요. 하지만 지금은 다른 방법이 없어요. 혈왕궁이 더 힘을 키우기 전에 무너뜨리는 길밖에."

제갈환의 두 눈이 동방설리를 향했다.

"혈왕궁이 무너지고 나면 끝나는 거요?"

차가운 한망이 동방설리의 눈에서 번뜩였다.

"마의 씨앗을… 모두 없앨 생각이에요. 그래야 힘없는 양민들이 걱정없이 살 테니까요."

부르르…….

그것이었다. 이 여인이 바라는 것은 단순히 혈왕궁의 멸망이 아니었다. 세상 마의 무리들을 모두 쓸어버리겠다는 것. 언뜻 들으면 그야말로 정파인들의 피를 끓어오르게 하는 말이었다.

하지만 그렇게 흑백으로 간단하게 구분할 수 없는 곳이 바로 강호라는 세상, 그리고 사람 사는 세상이다.

"동방 군사."

"예."

"그 힘없는 양민들이 배고파지면 자칫 실수하여 마의 길로 빠질 수 있다오. 그럼 동방 군사가 볼 때 그 사람은 양민이오, 마인이오?"

"양민일 때는 용서할 수 있지만 마인일 때라면…… 결코 용서하지 않겠어요. 그것이 저의 의지예요."

"언제든 다시 양민이 될 수 있는 사람인데도 말이오?"

"언제든 양민을 괴롭힐 수 있는 사람이기도 하지요."

"으음… 한 가지 부탁을 해도 되겠소?"

"제가 들어드릴 수 있는 것이라면."

"지금 보고 있는 위치에서 한 치만 뒤로 물러서서 보아주시오."

문득 동방설리의 입가로 은은한 미소가 걸려 보이는 것은 제갈환만의 착각이었을까.

동방설리가 말했다.

"전에… 저에게 그렇게 말한 사람이 있었지요. 그때 저는 그럴 수 없다고 했습니다. 그리고 그를 머리 속에서 영원히 지워 버리려 했지요. 훗, 대군사님의 말을 듣다 보니 예전의 그 사람이 생각나는군요."

제갈환은 믿을 수가 없었다. 세상에 저렇게 환한 동방설리의 모습이라니.

"그 사람이 혹시……."

"아마… 대군사님이 생각하고 있는 사람이 맞을 거예요."

자신도 모르게 환한 웃음을 지었던 동방설리의 표정이 점차 차갑게 가라앉아 갔다.

"사랑조차 버린 제 의지를 누구도 꺾지 못할 거예요. 설사 그 사람이 와서 말린다 해도……."

'후우…….'

제갈환은 자신의 힘으로는 결코 동방설리의 뜻을 꺾기에 역부족이라는 것을 절감했다.

하지만 그러면서도 한 가지 방도가 있을지도 모른다는 생각이 그의 머리 속 한구석에서 피어오르고 있었다.

6

거센 바람을 타고 출렁이는 동정호의 물결을 타고 호남이 들끓어 올랐다.

모든 눈과 귀가 상남을 향해 열려 있었다.

그것은 소리없는 함성의 폭발이었다.

그리고 의춘의 한곳에서도 의기가 끓어오른 자들의 함성이 메아리치고 있었다.

쾅!

움켜쥔 주먹이 한 자 두께의 탁자를 내려치자 굉음과 함께 부서진 탁자의 가루가 허공으로 휘날렸다.

백리단황의 강한 의지가 담긴 외침이 대전 내에 메아리쳤다.

"이제 탁자는 필요없다! 우리는 천은산장을 무너뜨리고 본장으로 돌아갈 것이다!!"

열기가 끓어올랐다.

앞쪽에 선 호공탁의 표정이 흥분으로 울긋불긋 볼 만하게 변색되고 있었다.

"죽음이 두려워 물러서는 자는 내 주먹 맛을 보게 될 것이다!"

"와!!"

"와와!!"

대전 밖에 도열한 팔백의 무사가 의춘이 떠나가라 소리를 내지른다.

장원을 가득 메운 무사들의 전신에서 피어오른 기세에 하늘조차도 숨을 죽였다.

모두가 폭주하는 흥분의 열기에 빠져들었다. 그때, 장원의 대전 한쪽에 서 있던 한 사람만은 외눈에 차가운 광망을 내뿜으며 장내를 주시하고 있었다.

'이제 시작이다. 내 가족을 죽인 자들, 그 원한을 내 어찌 잊으랴. 수십 배, 수백 배의 피를 보더라도……'

천천히 돌아서는 독목서생의 어깨가 가볍게 흔들렸다.

'수백 명의 피를 본다면 내 원한이 씻어질까? 내 가슴속에 말라붙어 딱딱하게 굳어진 핏덩이를 과연 얼마나 털어낼 수 있을까.'

孤影　第五章

1

첩검단으로부터 첫 번째 연락이 온 것은 진고영 일행이 평강에서 백 리 정도 떨어진 곳에 이르렀을 때였다.

상음에서 천룡상단의 무사들이 움직이고 있음. 그러나 멀리 벗어나지는 않은 채 웅정산 아래에 머물러 있음.
유협일, 이단은 골라(汨羅)에 도착, 지시를 기다림. 무당의 제자 삼십여 명, 동정호를 남하 곧 유협단과 조우 예정.

전서를 읽어가던 유지화가 무요자를 돌아다보았다. 무요자도 조용히 전서를 읽어가던 유지화가 자신을 바라보자 무겁게 고개를 끄덕이며 입을 열었다.
"본 파로선 삼악의 일을 좌시할 수 없다네. 유 도우도 잘 아시겠지

만, 그 일은 모든 도문이 달려들어야 할 일이지. 다만 지금은 혈왕궁과
의 싸움 때문에 많은 고수들을 빼낼 수 없어 안타까울 뿐이네.”
　“그나마 어려운 사정임에도 삼십 명이나 더 보내주시니 감사할 따름
이지요.”
　가볍게 예를 취한 유지화는 전서의 나머지 부분을 읽어갔다.

　상담 주위 삼십여 리에 걸쳐 철저한 경계망 펼쳐짐. 예릉으로 들어서던
대풍운보와 양환검문이 충돌, 양환검문의 제자 백여 명 사상. 대풍운보는 빠
른 속도로 주주로 향함.

　마지막을 읽어가던 유지화의 미간이 잔뜩 찌푸려졌다.
　“대풍운보가 의외로 빨리 움직이고 있습니다. 아무래도 독목서생이
라는 새로운 군사의 능력이 생각보다 탁월한 것 같습니다.”
　그의 말에 사람들의 눈에 호기심이 떠올랐다.
　아무래도 알려지지 않은 인물의 등장은 사람들에게 놀라움보다는
호기심을 불러일으키는 법이다.
　처음에 그에 대해 들었을 때만 해도 그러려니 했다. 이제 강호에 나
온 자가 무얼 할 수 있으랴 했었다. 한데 계속 들려오는 소식은 알게
모르게 그의 능력이 결코 간단치 않음을 말해 주고 있었다.
　“그에 대해 정확히 알려진 것이 있습니까?”
　뭔가 생각에 잠겼던 진고영이 나직이 묻자 유지화는 고개를 저었다.
　“확실한 것은 없네. 다만 진 공자와 비슷한 젊은 나이라는 것밖에
는. 게다가 그의 별호대로 눈이 외눈이라는 것 정도. 이름은 무오이
고.”

“무오… 나와 비슷한 나이…….”

중얼거리듯 유지화의 말을 되새김질하던 진고영의 눈이 반짝 빛을 발했다.

“첩검단에 그의 신상에 대해서 알아보라 전해주십시오. 아무래도…….”

진고영이 말을 하다 말고 말문을 닫자 유지화도 무언가를 눈치채고는 신중히 고개를 끄덕이며 전음을 보냈다.

“혹시 그가 운 공자가 아닌가 생각하나?”

“젊은 나이에 그 정도의 능력을 지니고 있는 데다, 느닷없이 천은산장과 싸우겠다고 나설 만한 사람이 강호에 얼마나 있겠습니까?”

“하긴……. 내 한번 알아보겠네.”

상담이 가까워질수록 사람들의 표정도 긴장감으로 굳어지고 있었다. 특히 천은산장에 한번 들어가 봤던 사람들의 얼굴은 비장감마저 흐르고 있었다.

그러다 보니 뭣도 모르고 빈정거리던 우형욱은 한 대 쥐어 터지기도 했다.

“참나, 열몇 명이 가서도 뒤흔들었으면서 몇백 명이 가는데 왜 그리 얼어 있습니까?”

위경리가 우형욱을 노려보며 물었다.

“너, 백령곡에 가봤냐?”

“아뇨.”

“그런 놈이 어디서 감히 어른을 놀려?”

딱!

끝내 매를 벌었다. 인상을 잔뜩 쓴 우형욱은 한 걸음 물러서며 빽,
소리쳤다.

"제가 언제 놀렸다고 그래요? 단지 위 노선배께서 워낙 얼어 있으니
육 선배까지도 저렇게 굳어 있잖아요."

우형욱이 가리키는 육정기도 남쪽을 향한 채 굳어 있었다. 한데 평
소 때 같으면 불을 켜며 노려볼 육정기가 아무런 말도 없다. 이상한 일
이었다. 우형욱이 심심한지 슬쩍 육정기를 부추기려 할 때였다.

"무섭지……. 안 무서우면 사람도 아니지……."

사람들의 시선이 육정기에게로 향했다. 그러든 말든 육정기는 몸을
부르르 떨었다. 하도 어이가 없는지 무요자가 한마디 했다.

"남들이 보면 마개 성질 다 죽었다고 놀리겠구먼."

육정기가 눈알만 돌려 무요자를 쳐다봤다.

"내 무요자 선배가 백령곡에 들어가서도 그리 태연할 수 있다면 절
을 백 번이라도 하겠소."

"무량수불."

육정기의 말에 허진이 나서며 입을 열었다.

"육 도우님의 말씀대로 그들이 그렇게 무서운 자들이라면 왜 여태
숨기고 내놓지 않았을까요?"

모두의 궁금증이었다. 그러나 그걸 당연하게 생각하는 사람도 있었
다.

그중 한 사람이 유지화였다.

"그랬다면 천하가 가만있었겠습니까? 아마 무림련도 혈왕궁보다
먼저 천은산장을 친다고 난리 쳤을 겁니다. 지금이야 위기를 느끼고
이것저것 가릴 수 없는 상황이기에 그 괴물들을 풀어놓고 있지만 말

입니다."

아마 그랬을 것이다. 단순히 힘이 강하다는 것과 악마와 손잡은 자들이라는 것과는 엄연히 다른 것이다.

위경리가 못을 박듯 입을 열었다.

"적어도 그 하나하나가 나와 비슷하다고 생각하면 될 거다, 무요 말코야."

무당 제자들의 표정이 멍해졌다. 설마 하는 표정들이다. 그런데 말도 잘 안 하는 궁무진이 나직하게 입을 연다.

"그놈들, 한 삼십 명은 될 것 같았지요, 위 선배?"

연부경이 미간을 찌푸리며 말을 덧붙이고.

"더 될 것 같던데……."

마지막으로 진고영이 못을 박았다.

"그들과 부딪치게 된다면 절대 개인 행동은 금하시기를……."

2

먹구름 몰려가듯 거센 폭풍이 남하하고 있던 그날, 한줄기 비릿한 피 냄새가 서쪽에서 동진을 시작하고 있었다.

그러나 아무도… 무림련의 그 누구도, 심지어는 동방설리조차 짐작도 못하고 있었으니…….

족히 열 명은 들어설 수 있을 거대한 마차의 내부에 단 두 명만이 마주 앉아 있는 광경은 왠지 썰렁해 보이기까지 했다. 그러나 두 사람이 나누고 있는 이야기는 결코 썰렁할 수가 없는 이야기였다.

"신월문의 움직임은?"

붉은 혈의에 유생건을 쓰고 있는 모습이 괴이하게까지 보이는 초로의 노인이 나직하게 물었다. 그러자 마주 앉은 중년인이 음울한 음성으로 공손히 말을 받았다.

"그들은 이미 호북으로 들어섰습니다. 아마 곧 무검단과 마주치게 될 것입니다."

"음, 셋째가 보기에는 그들이 무검단을 쓸어버릴 수 있을 거라 생각하는가?"

"적어도 회복 불능의 타격은 줄 수 있을 겁니다."

"그래? 좋아. 그 일은 그 정도로 해두지. 하면 백마보는 어찌 되었는가?"

"아직은 움직임이 없습니다만, 그들이라 해서 혈왕의 명을 거역할 배짱은 없을 겁니다."

"후후후, 그렇겠지. 하나… 늦게 움직이면 늦게 움직일수록 그 대가가 커진다는 것을 알아야 할 터……."

"철혈신마 백연천이 바보가 아닌 이상 그 정도는 알고 움직이겠지요."

"흠. 하긴……. 한데 혈미조는 어디 갔나?"

"그 계집은 요즘 사한에게 미쳐 있습니다."

"호? 그래?"

"저번 무림련에 다녀온 후부터 사한 뒤만 쫓아다니고 있습니다."

"허허허, 이제야 남자를 제대로 보는 눈이 생겼나 보군. 그냥 놔두게나, 손해날 일은 없으니."

“알겠습니다, 대형.”

“혈왕께선 한바탕 피 바람이 불기를 원하고 계시네. 하기사 이제 바람이 불 때도 되었지……. 피 바람이 말일세……. 허허허!”

문인호용의 나직하면서도 음울한 음성에 중년인 혈귀랑 마광은 등줄기를 훑어 내리는 한기에 몸을 부르르 떨어야만 했다.

그의 말은 마침내 혈왕궁의 본격적인 활동이 시작되었음을 말하는 것이었으니…….

그렇게 두 사람을 태운 거대한 마차가 사천의 경계인 유곡산 자락을 넘어가던 날, 석양은 유난히 붉은 핏빛 구름을 드리운 채 서산으로 넘어가고 있었다. 그리고 그 핏빛 구름 속에는 수백의 붉은 그림자들이 마차를 따라 조용히 움직이고 있었다.

3

석양이 동정호를 삼켜 버렸다.

대기가 파열되고 호수가 진저리를 치고 있었다. 그것은 경이 그 자체였다.

완연한 봄, 청명하던 하늘이 붉은 구름으로 덮여가고, 해는 서산머리에서 한 발밖에 남지 않았다.

상음에서 오십여 리 떨어진 곳, 붉게 물들어가는 동정호 가에 제마단 일행이 도착했을 때, 그들을 반겨준 것은 동정호에 삶을 내맡긴 물새도 아니요, 동정호를 둘러싼 터줏대감인 갈대들도 아니었다.

수십 명의 인영이 갈대 숲에서 쏟아져 나오자 앞서 가던 육정기의 발걸음이 우뚝 멈추어 서더니, 낙조를 받아 붉게 빛나는 청망검이 뽑혔다.

"웬 놈들이냐?!"

일성 대갈에 숲에서 나온 자들 중 앞에 서 있던 세 사람이 동시에 육정기의 앞으로 다가왔다.

그들 중 가운데 있는 자가 한 걸음 앞으로 나서며 입을 열었다.

"우리는 청무회의 사람들입니다."

청무회, 호남의 뜻있는 무사들이 모여 만들었다는 모임. 일전에 두지악과 강대승이 철한장을 찾아왔을 때 말했던 자들이다.

육정기가 눈을 찌푸리며 뒤를 바라보았다. 그러자 유지화가 앞으로 나서서 포권을 취하며 말했다.

"두 소협과 강 소협으로부터 말씀은 들었소이다. 본인은 유지화라 하오."

"아! 단홍수사 유 대협을 뵙게 되어 영광입니다. 소생은 성검문의 대제자 관철중이라 합니다. 두지악은 소생의 사제가 됩니다."

관철중의 존경 어린 눈빛이 유지화를 향하자 육정기가 재빨리 앞으로 나섰다.

"험! 나는 육정기라 하네."

관철중의 눈이 한껏 커졌다. 그러자 육정기는 가슴을 내밀며 흐뭇하니 웃음을 지었다. 그러나,

"미처 몰라 뵈었습니다. 설마 불같은 성격의 육 대협께서 이리도 호방한 분이시라니……."

관철중의 인사에 육정기의 표정이 묘하게 일그러졌다. 그러다 자신이 판단 내리기에는 헷갈리는지 슬며시 뒤쪽의 위경리를 바라보며 전음으로 물었다.

"위 형님, 지금 이놈이 나를 놀리는 거요, 아니면 존경한다는 소리요?"

당연히 위경리는 고개를 끄덕이며 웃어줘야만 했다.

"그야 너를 존경한다는 소리지, 그럼!"

안 그랬다간 무슨 난리가 날지 모를 판이니…….

유지화가 육정기의 꽁무니에 불이 붙기 전에 얼른 말을 꺼냈다.

"이렇듯 호남의 의기가 살아 있으니 곧 천은산장의 일은 진정이 될 듯싶소이다그려."

"당연히 저희들이 앞장서야 할 일입니다. 어찌 보면 너무 늦은 감마저 있는 듯해서 죄송할 뿐입니다."

"별말씀을. 아! 다른 분들과도 인사하지요."

관철중의 눈이 재빠르게 제마단의 면면을 훑고 지나갔다. 그러다 어느 한곳에서 우뚝 멈추었다.

유지화가 빙그레 웃으며 말했다.

"진 공자, 성검문의 관 소협입니다."

진고영이 나서며 포권을 취했다.

"진고영이라 합니다."

"관철중입니다. 신협을 뵙다니 관 모의 눈이 오늘 호강을 하는 듯합니다."

"과찬의 말씀, 다른 많은 선배가 계신 곳에서 제가 먼저 인사를 받으니 쑥스럽기만 합니다."

하지만 다른 사람은 그리 생각하지 않는 듯 관철중이 뒤늦게 잘못을 깨닫고 정신없이 인사를 하자 그러려니 하며 인사를 받는다. 관철중은 새삼 진고영의 위치가 결코 강호의 위명 쟁쟁한 대선배들보다 아래가 아님을 실감할 수 있었다.

그렇게 정신없이 인사를 나누고 어느 정도 상황이 정리되자 유지화가 넌지시 물었다.

"청무회에서는 어찌할 생각이시오?"

관철중이 단호한 표정으로 입을 열었다.

"저희는 결단코 천은산장을 이대로 놔둘 수 없다는 결론을 내렸습니다. 신녀는 물론 호남의 안녕을 위해서라도 말입니다."

"흠… 하면 몇 사람 정도가 참가하고 있소이까?"

그것은 중요한 질문이었다. 작전에 미칠 영향이 어느 정도인지를 알아야 공격의 방향을 바꿀 것인지를 결정할 수 있기 때문이었다.

"현재 십오 개 문파가 연판장에 수결을 했습니다. 그 외 개인 자격으로 참가한 사람까지 인원은 오백 정도입니다."

"아!"

유지화뿐이 아니고 모든 사람이 놀랐다. 오백의 무사, 그들이 움직이는 원인의 가장 큰 이유가 무엇이겠는가? 바로 천은신녀 설유화 때문이 아니겠는가?

그녀 한 사람으로 인해서 오백의 무사가 친은산장으로부디 등을 돌렸다는 것은 모두를 놀라게 하기에 부족함이 없는 현실이었다.

그야말로 혁련유천에게는 강호 정복의 비수로 쓰기 위해 기른 설유화가 자신의 가슴을 찌르는 독비로 돌아온 꼴이었다.

관철중과 같이 온 일행들로부터 현재 천은산장을 중심으로 한 움직임을 보다 더 자세히 들을 수 있었다. 특히 천룡상단의 본단이 있는 장사가 상단의 호위 무사들로 둘러싸여 있어 장사를 통해 상담으로 가기가 쉽지 않다는 말은 사람들의 얼굴을 침중하니 굳어지게 만들고도 남았다.

물론 그들이 두려워 그러는 것은 아니었다. 문제는 싸움이 벌어지면 장사가 피로 뒤덮일 거라는 점, 그것이 문제였다.

조용히 이야기를 들으며 하나하나 짚어가던 유지화가 굳어진 표정으로 관철중에게 말했다.

"관 소협, 청무회가 한 가지 해줬으면 하는 일이 있소이다."

"말씀하십시오."

"청무회의 무사들이 상담과 장사에 한 가지 소문을 퍼뜨려 주십시오."

"소문이라구요?"

소문이라면 이미 날 만큼 나 있는 상황이었다. 한데 또 소문이라니……. 관철중이 의아한 표정으로 쳐다보자 유지화가 천천히 입을 열었다.

"누구든지 사흘 안에 천은산장을 떠나는 사람에게는 지금까지의 죄를 묻지 않을 것이나, 끝까지 천은산장에 남아 있는 사람은 공적으로 낙인 찍혀 강호에서 살아갈 수 없을 것이다, 라고 소문을 내주시면 되오. 단, 일순간에 빠르게, 천은산장이 미처 대처할 시간을 주어서는 안 되오."

무요자가 고개를 갸웃거렸다.

"효과가 있을까?"

그러자 위경리가 냉랭하게 말을 받았다.

“흥! 말코 네 머리는 그게 한계다. 잘 들어봐! 핵심은 날짜를 공고했다는 것이다. 아마 처음에는 별게 아닌 것처럼 생각하겠지. 그러다 하루가 지나면 이제 이틀이 남았으니 조금 불안해질 거고. 이틀이 지나면? 사람의 마음처럼 간사한 것이 없는 것이지. 천은산장의 무사들 중 반은 흔들릴 것이다. 그리고 마침내 당일이 되면, 설령 그때까지 천은산장의 편에 서 있었더라도 이미 사기는 떨어질 대로 떨어져 있을 터, 지금보다는 훨씬 수월하게 일을 진행할 수가 있지.”

주위가 조용해졌다. 단순하면서도 지금 상황서는 더할 나위 없는 작전이다. 한데 눈치귀신 위경리가 핵심을 정확히 짚어낸 것이다.

위경리가 주위를 둘러보며 어색한 듯한 표정으로 입을 열었다.

“왜… 그런 눈으로 보는 거야?”

그러자 육정기가 고개를 끄덕이며 말했다.

“이제야 맹모가 왜 세 번이나 이사를 갔는지 이해가 가오.”

“잉? 웬 맹모삼천……?”

“유 장주나 진 아우 옆에 있다 보니 위 형님의 머리도 제법 쓸 만하게 굴러가는 것 같단 말이외다.”

“너……!”

불끈 화를 내려던 위경리가 측은한 표정으로 육정기를 바라봤다.

“그런 너는, 머리 속에 뭐가 들었기에 변함이 없는 거냐?”

순간 육정기의 얼굴 표정이 서서히 굳어져 기고,

“그 말, 머리 속에 돌이 들었다는 말이지?”

무요자의 이어진 한마디에 끝내 머리 꼭대기에 불이 붙었다.

“내가! 오늘! 이놈의 화상들을!”

창!

하지만 청망검이 뽑혔을 때는, 이미 두 사람은 이십여 장 밖으로 도망을 가고 난 후였다. 그곳에서 무요자의 중얼거림이 들려온다.

"육 도우는 돌 소리 들으면 원래 저러냐?"

그러자 위경리가 조그맣게 말했다.

"너도 생각해 봐라. 돌보고 돌이라고 하면 누가 좋아하겠나?"

"끄아아!!"

그날 밤, 동정호에 메아리치는 불붙은 멧돼지의 외침이 밤새 울리는 바람에 사람들은 한숨도 자지 못했다.

날이 밝자 청무회의 사람들은 횅한 눈을 한 채 떠나갔다. 그리고 제마단 일행도 부산하게 상음을 향해 걸음을 옮기기 시작했다.

아침 안개가 동정호를 삼켜 버리고 선홍빛 맑은 태양을 하늘 위로 토해내던 그 시각에.

4

동정호를 중심으로 갈래갈래 뻗은 물길은 가히 호남을 왜 호수의 땅이라 부르는가를 실감케 하고 있었다.

남하하던 일행의 발길을 잡는 것은 천은산장의 휘하 세력들도 아니요, 그들을 돕겠다고 나서는 마도의 무리들도 아니었다.

미리 준비를 했다고는 하나 수십 명이 한꺼번에 도강하면서 움직인다는 것은 결코 쉬운 일이 아니었다. 그러다 보니 오십여 리를 가는 데

세 시진이나 걸리는 경우도 생기고 있었다.

그렇게 어렵사리 상음이 코앞인 유수평원의 갈대밭길을 지나고 있을 때, 마침내 첫 번째 장애물이 일행의 앞길을 가로막았다.

일검절수(一劍切水) 유진악은 자신들을 향해 빠른 속도로 다가오는 삼십여 명의 사람들을 보며 얼굴이 굳어졌다.

망설이고 망설이다 이 자리에 섰다.

선대의 은원이 있기에 차마 거절할 수가 없어 천은산장의 편에 서기는 했지만, 그리고 어찌 정의니 협의니 하는 것을 모를까. 그러나 오늘은 그런 허울을 모두 벗어 던지기로 했다.

오직 하나, 사십여 년 전 자신의 일가족을 구해주었던 혁련웅에 대한 보답만을 생각하기로 한 것이다.

뒤에는 자신을 믿고 따르는 제자들과 장의 무사들 백 인이 서 있었다. 호남의 십대문파 중 하나라 불리는 유가무문의 무사들이었다. 그리고 자신을 앞세우고 얼굴을 굳히고 있는 자들. 천은산장과 이런 저런 관계로 자신처럼 얽매여 있는 문파의 무사들. 그들의 수도 이백에 달해 있었다. 합이 삼백여 명, 아무리 신협 일행이 천하의 고수들로 이루어져 있다 하지만, 십 대 일의 싸움이다.

유진악의 두 손에 힘이 들어갔다. 그는 고개를 돌리지도 않은 채 뒤를 향해 말했다.

"유평, 준비해라."

뒤에 있던 삼십 초반의 장한이 고개를 숙이며 대답했다.

"예, 아버님."

그리고 몸을 돌리더니 무사들을 돌아보며 큰 소리로 말했다.

"우리는 오늘 신협 일행과 싸운다! 남들이 보면 어찌 생각할지 모르지만, 나는 아버님의 결정을 존중하기로 했다! 은혜를 입었으니 목숨으로 그 빚을 갚겠단 말이다! 게다가……."

유평은 말을 끊고 사위를 쓸어보았다. 그의 입가에 가느다란 웃음이 차갑게 맺혔다.

"오늘 같은 날이 아니면 언제 신협이나 장절 같은 천하의 고수들과 손속을 나눠보겠는가?! 안 그런가?!"

"맞소!"

"해보자구! 우리가 누구야? 유가무문의 고수들이 아니냐구!?"

"그들도 사람인데 뭐가 무서워! 신협이고 장절이고! 누구든 다 나오라고 해!"

"와! 와!"

유가무문의 사람들이 기세를 올리자 잔뜩 긴장해 있던 다른 무사들조차 동조해서 함성을 질러댔다.

함성 소리가 갈대 숲을 뒤흔들었다.

놀란 물새들이 정신없이 날아오르고, 갈대 숲이 이지러지면서 무사들의 걸음이 옮겨지기 시작했다.

굳이 경신법을 쓸 필요도 없었다. 거리는 백여 장, 전진하는 한 걸음 한 걸음이 마치 대지를 짓눌러 동정호 속에 파묻겠다는 듯 힘이 들어가 있었다.

창! 차창!

선두에 섰던 유진악이 검을 빼 들자 삼백의 무사들도 일제히 자신들의 무기를 빼 들었다.

백여 장의 거리를 두고 다가오던 진고영 일행의 발걸음이 점점 무거워지기 시작했다.

저 앞에서 무겁게 다가오는 자들, 죽을지 살지 모르고 다가오는 자들의 기세는 결코 우습게 볼 것이 아니었다. 비록 무공은 자신들에 비해서 한참 아래일지 모르지만 그들의 사기만큼은 결코 자신들만 못하지 않은 것이다.

그것은 결국 피를 보지 않고서는 눈앞의 현실을 벗어날 수 없다는 말과도 같았다. 차라리 산악이나 일반 평원이라면 피해갈 수도 있으련만, 주위가 동정호로 들어가는 물길로 막혀 있으니 그럴 수도 없었다.

무거워진 분위기를 참을 수 없는지, 앞장서 걷던 육정기가 무겁게 입을 열었다.

"위 형님……."

삼 장여 떨어져 걷던 위경리가 눈살을 찌푸리며 대답했다.

"음……."

"저놈들이 형님 나오라는데요?"

"……."

"우습게 보이나 봅니다. 호호호……."

참으로 말릴 수 없는 두 사람이었다. 지금 이 상황서도 농담이 나온단 말인가. 진고영이 어이가 없다는 듯 고개를 미미하게 젓자 그의 내심을 눈치챈 우헝욱이 육정기를 향해 전음을 보냈다.

"지금 진 대형 기분이 무척 안 좋은 것 같은데요, 육 선배님."

움찔, 육정기의 어깨가 가늘게 떨렸다. 잠시 말이 없던 그가 눈을 돌려 진고영을 바라본다.

그리고 한마디.

"진 아우도 나오라 했는데……. 그래서?"

크억!

모두가 싸우기도 전에 쓰러질 뻔한 한마디였다. 육정기는 저들의 말을 사실로 알아들었던 것이었으니…….

거리가 십오륙 장 정도로 가까워지자 양편의 사람들이 모두 걸음을 멈추었다.

유지화가 진고영에게 전음을 보내 그의 의중을 물었다.

"어찌할 건가?"

"그냥 지나가기는 어차피 틀린 일, 다만 피해가 적기만 바랄 뿐입니다."

보일 듯 말 듯 고개를 끄덕인 유지화가 앞으로 한 걸음 나서며 유진악을 바라보았다. 이미 수로를 건너면서 청무회로부터 저들의 움직임을 전해 들었다.

그들의 말에 의하면 저자가 바로 유가무문의 문주이자 호남의 십대고수 중 하나라는 일검절수 유진악일 것이다. 그는 은원(恩怨)이 분명한 자로 호남 무림에서 협의지사로 추앙받는 몇 사람 중의 하나였다. 유지화도 유진악의 이름을 들었기에 이런 자리에서 검을 맞대고 마주 서 있다는 것이 안타까울 뿐이었다.

"유 문주께선 어찌 이 자리에 계신 것이오? 협의를 행해야 할 자리는 이곳이 아니라 저 아래 상남이 아니겠소이까?"

유진악의 얼굴 근육이 파르르 떨린다. 유지화의 말은 그의 가슴에 비수를 꽂는 말이나 마찬가지였다.

"물론 협의를 지키는 것도 중요하오. 하나… 그렇다고 은혜를 저버릴 수도 없소이다.”

살짝 떨리듯 나오는 유진악의 말에 위경리가 냉랭한 코웃음을 날렸다.

“그래서! 그래서 저 많은 사람들을 죽음의 구렁텅이로 몰아넣겠다는 말인가?”

유진악의 얼굴이 딱딱하니 굳어졌다. 그러자 그의 뒤에 서 있던 유평이 두어 걸음 앞으로 나서며 소리쳤다.

“그대는 누구이기에 감히 아버님을 능멸하고자 하느냐?!”

유진악도 아니고 유평이 나서며 자신을 상대하자 자존심이 상한 위경리가 싸늘히 웃으며 입을 열려 할 때였다. 육정기가 별 웃기지도 않는다는 소리를 다 듣는다는 듯 유평을 향해 그 큰 입을 열어 말했다.

“아까 지놈들이 나오라 해놓고 누구냐고 물어? 웃기는 놈들이네.”

위경리의 얼굴이 진창에 처박힌 것처럼 와락 구겨졌다.

‘저 멍청한 놈이 분위기 다 깨네.’

육정기의 말에 유평이 의아한 눈으로 위경리를 바라보았다.

“저 사람이 누군데……?”

“아까 그랬잖아, 장절 나오라고!”

순간 유평의 얼굴이 위경리만큼이나 일그러지더니, 더해서 창백하니 굳어져 갔다. 그러자 위경리가 나서고.

“흥! 내가 누군가가 중요한가? 아니면 저들의 목숨이 중요한가?”

위경리의 말에 유진악이 씁쓸한 웃음을 입가에 머금고 고개를 저었다.

“어차피 상황이 이렇게 된 마당에 무사가 검을 놓고 말로만 떠든다는 것도 좀 그렇구려.”

말을 마친 유진악이 굳은 표정으로 검을 들어올리더니 한 걸음을 내딛었다. 순간 대기가 싸늘히 식어간다.

"하기사……."

위경리가 탄식과 함께 쌍장을 늘어뜨리자 묵광이 쌍수를 물들인다. 일순간, 장내가 팽팽한 긴장감으로 가라앉아 버렸다.

진고영이 본 유진악은 듣던 것보다 더 강한 고수였다.

능히 절정의 고수라 칭하기에 부족함이 없는 자, 그러면서도 알려지기는 무공보다 그 인격으로 현재의 위치에 올랐다 알려진 자였다.

스스로를 드러내지 않고도 명망을 얻을 수 있는 자가 당금 강호에 얼마나 될까.

진고영은 마음이 답답하지 않을 수가 없었다. 그런 그의 마음을 아는지 모르는지 유가무문의 사람들이 서서히 걸음을 옮기기 시작했다.

삼백여 명이 무기를 뽑은 채 갈대를 넘어뜨리며 몰려오는 모습은 마치 구름이 스멀거리며 지상을 휩쓸 것처럼 몰려오는 듯했다.

아무리 상대들이 자신들보다 약하다 해도 그것은 개인 대 개인이었을 때의 이야기일 뿐, 십 대 일의 상황에서는 그 누구도 앞날을 예측할 수 없었다.

위경리의 늘어뜨린 손에서 현고진기의 기운이 넘실대자 마주 선 유진악의 표정도 침중하니 굳어졌다.

자신이 비록 알려진 것보다 고수라 하나, 상대는 천하에서 장절이라 불리는 강호의 대표적인 절정고수 중 한 사람인 것이다.

'과연 내가 이자를 막을 수 있을까?'

빼어 든 검을 중단으로 올리고 위경리의 눈을 마주 보았다. 고요히 가라앉은 위경리의 검은 눈동자에서 힘이 꿈틀대고 있는 것이 보인다.

유진악은 중단의 검을 서서히 상단으로 올리며 모든 내기를 집중했다.

'많은 초식은 필요없다.'

위경리의 눈에 이채가 어렸다.

유진악의 상단으로 올려진 검에서 회오리 같은 검기가 서서히 커져 가고 있는 것이 보인 것이다.

'생각보다 강하겠군.'

생각은 잠시, 위경리의 쌍장이 가슴으로 올라오며 시커먼 현고강기가 휘몰아친다.

"시간을 끌 필요는 없겠지!"

일갈과 함께 주욱 앞으로 나아가며 우수를 떨쳤다.

"본인 역시."

유진악의 두 눈이 번쩍 뜨이고, 상단으로 들어올린 검이 허공을 갈라 버릴 듯 내려쳐진다. 뒤를 따라 회오리치던 검기가 쏟아져 내린다.

과아아…….

그것이 시작이었다.

각종 무기를 움켜쥔 유가무문 쪽 무사들이 벌 떼처럼 달려들기 시작했다.

이십 장의 거리가 순식간에 좁혀지고, 숨 한 번 몰아쉴 시간도 되지 않아 검날이 부딪치는 소리가 들리기 시작했다.

앞쪽에 서 있던 육정기의 청망검이 휘둘러지자 달려들던 무사 두 명이 달려오던 속도보다 더 빠르게 팅겨져 나가고, 궁무진의 장도가 무사들 사이를 비집고 휘돌려지자 세 명의 무사가 비명을 토하며 물러선다.

일시지간에 수십 명의 무사들이 비명을 토하며 뒤로 물러선다. 그러면 그들을 넘어 또 다른 자들이 무기를 휘둘러 온다.

결코 일 대 일의 결투 따위가 아니다.

앞에 있는 적을 상대하고 있으며 뒤에서 검이 찔러온다.

뒤에 있는 자를 치면 옆에서 검을 들이밀며 달려든다.

한쪽에서는 죽여야 산다는 각오로, 한쪽에서는 약간의 연민을 가슴에 남긴 채로.

좌우에서 달려드는 적들의 검을 맨손으로 움켜잡은 유지화의 눈이 가늘게 떨렸다.

'이대로 계속할 수는 없다. 안타깝지만……'

검을 움켜쥔 손에 힘이 들어갔다.

쟁!

백련정강의 검날이 부러져 나가고,

파앗!

부러진 검날이 검을 들고 있던 자들의 목을 파고들었다.

"죽어!"

앞에서 그 광경을 바라본 중년 무사 하나가 열십자로 검을 휘두르며 달려든다. 그를 향해 유지화의 손이 엇갈리며 뻗어나갔다.

떠덩!

검기가 실린 검이 백옥수강에 부딪치며 튕겨 나간다. 중년 무사의 눈이 놀람으로 크게 떠지고, 망설임없는 유지화의 쌍장이 번개처럼 그자의 가슴으로 파고들었다.

퍼억!

"크으윽!!"

일 장 밖으로 나가떨어진 중년 무사를 한 번 바라본 유지화가 사방

을 쓸어보았다. 그와 눈이 마주친 유가무문의 무사들이 움찔 놀라며
물러선다. 망설임없는 그의 손속에 세 명이 순식간에 죽어나가자 자신
들도 모르게 두려움이 인 것이다.

유지화의 눈이 잘게 떨렸다. 그의 꽉 다문 입이 열리더니 한 소리 외
침이 터졌다.

"언제까지 싸우고 있을 수는 없는 일! 손속에 사정을 두지 마십시
오!"

모두가 그랬다. 자신처럼 차마 목숨만은 빼앗지 않으려 조심한 듯했
다. 자신의 일갈이 터지고 나자 느닷없이 사방에서 비명이 터져 나오
기 시작했다.

"으아아!!"

육정기가 비명 같은 고함을 내지르며 청망검을 휘두른다.

"비키란 말이다, 이 멍청이들아!"

따다당!

대여섯 자루의 검과 도가 시퍼런 강기에 부딪치자 허리가 부러져 사
방으로 튕겨 나간다. 그걸 들고 있던 사람들도 피를 토하며 물러선다.

육정기의 눈에서 불길이 일었다.

"이 멍청이들아! 그렇게 죽고 싶냐? 너희들을 다 못 죽일 것 같냐?
그려, 죽여주지! 죽여 줘!"

청망검이 시퍼런 검강을 뿜어내며 달려드는 자들의 가운데로 뛰어
들었다. 그리고……

후우웅!!!

"크악!"

"으아악!"

한 번의 휘두름에 서너 명이 비명과 함께 날려간다.

육정기의 발작에 가까운 몸짓을 바라보는 진고영의 고개가 착잡한 표정으로 가로저어졌다.

육정기뿐이 아니었다. 모두가 어쩔 수 없다는 것을 느꼈는지 손속을 강하게 쓰고 있었다. 그에 따라 비명이 사방을 울리고 있었다. 그나마 무당의 제자들이 모여 있는 곳에서는 검 부딪치는 소리만 요란할 뿐 비명 소리는 울리지 않았다.

적들도 무당의 제자들과는 싸울 마음에 나지 않는지, 그들과의 접전은 될 수 있으면 피하고 있었던 것이다.

잠시 상황을 판단하며 주위를 둘러보고 있자 멋모르는 무사 두 명이 진고영의 좌우를 쓸어온다.

진고영의 입가에 고소가 물렸다. 우수가 들리고, 홍루지가 두 무사의 어깨에 떨어져 내린다.

"헉!"

두 무사가 검을 떨어뜨리고 바닥에 주저앉았다. 순간, 진고영의 신형이 그들의 머리를 타 넘더니, 십여 명의 무사들에게 둘러싸여 있는 임수행과 홍이지가 있는 곳으로 날아갔다.

동시에 우수가 관천곤을 잡아가고,

후우웅!

가공할 경력이 무사들을 휩쓸어갔다. 훌훌 날려가는 무사들.

임수행은 한줄기 가공할 경력과 함께 진고영이 날아 내리자 안도의 한숨을 내쉬었다.

"괜찮느냐?"

진고영의 물음에 임수행의 얼굴이 붉어졌다.

“예, 형님.”

살짝 상기된 얼굴에는 부족한 자신에 대한 자책이 엿보인다.

“이제는 일류고수들을 몇 명씩이나 상대하다니, 제법 는 것 같구나.”

임수행은 진고영의 칭찬에 붉은 얼굴이 더욱 붉어졌다. 한 명도 버거웠던 시절에 비한다면야 짧은 세월에 비약적인 발전이었다.

임수행이 아무 말도 못하고 있자 진고영은 조용히 웃으며 주위를 둘러보았다.

“일단 눈앞의 일을 먼저 해결해야겠다. 조심해라.”

“예.”

임수행이 검을 잡은 손에 힘을 주고는 홍이지가 싸우고 있는 쪽으로 달려간다.

임수행이 다가오자 홍이지도 힘이 나는지 손에 들린 검을 더욱 날카롭게 뿌려댄다. 그걸 바라보는 진고영의 얼굴에는 살풍경한 상황에 어울리지 않게 가느다란 미소가 맺혔다.

진고영은 고개를 돌려 비명과 아우성이 뒤엉킨 들판을 바라보았다. 장내를 둘러보는 그의 두 눈이 번뜩이더니, 무언가 결심을 굳힌 듯 그의 표정이 서서히 무겁게 가라앉았다.

‘오래 끌면 끌수록 많은 피가 흐를 것이다.’

가볍게 한 발을 내딛었다.

주욱 나아가는 그의 신형이 오 장 허공에 머물렀다. 그리고 그의 입에서 몇 가닥 전음이 몇 사람을 향해 전해졌다.

“뒤로 멀찍이 물러서십시오!”

진고영을 따르는 사람들에게는 절대적인 명령!

정신없이 창을 휘두르던 우형욱은 귀를 울리는 전음에 생각할 것도 없이 뒤로 몸을 날렸다.

염이상과 궁무진도 막 눈앞에서 검을 휘둘러 오는 무사의 허리를 베어내고는 뒤로 튕기듯이 물러났다.

적들 중 제법 고수의 냄새를 풍기는 자들 네 명과 일대 격전을 벌이고 있던 육정기가 씩 웃으며 입을 열었다.

"드디어 아우가 나섰군."

동시에 검강이 서린 청망검을 크게 휘둘러 달려들던 자들을 물러서게 하더니 뒤로 몸을 날린다.

상대하던 모든 자들이 어리둥절해졌다.

고수라는 자신들이 합공을 하면서도 고전하고 있던 참이었다. 자신들도 핏물 속에 쓰러져 간 다른 사람들처럼 곧 쓰러질 거라는 두려움에 전신이 떨려오고 있었다. 한데, 금방이라도 자신들을 도륙할 것같이 달려들던 자들이 느닷없이 뒤로 물러서는 것이 아닌가?

미처 따라갈 생각조차 못하고 멍하니 바라만 보고 있을 때였다.

하늘에서 가공할 무언가가 자신들의 머리를 짓누르는 것만 같이 느껴졌다.

하늘이 무너져 내리는가?!

사람들은 고개를 들어 하늘을 올려다보았다.

"아!"

순간, 자신들도 모르게 탄성이 터져 나왔다.

지금껏 한 번도 듣도 보도 못한 광경이 하늘에서 벌어지고 있었다.

한 사람이 보였다. 손에는 한 자루 뭉툭한 곤을 들고 크게 원을 그리고 있었다. 그러자 묵빛 광채가 곤을 따라 휘돈다. 그에 따라 대기가 비틀리며 진저리를 치고 있었다.

고오오오…….

점점 커지는 원, 원, 원…….

고막을 울리는 진공음.

사람들은 자신들의 무릎이 가공할 경력에 눌려 구부러지려는 것을 이를 악물고 참은 채 하늘에서 눈을 떼지 못하고 있었다.

그러다 어느 순간, 하늘에서 생성된 묵빛 회오리가 지상으로 몰려 내려온다. 사람들의 눈도 커졌다.

도망가는 것도 잊어버렸다. 무의식적으로 손을 들어, 검을 들어, 도를 들어 묵빛 회오리에 맞서간다.

콰과과과…….

묵빛 회오리 속에서 찬란한 빛이 폭발하더니 수백, 수천 개의 별들이 쏟아져 내렸다.

천조낙성! 군마벽파!

콰르르릉!!

쩌저저저정! 따다다당!

"크윽!"

"커억!!"

수십 명의 무사들이 묵빛 회오리에 휘말리고, 떨어진 별들에 관통당한 채 비명을 내지르며 쓰러져 간다.

후우웅!!

뒤따른 후폭풍에 대지에서는 뿌연 먼지구름이 피어오른다.

모두가 말을 잃었다.

위경리와 죽을힘을 다해 싸우던 유진악도 위경리의 쌍장이 자신의 가슴을 쳐오는 것을 보지 못했는지 멍하니 위경리의 뒤만 바라본다.

죽음을 두려워하지 않고 검을, 도를 휘두르던 유가무문의 중진 고수
들이라 할 수 있는 무사들도, 유가무문과 함께하기로 한 수많은 무사들
도 모두가 말을 잃고 폭풍이 휩쓸고 간 평원의 한가운데를 바라보고
있었다.

그곳에는 오직 한 사람만이 시커먼 곤을 하나 쥐고 우뚝 서 있었다.
그의 주위로 새로이 일어나는 묵빛 회오리!

잠시지간 침묵의 시간이 지나자 유진악이 위경리의 일장에 무릎을
꿇고 입을 열었다. 핏물이 흐르는 것도 잊은 채.

"저… 사람이……?"

위경리가 무겁게 고개를 끄덕였다.

"그가 바로 신협이네! 바로. 내. 아.우.지!!"

몰랐다. 몰라도 너무 몰랐다. 설마 저 정도였을 줄이야…….

일수에 삼십여 명이 나뒹굴었다. 그나마 최선을 다하지도 않은 것
같건만.

유진악이 절망의 표정을 짓자, 모두 들으라는 듯 큰 소리로 위경리
가 한마디 덧붙였다.

"아우님이 힘을 반쯤 쓴 것 같군!"

부르르…….

사실이든 아니든 유진악은 전신이 떨려왔다.

자신이 이끌고 온 무사들은 넋을 잃고 대들 생각도 못한 채 자신의
눈치만 보고 있다.

"후우……."

한숨을 내쉰 유진악은 처연한 심정으로 입을 열었다.

"우리가 물러선다면 어쩌시겠습니까?"

위경리가 무슨 소리냐는 듯 반문했다.

"어쩌냐니? 우리 측은 아직 크게 다친 사람도 없고, 죽거나 다친 사람들 대부분이 그대가 이끌고 온 사람들이 아닌가? 물러선다면 우리로서도 마다할 이유가 없지. 진 아우는 피를 좋아하지 않거든."

위경리가 말을 하며 자신의 일행을 돌아본다. 모두가 고개를 끄덕이고 있었다. 특히 육정기는 엄지손가락까지 치켜들고 있다. 육정기에게 한 번씩 웃어준 위경리가 어떠냐는 듯 유진악을 바라보았다.

유진악은 고개를 끄덕였다. 더 이상은 무의미한 싸움일 뿐이다. 만일 더 하자고 한다면 저들 역시 손속의 사정을 거둘 것이다. 그 결과는 일대 도살.

자신은 할 만큼 했다. 비록 목숨을 던지지는 못했지만.

"돌아가겠소, 보내준다면……."

유진악의 한마디에 유가무문이든 그들을 따라온 사람들이든 모두의 얼굴에 안도의 표정이 스쳐 간다.

그들이라고 어찌 목숨이 아깝지 않으랴. 그들이라고 어찌 진고영 일행이 하고자 하는 일을 모르랴.

주춤주춤 물러서며 동료들의 시신을 수습하는 그들의 손길은 시간이 지날수록 빨라져 갔다.

칠십여 명이 죽임을 당했다. 백여 명이 크고 작은 부상을 입었다. 그럼에도 상대들은 대어섯 명이 약간의 찰과상을 입었을 뿐이다.

한 시진에 걸쳐 시신과 부상자의 수습을 마치고 떠나기 전 진고영을 바라보는 유가무문 사람들의 얼굴에 떠오른 것은, 죽어간 동료에 대한 원한보다는 절대의 힘을 지닌 자에 대한 경외의 표정이었다.

그러나 득의해야 할 사람들의 얼굴에는 착잡한 표정만이 맴돌고 있을 뿐이었다.

평원을 물들인 시뻘건 핏자국이 그들의 가슴속마저 붉게 물들이고 있었던 것이다.

제마단도 일단 유수평원을 벗어나기로 했다.

수많은 사람의 피로 얼룩진 곳에서 휴식을 취하기에는 그들의 마음이 편안할 수 없음인 것이다.

십여 리를 더 전진하자 물가를 따라 푸른 초원이 나타났다. 깊지 않은 냇가는 넓이가 이십 장 정도 되어 보였다. 그들 정도의 고수들이라면 굳이 배가 없어도 건널 수 있을 것 같았다.

사람들은 냇가를 건너기 전 휴식을 취하기로 했다. 냇가를 건너면 또 무슨 일이 언제 닥칠지 모를 일. 그러기 전에 조금이라도 몸을 추슬러 놓아야 했다.

유진악에게는 호기롭게 이야기했지만, 사실 자잘한 부상을 입은 사람이 꽤나 되었던 것이다.

무당의 제자들은 그다지 부상당한 사람이 없었다. 그러나 그들의 얼굴에서 득의의 표정은 찾을 수가 없었다. 적들이 자신들에게는 많이 달려들지 않았기 때문이란 것을 모두가 알고 있었기 때문이다.

다시 말하면, 그것은 자신들이 상대해야 할 사람들을 다른 사람들이 상대했단 말이었으니, 오히려 미안한 마음이 들어야 할 일이었던 것이다.

허진은 자신들의 미안함을 한 통의 금창약으로 대신했다. 무당비전의 금창약은 매우 귀한 것으로 그 약효에 대해선 강호에 정평이 나 있었다.

상처난 사람들에게 금창약을 정성껏 발라주는 허진을 바라보며 무요자는 흐뭇한 웃음을 떠올렸다.

'역시 내가 허진을 보긴 잘 본 듯하구나. 허허허…….'

휴식을 취하면서도 사람들은 자신들이 베어 넘긴 수많은 적들의 일그러진 얼굴이 떠오르는 것 같아 마음이 착잡하기 그지없었다. 그것은 진고영도, 육정기도, 그리고 낙천적인 위경리도 마찬가지였다.

여기저기 묻은 핏자국을 내려다보며 위경리는 문득 처량한 생각이 들었다.

앞으로 어떻게 될까? 과연 무사히 살아서 돌아갈 수 있을까?

'내가 무슨 생각을……. 진 아우도 있고 수백의 고수가 천은산장을 둘러싸고 있는데 설마…….'

그럼에도 등줄기를 타고 오르는 불안감은 위경리의 가슴을 싸늘하게 식히고 있었다.

문득 고개를 돌리자 자신의 옆에 붙어서 창을 손질하고 있는 우형욱이 보였다. 자신에게서 삼 장을 떨어지지 않는 우형욱이 언제부턴지 자신의 분신처럼 생각되는 위경리였다.

목숨을 걸고 같이 싸움터를 돌아다닌 것이 벌써 일 년. 수십 년간 싸웠던 것보다도 더 험한 전투를 그 일 년 사이에 겪었다. 그리고 그때마다 우형욱은 항상 그의 곁에 있었던 것이다.

훗! 우형욱이 없다면 과연 어떤 생각이 들까?

있으면 괜히 심통이나 부리고 한 대씩 쥐어 패고 싶어지는데, 다쳤다는 소리만 들리면 어찌나 가슴이 아프던지……. 저번에도 걱정돼서 혼났는데…….

늦게라도 혼인했으면 지금쯤 저런 아들 하나는 있었을 텐데…….

'가만? 아들?'

힐끗, 우형욱을 쳐다보았다. 신중하니 창을 닦아가는 모습이 이제는 제법 고수의 틀이 잡혀 있었다. 바라보는 위경리의 입가에 흐뭇한 웃음이 걸렸다.

'자식! 일 년 사이에 많이 컸단 말이야…….'

위경리는 한참 동안 우형욱을 바라보다가 입술을 지그시 깨물고는 우형욱에게 다가갔다.

쇠뿔도 단김에 빼라 했다.

'그려, 엎어진 김에 쉬었다 가고, 쉬는 김에 제사까지 지내 버리는 거여!'

그가 다가가자 우형욱이 슬며시 올려다본다.

"험! 형… 욱아."

우형욱은 느닷없이 무게 잡는 위경리를 바라보다 뭔가 심상치 않은 분위기에 자신도 모르게 표정이 굳어졌다.

"위 노선배님, 무슨 일로……?"

"음……. 너, 나 어떻게 생각하냐?"

"예?"

웬 뜬금없는 말이실까?

"너, 나 어떻게 생각하냐고."

"그, 그거야… 항상 사부 같고… 에… 꼭 아버지 같고……."

위경리의 눈이 번쩍 빛이 솟았다가 순식간에 사라졌다. 후닥닥 주위를 둘러보고는.

"그럼… 너…… 내 아들 해라."

쿵!

　말을 내뱉고도 괜한 소리를 한 것 같아 위경리는 후회감에 머리를
흔들었다. 한데……

　"……."

　뭔 소리냐고 펄쩍 뛸 줄 알았던 우형욱이 아무 말도 없다. 그것도 조
금은 이상했다. 위경리는 무안한 마음에 고개를 떨구었다.

　"…싫으면 말고……."

　"…아… 버… 지……."

　얼굴이 붉어진 우형욱이 기어가듯 하는 말에 위경리의 얼굴이 굳어
졌다. 그러자 이번에는 우형욱이 움찔한다.

　"…어. 형욱… 아."

　대답을 하고서도 어색한지 위경리가 고개를 쳐들었다.

　"어따! 거 하늘 되게 맑네! 험! 험!"

　멀찍이 떨어져서 검을 손질하고 있던 육정기가 뭣도 모르고 하늘을
쳐다본다. 구름이 잔뜩 껴 있다.

　'저 양반이 며칠간 고생하더니 머리가 어떻게 됐나? 구름만 많이 꼈
고만…….'

　좌우간 진실은 가르쳐 줘야 맘이 편한 육정기였다.

　"위 형님! 구름만 많고만, 눈에 뭐 끼었소?"

　위경리가 고개를 돌려 육정기를 노려보더니 실실 웃는다.

　"흐흐흐……. 그래, 꼈다! 꼈어! 어쩔래?! 낄낄낄……."

　실없는 위경리의 웃음에 육정기의 얼굴이 딱딱하니 굳어졌다.

　"진짜고만! 클났네. 진 아우!! 빨랑 와봐! 아무래도 위 형님이 좀 이
상혀!!"

　그때였다. 연부경이 엉덩이를 털고 일어서며 소리쳤다.

"실없는 소리 말고 출발하세!"

그러면서 위경리를 향해 빙그레 웃는다.

그는 두 사람의 말을 들었던 것이다. 외로운 두 사람이 하는 말에 하마터면 연부경은 눈물이 찡하니 날 뻔했다. 그러니 그런 기분을 깨는 육정기에게 돌아갈 것은 핀잔밖에 없는 것이다. 옆에 돌이라도 있었으면…….

5

상음의 동쪽을 끼고 돌아 내려가는 길은 의외로 순탄했다. 하지만 사람들의 마음은 갈수록 무거워질 뿐이었다.

이백여 리 아래쪽, 천룡상단의 본단이 있는 장사가 가까워지고 있었던 것이다.

천룡상단이 대문파에 못지않은 힘을 지니고 있다는 것은 공공연히 알려진 사실이었다. 오죽하면 그 유명한 동정호의 수적들이 천룡상단만은 절대로 건드리지 않고 지냈겠는가.

일류고수만도 수백에 이를 거라 했다. 절정의 고수도 다수가 끼어 있다 했다. 일전에 만났던 상강조수 위평이나 귀령마도 안홍휘 같은 고수들이 즐비한 곳이 바로 천룡상단인 것이다.

첨검단의 첩보에 의하면 그들의 주력은 장사를 둘러싸고 자신들이 내려오기를 기다리고 있다 했다.

뒤에 따라오는 철검단을 이용해 놈들의 주력을 분산시킬 계획은 세

177

워놓았지만 얼마나 효과가 있을지는 의문이었다. 계획은 세웠지만 그 결과는 하늘에 맡기는 수밖에 없는 것이었으니…….

사마진과 사마정이 이끄는 철검단이 상음을 내려가자 첩검단의 정보가 수시로 날아들었다. 그만큼 목적지가 가까워졌다는 말.

모두의 얼굴에 긴장감이 감돌기 시작했다.

지금까지는 제마단 덕분에 편히 내려왔다. 그러나 이제부터는 제마단과 갈려서 내려가야 하는 것이다.

상강을 따라 발걸음을 옮기는 사마진의 얼굴에는 무엇 때문인지 불만이 쌓여 있었다. 사마정은 그 이유를 알고 있었지만 차마 뭐라 말은 못하고 속으로만 끙끙거릴 뿐이었다.

사마진의 불만은 너무 조용히 내려왔다는, 배부른 불만이었으니 사마정이 뭐라 하겠는가. 그저 사마진이 불만이 있든 없든 조용히 내려갔으면 하는 작은 소망만을 간직한 사마정이었다.

하지만 하루도 되지 않아서 사마정의 그런 작은 소망은 공염불이 되고 말았다. 물론 사마진 때문에.

상음에서 오십여 리를 내려가자 상강가에 배를 대고 웅성거리고 있는 무사들의 무리가 보였다. 그들도 철검단을 봤는지 웅성거림을 멈추고 자세를 바로 하고 있었다.

하지만 특별히 살기나 임중한 기세는 보이지가 않았다.

사마정은 그들의 기세에서 어쩌면 조용히 지나갈 수도 있을지 모른다는 희망이 생겼다.

배를 바라보았다. 배의 돛대 끝에 하나의 깃발이 꽂혀 있었다. 용이 검을 물고 있는 모습, 바로 천룡상단의 배였다. 그렇다면 저들은 천룡상단의 호위 무사들.

철검단을 이끄는 사마진의 눈에서 빛이 번뜩였다. 그리고 그걸 본 사마정은 불안한 마음에 급히 말을 건넸다.

"형님, 일단은 말로써 먼저 저들의 의중을 알아봐야 합니다."

사마진이 흘낏 사마정을 바라보고는 심드렁하니 말했다.

"어차피 싸우러 온 놈들인데 말이 무슨 필요가 있겠냐?"

"그래도 기왕이면 피를 덜 보고 지나가는 것이 낫지 않겠습니까?"

일단은 사마정의 말을 수긍하는 듯했다. 더구나 옆에서 따라가는 척 천단주 가등위나 철운단주 관천양마저 고개를 끄덕이니 사마정은 설마 했다.

거리가 이십여 장 정도 되자 발걸음들이 느려지고, 마침내 십여 장에 이르자 모두가 우뚝 멈추어 섰다.

철검단의 인원 이백여, 천룡상단의 호위 무사 삼백여, 합이 오백여 명이 되는 무사들이 상강가를 뒤덮자, 물새들조차 접근을 못하고 눈치만 보며 맴돌고 있었다.

사실 그냥 지나가도 될 일이었다. 서로 간에 신경은 쓰였지만 눈앞에 있는 자들도 그리 싸우고 싶은 마음은 없는 듯했다. 한데, 승부욕에 불타는 사마진이 그만 그들의 자존심을 건드려 버렸다. 약간의 고의성을 지닌 채.

"나는 철검산장의 사마진이라 한다! 그대들은 누구인가?"

앞으로 나서며 사마진이 소리치자 천룡상단의 무리들 중에서 몇 사람이 앞으로 나섰다.

오십대 초로인 두 명과 사십대의 중년인 세 명. 날카로운 눈매가 검날처럼 빛나는 초로인이 입을 열었다.

"나는 무환검 영이정이라 하네."

사마진의 뒤에 서 있던 가등위의 입에서 탄성이 터졌다.

"무환검! 호남의 십대고수 중 하나라는 양형을 이곳에서 보다니 영광이오. 나는 철검산장의 가등위외다."

가등위의 포권에 양이정도 가볍게 놀란 표정으로 마주 포권을 취했다.

"섬서에 호방함으로 유명한 분이 있다는 말씀은 들었소이다. 뵙게 돼서 반갑소이다."

그때까지만 해도 원만하게 잘 굴러갔다. 그런데 사마진이 나서며 팽팽한 긴장감에 칼을 들이대 버렸다.

"양 대협께 묻고 싶은 게 있소이다. 왜, 마도에 물든 천은산장을 따르는 것입니까?"

양이정의 눈빛이 가늘게 흔들렸다.

"사람에게는 나름대로의 사정이 있는 법이네."

"사정없는 무덤이 어디 있겠습니까? 진정한 협의인이라면 아무리 사정이 있어도 마를 배척해야 하지 않겠습니까?"

신랄한 어조로 몰아치는 사마진의 말에 양이정의 뒤에 있던 중년인이 대갈하며 앞으로 나섰다.

"말을 함부로 하시는구려! 우리에게도 사정이 있다 하지 않았소이까?"

"그래서, 어쩌시겠다는 거요? 싸우겠다는 거요, 말겠다는 거요?"

미처 말릴 시간도 없이 사마진의 입에서 화살이 쏘아졌다.

'이런!'

그제야 상황을 짐작하고 사마정이 급히 나서려 했지만, 그보다 먼저 사마진의 입에서 두 번째 화살이 쏘아졌다. 독을 가득히 묻힌 채.

"천룡상단에는 입으로 싸우는 사람들만 있나 보군."

"감히!"

늦었다. 사마정이 원망을 담고 사마진을 바라보자 슬쩍 말려 올라간 사마진의 입이 보였다.

'고의로……?'

생각할 시간도 없이 중년의 무사가 검을 뽑았다.

챙!

순간, 오백의 무사들 사이로 싸늘한 한풍이 회오리치기 시작했다.

중년 무사가 이를 깨물며 말했다.

"우리가 비록 상단에 있다 하지만, 여태껏 어느 문파에게도 업신여김을 당하지 않았다! 그런데 감히 섬서 촌구석에서 온 작자들이 뭐라!?"

가등위의 이마도 꿈틀댄다. 관천양의 두 손이 불끈 쥐어진다. 사마진의 눈이 반쯤 감긴 채 싸늘한 한광을 흘려댄다.

"그 말, 싸우자는 소리겠지?"

양이정이 무겁게 말문을 열었다.

"그대는 싸우고 싶은가 보군. 원한다면 대적을 못해줄 것도 없지."

한마디 무겁게 흐르는 말과 함께,

후웅!

한 자루 폭이 넓은 검이 양이정의 허리에서 빠져나오고, 주욱 앞으로 나서는 그의 검에서 뿌연 검기가 안개처럼 일어났다.

"싸운다는 것은 간단하네. 하나 흐르는 피는, 상강을 물들이는 피는 어찌할 건가? 모든 것은 그대가 자청한 일."

무겁게 흐르는 양이정의 목소리가 오백 무사들 귀로 파고들자 오백 무사들이 몸을 부르르 떨며 멈칫거린다.

그러자 사마진이 이를 악물고 냉랭히 소리쳤다.

"그렇다면 처음부터 나오지를 말았어야지! 이제 와서 군자인 양 말하는 것은 위선이 아닌가!"

그러고는 등 뒤의 검을 뽑아 들었다.

마침내 양쪽 수장이 검을 마주 댔다. 상황이 돌이킬 수 없이 급하게 흘러가자, 사마정은 탄식을 토하며 검을 뽑았다.

그러자 양이정의 옆에 있던 중년인 고한명이 신형을 날려 사마정을 쳐온다.

쩡!

싸움은 두 사람의 검이 부딪치며 시작되었다.

검명이 울려 퍼지자 최면이라도 걸린 듯 모두가 무기를 빼 들었다. 그리고 두 번째 싸움이 시작되었다.

사마진이 양이정을 향해 신검합일되어 신형을 날린 것이다.

떠덩!

굉음과 함께 두 사람이 각기 서너 걸음씩 물러섰다.

물러선 사마진의 입가로 가느다란 웃음이 맺혔다. 양이정도 침중히 군어진 얼굴에 의외라는 표정이 떠올랐다.

사마진이 다시 소리쳤다.

"다시 한 번 해봅니다!"

동시에 들어올린 검을 앞세우고 신형을 날린다. 양이정도 마다할 성질이 아니었다.

"훙! 좋아! 철검산장의 검이 얼마나 대단한지 보자!"

두 사람이 부딪쳐 가자 뒤에 있던 무사들도 앞을 향해 달려든다. 전법도, 전술도 이제는 필요없었다.

이제는 오직 하나, 상대를 죽여야 내가 산다.

사마정을 상대하는 고한명은 일검을 부딪치고는 놀란 눈으로 사마정을 바라보았다.

손이 저려온다. 찌릿하니 손목이 울려온다. 뒤로 삼 보를 물러선 채 사마정의 공격에 대비하고 있을 때였다.

사방이 병장기 부딪치는 소리에 정신이 없는 외중에도 조용히 고한명을 보고 있던 사마정이 검을 들어올린다. 들어올린 검에서 문득 푸르른 기운이 서리는 것을 보고 고한명의 눈이 굳어져 간다.

한데 어느 순간, 고한명의 눈이 부릅떠지더니 경악성이 터져 나왔다.

"검강!"

푸르른 검기가 뭉치더니 검이 한 자 이상을 쭉 늘어나는 것이 아닌가!

동시에 검강이 서린 검이 고한명을 향해 쏘아져 간다. 고한명은 이를 악다물고 검을 마주쳐 갔다.

콰!

"크억!"

답답한 신음과 함께 고한명의 몸이 이 장 밖으로 팅겨져 나가 버렸다. 느닷없는 굉음, 주위 삼 장 이내에 있던 사람들이 주르륵 물러선 채 경악하며 두 사람을 바라본다. 아니, 사마정을 바라본다.

하지만 그것도 잠시뿐, 또다시 검을 들고, 도를 들고, 권장을 휘두르며 부딪쳐 간다.

일각이 흘렀다.

땅에 흐르는 비릿한 피 냄새가 코를 찌르건만 사람들은 광기에 사로잡힌 듯 서로를 향해 무기를 휘두르고 욕설을 하며 달려든다.

사마진과 양이정의 싸움도 절정을 향해 치닫고 있다.

쾅! 콰쾅!

용틀임하듯이 사마진이 검을 휘돌려 가면 양이정의 검은 안개처럼 사마진의 검을 휘감아 버린다.

두 줄기 검강이 휘돌리다가 한 번씩 부딪치면 굉음이 일고 땅거죽이 뒤집혀 버린다.

또다시 일각이 흘렀다.

가등위의 검에도, 관천양의 검에도, 금대평의 검에도 진득한 선혈이 흐르고 있다.

이미 땅바닥을 기고 있는 무사들만도 합이 백여 명에 이르고 있었다. 아마 조금 더 시간이 흐르면 반수 이상은 쓰러져 갈 것이다. 상강이 피로 물들어 버리는 것이다.

보다 못한 사마정이 혼신의 공력을 끌어올려 소리쳤다.

"멈추시오!!"

고막을 찢을 듯한 고함 소리에 사백에 가까운 무사들이 싸움을 멈추어 버렸다.

"모두 다 그렇게 사람을 죽이고 싶소! 아니라면 멈추고 생각을 해보시오! 우리가 꼭 싸워야만 하는 것이오?! 서로를 안 죽이고는 해결할 방법이 없는 것이오?!"

사마정이 일그러진 얼굴로 사마진을 쳐다보았다.

"형님은 꼭 저들을 모두 죽여야 속이 시원하겠습니까?"

양이정을 바라보았다.

"양 대협은 모두의 목숨을 버리고라도 우리의 전진을 막고 싶은 겁니까?"

두 사람 다 대답을 못한다. 분명 그건 아닌데, 입이 떨어지지 않는지 사마정만을 바라본다.

"피를 원한다면 원하는 대로 계속 싸우십시오. 그래서 어느 쪽이 죽든, 몇백 명이 죽든 말든 상관 말고 싸우십시오. 하지만!"

사마정은 말을 끊고 두 사람을 직시했다.

"그게 아니라면… 더 많은 피를 원하는 것이 아니라면 그만 하십시다."

사람들이 일시지간 말을 잃고 머뭇거린다. 사마정이 다시 입을 열었다.

"주위를 보십시오. 형제들이, 동료들이 신음을 흘리고 있습니다. 저들을 놔두고 그렇게 싸우고 싶습니까? 그게 정도(正道)입니까?"

사방에서 들려오는 신음 소리가 그제야 들리는지 모두가 안절부절못하며 주위를 둘러본다.

"어찌하시겠습니까? 더 하시겠습니까, 여기서 멈추시겠습니까?"

검을 굳게 쥐고 있던 사마진이 양이정을 바라본다. 양이정도 사마진을 바라본다.

"그만 합시다!"

"그만 하지!"

각자 동료들의 시신과 부상자들을 챙겨 삼십여 장 뒤로 물러났다.

철검단에선 삼십여 명의 사상자가 발생했다.

천룡상단에선 백여 명의 사상자가 발생했다. 그나마 경상자는 뺀 숫자이다.

뒤로 물러선 철검단원들은 사마정을 보며 감탄의 눈빛을 감추지 못했다. 심지어 사마진조차 고소를 머금고 사마정을 바라보았다.

"너, 많이 늘었다."

"예?"

"말솜씨 말이다. 그리고…… 검까지."

그도 사마정이 검강을 펼치는 것을 본 것이다, 결코 자신에게 뒤지지 않는 경지의 검강을.

두 형제가 서로를 바라보며 이야기하고 있을 때 가등위가 다가왔다. 그의 행색도 말이 아니었다. 찢어진 옷자락, 여기저기 묻은 핏자국. 하지만 마음은 편안한 듯 빙그레 웃더니 사마진을 보며 말했다.

"대공자, 그 정도면 양이정도 질렸을 거요. 다시는 철검산장의 검을 얕보지 못할 것이오."

사마진이 씁쓸하게 웃었다. 그도 느끼고 있었다. 자신의 호승심으로 안 해도 될 싸움을 했고, 그로 인해 산장의 무사들 삼십여 명이 죽거나 중상을 입었다.

물러선 지금, 마음이 무거워지고 있었다. 가등위는 그런 자신의 마음을 위로해 주려 말하는 것일 것이다.

잠시 후, 양이정 쪽에서 사람이 왔다. 그는 몇 마디 말로 자신들의 결정을 알려주고는 돌아갔다.

"우리는 당신들의 행로를 막지 않기로 했소. 천룡상단이 비록 천은산장에 속해 있기는 하나 우리는 마도의 무리가 아니오. 우리가 따랐던 것은 정도의 천은산장이지 마도에 물든 천은산장이 아니오. 그러니 우리는 그냥 여기에 남겠소. 모든 결말이 날 때까지."

6

장사가 가까워지자 주변으로 흐르는 공기가 무거워지기 시작했다.

누가 말하지 않아도 대기 중에 흐르는 기운을 먼저 느끼는 것은 자연의 동물들이었다.

하늘을 날던 새들도 보이지 않는다. 몇 마리씩 나무 위에서 재롱 부리며 놀던 날다람쥐들조차 몸을 숨기고 눈치만 살피고 있다.

해가 중천에 떠 있건만 지나다니는 사람도 보이지 않는다. 일반 양민들조차 공기 중에 흐르는 기운을 느끼고 몸을 사리고 있는 것이다.

그러니 어느 정도 무공을 익히고 있는 사람들은 죽을 맛이었다.

도망을 가고 싶어도 빠져나갈 수가 없다. 천룡상단이 천라지망을 펼친 채 무사들의 출입을 막고 있는 것이다. 최소한 장사에서만큼은 그들의 세상이니까.

저 멀리 남쪽으로 보이는 악록산을 바라보는 진고영의 두 눈이 깊게 침잠되어 가라앉았다.

장사에서 느껴지는 기운을 어느 누구보다 강하게 느끼고 있는 진고영이었다. 그것이 단순히 무력에 따른 기운이기 때문이 아니었다.

불안, 초조, 긴장. 사람들이 원시적으로 표출할 수 있는 모든 기운이 그 속에 녹아들어 있기에, 대자연의 흐름에 동화됨을 기본으로 하는 수천제마력이 먼저 그 기운들을 느끼고 반응하고 있는 것이다.

진고영은 유지화에게 묻지 않을 수가 없었다.

"꼭 장사를 통과해야만 하겠습니까?"

유지화가 대답했다.

"어쩔 수 없네. 물론 장사를 돌아갈 수도 있겠지. 그럼 더 많은 사람이 죽을 것이네, 우리 손에 죽을 사람들보다도."

"후우⋯⋯."

진고영의 입에서 한숨이 터져 나왔다. 그러자 사람들이 흘끔거리며 진고영을 바라보았다.

그들도 장사를 통과해야 하는 이유를 유지화에게 들어 알고 있었다. 자신들이 장사를 통과하며 싸운다면 적어도 수십 명의 적들이 죽을 것이다.

하지만 자신들이 우회하고 적들이 배후로 들이닥친다면, 적들은 자신들뿐이 아니라 대풍운보로부터 뒤통수를 맞게 될 것이다. 그럼 적어도 수백의 인명 피해가 양편에서 발생할 것이다. 대풍운보는 결코 자신들처럼 단순히 통과가 목적이 아닐 테니까.

그러니 피를 묻히더라도 자신들의 손에 묻혀야 조금이라도 흐를 피를 줄일 수 있다는 말이 되는 것이다.

사람들의 기분이 가라앉아 있자 유지화가 강하게 힘을 주어 말했다.

"절대 사정을 봐주어선 안 됩니다. 저들이 겁을 먹고 물러설 정도로 철저히 초반에 깨부수어야 합니다. 그것만이 피를 최소화할 수 있음을 잊어선 안 됩니다."

장사성의 북문이 이백여 장 앞에 보였다.

진고영을 필두로 천천히 걸어가는 사람들의 눈이 향한 곳은 북문에

서 백여 장 못 미치는 곳, 송림과 들판이 만나는 경계 지점이었다. 그곳에는 수백의 무사들이 도열한 채 다가오는 진고영 일행을 기다리고 있었다.

이미 상황은 정보가 더 필요없게 될 정도로 급박하니 돌아가고 있었다. 정보를 받아볼 때쯤이면 이미 상황은 변해 버린 상태이니 오히려 정보라는 것이 거추장스럽게 되어버린 것이다.

그러나 주력의 움직임만은 아직도 정보에 의지해야만 했다. 그리고 그 정보에 의하면 천룡상단의 주력이 북문과 동문에 몰린 채 혹시 모를 적들의 공격에 대비하고 있다는 것이었다.

아마 저들은 그 주력 중 하나일 것이다.

거리가 가까워지자 숲 쪽에서 십여 명의 사람들이 걸어 나오고 있었다.

저들 역시 진고영 일행에 대한 정보는 들었을 터였다. 그렇다면 굳이 많은 말이 필요없었다.

유지화가 진고영을 바라보았다. 진고영은 고개를 끄덕이며 앞으로 나섰다. 그는 유지화가 원하는 바를 알고 있었다. 다만 결정하기가 꺼려질 뿐이었다. 그러나 결정이 되었다면 철저히 행해야 한다.

진고영이 나서자 우측에 위경리가, 좌측에 육정기가 섰다. 뒤쪽으론 궁무진과 연부경이 서고.

"오시는 분은 신협 진 대협이 아니시오?"

저쪽에서 진고영을 알아보고 소리친다.

"소생이 진씨 성에 고영이라 하오이다. 길을 막으시는 분은 뉘시오?"

"우리는 천룡상단의 사람들이오. 귀하들은 장사에 들어갈 수 없소."

“우리가 돌아갈 수 있음에도 이곳에 들른 이유를 아시오?”

“우리는 그런 건 모르오. 다만 되돌아가 달란 말밖에는.”

“모른다면 알아야겠지.”

진고영이 무겁게 한마디 내뱉으며 관천곤을 꺼내 들었다. 오 장의 거리에 있던 중년인이 표정을 굳히고 검을 잡아간다.

순간, 진고영의 신형이 주욱 늘어졌다. 미처 놀라 눈을 부릅뜨기도 전이었다.

관천곤이 번개를 부르고, 번개가 바람을 타고 날았다.

쾅!

“크억!”

다급히 검을 빼 들고 막아가던 중년인이 삼 장 밖으로 튕겨져 날아 갔다.

놀란 눈들이 휘둥그렇게 커진다. 그러나 그들은 계속 놀라고 있을 수만은 없었다. 진고영의 관천곤에서 묵빛 강기가 줄기줄기 뿜어지더니 그들의 머리 위를 덮치고 있었던 것이다.

“미, 미친!! 막아!!”

자신들도 내로라하는 고수들이었다. 어느 한 사람에게 당한다는 것은 생각해 보지도 않은 일이었다. 그들의 눈에는 자신들을 한꺼번에 덮쳐 오는 진고영이 무모해 보이기만 할 뿐이었다. 하지만······.

묵빛 강기가 허공을 맴돌더니 땅으로 떨어져 내리고, 낙뢰절지(落雷折地)!!

대기를 흐르던 번개는 움직이는 모든 것을 참한다, 전유동참(電流動斬)!!

쿠구구구······ 쩌저적!!

“커억!”

“으악!”

단 두 번의 공격에 처절한 비명과 함께 여섯 명의 고수가 사방으로 날려가며 비명을 토해낸다.

그나마 공격권을 벗어난 자들은 해쓱하니 질린 얼굴로 분분히 뒤로 물러나기에 급급하다.

한데 진고영이 또다시 관천곤을 들어올리고 있다, 시커먼 뇌전이 이글거리며 피어오르는 관천곤을.

그때였다.

진고영의 뒤쪽에서 위경리의 외침이 허공을 갈랐다.

“진 아우는 잠시 멈추게! 우형들이 저들을 시험해 보지!”

일갈과 함께 이십여 명이 빛살처럼 날아가는 광경에 수백 무사들의 얼굴이 질려간다.

하나하나가 절정의 고수들. 서너 명을 빼고는 누구도 일 대 일로 저들에 맞설 만한 자가 없는 형국이다. 한데 그나마 그 서너 명도 진고영의 공격에 부상을 당해 버렸다. 이제 남은 오직 하나의 희망은 다수로 몰아붙여 이기는 것. 하나, 그것도 어느 정도 실력 차가 적을 때의 이야기다.

위경리와 육정기, 궁무진 등이 앞장서고, 연부경과 이수양, 방거산 부부 등이 뒤를 따라간다. 물론 우형욱과 염이상이 절대 빠질 리 없다.

호랑이들이 양 떼 사이에 뛰어든 것 같은 형국이다.

순식간에 물러서던 자들 중 이십여 명이 쓰러져 간다. 처절한 비명이 장사성 북문을 울린다. 몇 명의 고수들이 앞으로 나서며 막아보지만 날뛰고 다니는 위경리 등을 막기에는 역부족이었다.

절망으로 물들어가는 무사들의 얼굴이 하얗게 질려 있을 때였다.

"모두 물러서!!"

천룡상단의 배후에서 고함이 터지고, 하얀 백포로 전신을 둘러싼 희뿌연 그림자들이 앞으로 날아온다.

순간, 그들을 바라보는 진고영의 눈이 싸늘하게 빛났다.

'그때 그놈들!'

설유화와 만나던 날, 무양단의 살귀들에 이어 나타났던 자들, 비은(秘隱)이라 했던가?

진고영의 입에서 차가운 한마디가 전장을 쩌렁 울렸다.

"부끄러워 얼굴도 드러내지 못하는 자들이 뭐 하러 나타나는가?!"

일갈에 땅에 내려섰던 백포인들이 움찔거린다. 그 모습을 본 진고영이 나직이 뇌까렸다. 수천제마력을 끌어올리며.

"그래도 아직 양심은 살아 있다는 말인가? 그렇다면 물러나 스스로의 마음을 찾아라! 자신의 가슴에 무엇이 든 줄도 모르고 육신을 움직인다면 죽어서도 후회하리라!"

나직한 음성이 땅거죽을 뒤집을 듯이 울렁거리며 백포인을 향해 퍼져 나갔다.

"끄으……."

백포인들 중 서너 명이 신음과 함께 주춤 물러난다.

진고영은 다급히 전음을 보냈다.

"위 노형님, 지금 움직인 자들은 마공을 익힌 자들입니다. 저의 수천제마력에 흔들리는 자들부터 우선적으로 처리하십시오."

위경리가 미미하게 고개를 끄덕이더니 육정기를 보며 소리쳤다.

"육가야, 따라와! 놈들을 친다!"

다른 때는 몰라도 이럴 때는 말 잘 듣는 육정기였다. 위경리가 신형을 날리자 육정기도 덩달아 신형을 날렸다.

청망검이 시퍼런 검강을 뿜어내며 비틀거리는 백포인들을 덮쳐 갔다.

백포인들 중 멀쩡하던 자들마저 어찌할지 갈피를 잡지 못하고 망설인다. 그 순간, 다른 사람들도 상황을 눈치채고 백포인들을 쳐갔다.

진고영의 신형도 백포인들을 향해 쏘아진 살처럼 날아갔다. 모든 게 일순간에 벌어졌다.

백포인들이 상황을 깨닫고 급히 마주쳐 가지만 이미 선기를 빼앗긴 상태다.

위경리의 쌍장이 묵빛 현고기령을 동반한 채 백포인 중 하나의 가슴을 후려쳤다. 백포인이 죽기 살기로 위경리에게 마주쳐 검을 뿌린다.

"이런, 염병할 놈!"

위경리의 입에서 뜻밖의 상황에 욕설이 터져 나왔다. 자칫 양패구상을 당할 상황인 것이다. 더구나 뿌려오는 검에서 피어나는 검강이 예사롭지가 않다. 위경리는 일단 쌍장을 둥글게 말아 상대의 검강을 먼저 흩뜨렸다.

그러자 백포인이 이때라는 듯 뒤로 물러섰다.

쩌저정!

부딪친 두 가닥 강기가 사방으로 폭사되고, 물러서는 백포인을 따라 위경리가 들어간다. 눈에서는 누가 이기나 보자는 듯 오기 서린 안광이 폭사되어 나왔다.

"이놈!"

대갈을 터뜨리며 상대와 일 장을 격한 채 현고기령을 내쳤다.

후웅! 콰아!

백포인이 정신없이 검을 사선으로 휘둘렀다.

쩌저저…….

찢어지는 묵빛 광채를 뚫고 위경리의 쌍장이 재차 휘둘러졌다. 순간.

쾅!

"크억!"

답답한 신음과 함께 백포인의 신형이 이 장 밖으로 훌훌 나가떨어지고, 땅바닥에 떨어지는 백포인의 가슴을 향해 위경리의 신형이 유령처럼 내리 꽂혔다.

쩡! 콰직!!

좌수가 내밀어진 검을 쳐내는가 싶더니 우수가 백포인의 가슴을 부수며 파고들었다. 가슴뼈가 부서지는 소리와 함께 백포인의 입이 한껏 벌어졌다.

푸욱!

분수처럼 뿜어지는 선혈.

몇 번 끅끅거리던 백포인이 힘없이 늘어지자 위경리가 차가운 웃음을 입에 물고 쓰윽 사방을 바라봤다. 그러다 일그러지는 위경리의 표정.

누구도 자신의 멋진 모습을 보는 자가 없다. 아니다, 하나 있다. 엄지손가락까지 들고. 위경리는 씨익 웃었다. 그리고 마주 손가락을 세워줬다.

'아부지, 최고!'

'고맙다, 아들아!'

그런데…….

"뭐 하는 거요?! 한 놈 이겼다고 자랑하는 거요, 지금?"

육정기 놈이 어렵게 백포인 하나를 누이고 심통났는지 소리친다.

'그려, 이놈아! 자랑하는 거다! 크크크!'

"아자! 이놈들!!"

사기충천한 위경리는 기합을 내지르며 다시 적들을 향해 신형을 날린다. 하지만 그가 상대할 백포인은 더 이상 없었다.

진고영을 향해 다섯 명의 백포인이 달려들고 있었던 것이다. 어느덧 천룡상단의 무사들도 멀찍이 물러선 채 그 싸움을 보고 있었고, 유지화를 비롯한 이쪽의 사람들도 뒷짐을 진 채 진고영과 백포인의 싸움을 보고 있었다. 위경리도 어정쩡하니 천룡상단의 무사들에게 달려들려다 신형을 멈추고 굉음이 이는 곳으로 눈을 돌렸다.

콰콰쾅!!

묵룡이 허공을 휘젓자 두 명의 백포인이 묵룡에 휘말려 훌훌 나가떨어지는 것이 보인다. 위경리는 두 손을 움켜쥐었다. 항상 보는 것이지만 진고영의 싸움은 한마디로…….

"예술이다!"

휙 고개를 돌리고 자기보다 먼저 소리친 자를, 놈을 보았다. 역시나 육정기였다.

그때였다.

"아!!"

커다란 탄성이 터져 나왔다. 위경리의 눈이 다시 번개같이 돌아갔다.

진고영의 손에서 묵금빛 광채가 쏟아져 나오고 있었다. 마침내 무명

도를 뽑은 것이다.

고오오…….

세 명의 백포인이 동귀어진이라도 하겠다는 듯 한꺼번에 달려들고 있다.

진고영의 신형이 천천히 한 바퀴 돌았다. 아니, 너무 빨라서 느리게 보인 것뿐, 이미 시커먼 도강은 광란하는 파도가 되어 있었다.

콰르르르…….

묵금빛 강기를 머금은 도가 하늘에 뇌룡을 토해냈다.

전룡참마겁(電龍斬魔劫)!

우측의 백포인의 검이 뇌룡과 부딪치며 부서져 나가고 뇌룡은 그의 심장을 뚫고 지나간다.

뇌룡의 발톱이 좌측 백포인의 도를 움켜쥐더니 그대로 손마저 삼켜 버렸다. 뇌룡망망겁(雷龍亡亡劫)!

뇌룡의 두 눈이 벼락을 쏘아내 전면에서 달려들던 백포인의 머리를 하얗게 부수며 이마에 낙인을 찍어버렸다.

비명도 없고 선혈도 없다.

심장은 타버렸고 뇌수는 굳어버렸다.

오직 한쪽 팔이 어깨까지 사라진 백포인만이 생기가 사라진 두 눈을 허공에 고정시킨 채 주저앉아 있을 뿐이었다.

잠시의 고요가 지나자 백포인의 어깨에서 선혈이 방울져 떨어지기 시작했다. 그제야 사람들은 정신을 차리고 상대를 노려보기 시작했다.

위경리는 진고영의 좌측으로 다가갔다. 육정기도 슬그머니 진고영 의 우측으로 다가갔다. 그들은 전의 경험으로 진고영의 내기가 흔들리 고 있을 거라 판단한 것이다. 한데,

"괜찮습니다, 노형님."

진고영이 엷은 웃음을 지으며 괜찮단다. 위경리가 물었다.

"정말 괜찮나?"

"예, 이제는 몇 번 펼쳐도 견딜 만합니다."

"아! 혹시 전에 무현장에서……?"

진고영이 빙그레 웃었다.

"그때 조금 얻은 게 많은 도움이 되었습니다."

"아. 하. 하. 하! 그래! 정말 다행이네!!"

위경리가 단절된 웃음을 웃으며 좋아하자 육정기가 뚱한 표정으로 물었다.

"형님, 무슨 이야기요?"

위경리가 씨익 웃으며 말했다.

"그때 방해한 놈들은 몰라도 돼!"

관천곤의 강기에 휘말려 나가떨어진 자들은 연부경과 궁무진이 달려들어 제압해 버렸다. 이미 내기가 크게 뒤흔들린 자들이었기에 쉽게 제압할 수 있었다. 이로써 열 명의 백포인이 모두 제압되었다.

천룡상단의 무사들은 제정신이 아니었다. 심지어는 백포인을 데리고 왔던 염홍상마저 넋이 빠진 상태였다.

진고영을 필두로 제마단이 천천히 걸음을 옮기자 바다의 물길이 갈라지듯 천룡상단 무사들이 쫘악 갈라진다.

그것은 장관이었다. 같은 무사로서의 경외였다. 그들에게서는 더 이상의 전의는 거품이 되어 사그라져 버렸다.

유지화가 염홍상에게 다가가며 엄한 목소리로 소리쳤다.

"명색이 호남의 십대고수라는 탁천항마 염홍상이 언제부터 마인들을 이끌었단 말이오?! 항마라는 별호가 부끄럽지 않으시오?!"

일갈에 염홍상의 얼굴이 붉게 달아올랐다. 입이 있어도 말을 할 수 없는 형국, 염홍상은 이를 지그시 깨물며 유지화의 눈을 피했다.

"우리더러 어쩌란 말이오? 막지 않으면 우리부터 죽이겠다는데!"

"그래서 저런 마인들을 데려왔단 말이오?"

"수하 된 자로 명을 받았을 뿐 우리는 저들이 마인인지도 몰랐소."

유지화가 염홍상을 싸늘히 바라보다가 천룡상단의 무사들을 향해 고개를 돌렸다. 그리고 소리 높여 외쳤다.

"그대들의 주인은 그대들을 버렸다! 천룡상단은 호남의 정의로운 상단으로 이름이 높았다! 한데 그대들의 눈과 귀를 속이고 마인들을 끌어들여 그대들, 무사의 자존심마저 뭉개 버렸다. 이 어찌 그대들을 버린 것이 아니란 말인가?!"

어정쩡하니 서 있던 무사들이 차가운 얼음물에 빠진 것마냥 그대로 굳어버린다. 계속되는 유지화의 일장 연설!

"어찌할 것인가? 그대들은 계속 마인들의 꼭두각시가 되어 우리와 싸울 것인가? 아니면 저 더러운 진창에서 발을 빼고 동정호에 마음을 씻을 것인가?"

굳어버린 무사들 사이에서 서서히 작은 불씨가 피어오른다. 피어오른 불씨가 불꽃이 되어 활활 타오르기 시작한다.

누군가가 불꽃에 장작을 던져 넣었다.

"우리는…… 마인이 아니오!"

"마인의 꼭두각시 노릇을 할 수는 없소!"

가뭄에 산불이 번지듯 순식간에 무사들 사이로 열기가 번져 나갔다.

"그렇소! 우리는 무사요! 마인이 아니오! 천룡상단이 계속 마인을 비호한다면 우리는 천룡상단을 떠날 것이오!"

"떠날 것이오!!"

"맞소! 맞소!"

"와! 와!! 와!!"

검을 치켜올리며 외치는 무사들의 함성은 살기가 아니었다. 그것은 외침이었다. 자신들의 자존심에 대한 의지였다.

유지화가 슬그머니 진고영을 바라보았다. 진고영이 미미하게 고개를 끄덕이며 전음을 보냈다.

"정말 잘하셨습니다. 유 장주님의 말씀 몇 마디가 제 칼보다 훨씬 강하신 것 같습니다."

고개를 돌리자 모두가 감탄의 표정으로 자신을 바라보고 있다. 유지화는 왠지 얼굴이 화끈거리는 것 같아 슬그머니 돌아섰다.

그러자 멍하니 서 있던 위경리가 다가오더니 유지화의 어깨를 툭툭 치며 한마디 했다.

"유 장주, 진짜 말 잘하는군. 유 장주 덕분에 적어도 수백 명의 피가 덜 흐를 거야."

"별말씀을. 죽겠다고 나서는 자들을 보니 제가 열을 좀 받아서……."

어쨌든 상황은 의외의 결말로 치달려 갔다.

천룡상단의 무사들이 한꺼번에 뒤돌아서자, 그나마 천은산장의 편에 서 있던 수장들마저 슬그머니 뒤로 돌아선다. 자신들 몇으로 대든다 해서 될 일도 아니지만, 자칫하다간 자기편의 검에 맞아 죽게 생긴 것이다.

썰물처럼 주욱 물러서는 무사들을 따라 진고영 일행도 걸음을 옮긴다. 그들의 걸음걸음이 오랜만에 가벼워 보인다.

수백의 핏물로 적셔졌을지 모르는 땅이었다.

수백의 시신으로 덮였을 대지였다.

그랬다면 일행의 가슴도 넘치는 핏물로 축축이 젖었을 것은 자명한 일, 참으로 다행한 일이었다.

장사의 성문을 들어서는 일행의 앞을 막을 것은 이제 없었다. 천룡상단에 돌머리들만 있는 것이 아니라면 그들로서는 제마단의 앞길을 막을 수 없다는 것을 알고 있으리라.

물론 천룡상단의 상인들은 돌머리가 아니었다. 오히려 너무 영악해서 탈일 지경이었다.

제마단이 장사에 진입한 후 곧장 북에서 남으로 질러가려 할 때였다. 한 명의 노인이 제마단의 앞길을 막았다. 그는 천룡상단의 대행수 변문경이라는 사람이었다.

일행의 앞으로 다가온 변문경이 깊게 허리를 굽히더니 입을 열었다.

"이렇듯 영웅들을 뵙게 돼서 영광이오이다."

육정기 코웃음을 쳤다.

"흥! 죽이려 덤벼들 때는 언제고, 영광!?"

변문경은 얼굴의 웃음기를 유지한 채 여전히 앞을 보고 말했다.

"유 장주님의 한 말씀으로 우리 천룡상단이 살아났소이다."

유지화의 두 눈이 부드럽게 빛났다.

"과한 말씀. 제 말이 아니었더라도 무사들은 물러날 수밖에 없었을 겁니다. 다만… 그로 인해서 일이 조금 더 수월하게 풀렸을 뿐이지요."

"허허허… 아니오이다. 어쨌든 이제 우리는 귀공들을 더 막을 힘도, 사람도 없소이다. 무디 목적한 바를 이루시길……."

육정기는 자신의 말은 아랑곳없이 유지화와의 대화를 끝내고 돌아서려는 변문경에게 발끈 화가 났다.

"아무리 이해타산을 따지는 상인들이라 하지만 이리 쉽게 천은산장과의 관계를 부정하려 하다니, 웃기는군."

육정기의 비꼬며 말하자 변문경이 웃는 얼굴로 육정기를 바라보았다.

"천은산장은 분명 우리 천룡상단의 가장 큰 물주이자 권리자이지요. 그러기에 우리가 주인으로 모셨던 것입니다. 하나 그게 다일 뿐입니다. 상인들의 집단이라는 것은 어느 한 개인이 지배하기에 한계가 있습지요. 문제는 한 번 주인으로서 역할을 맡기면 그 주인에게 절대 복종을 해야 한다는 것입니다, 특별한 사유가 생길 때까지는."

변문경이 육정기에게 말을 하다 말고 유지화를 바라보았다.

"유 장주님이 그 특별한 사유를 만드셨습니다. 바로 '상단의 본질이 바뀌어서는 안 되며, 그로 인한 전체적인 반발이 일 시, 임시로 주인의 천룡령에 대한 권한을 유보한다' 라는 조항에 맞게 본질이 바뀜으로써 호단 무사들이 집단 반발을 일으켰으니, 이제부터는 천룡령의 권한을 유보하고 천룡십상총회에서 모든 것을 결정하게 되었습니다. 그리고 그 첫 번째 의결 사항은……."

잠시 말을 멈춘 변문경이 천천히, 마치 서류를 읽듯이 의결 사항을 말했다.

"앞으로 삼 년간 신협을 위시한 철한장과 천은산장의 모든 전쟁에 천룡상단은 끼어들지 않는다."

한마디로, 당신들과는 싸우지 않겠다. 그러니 천은산장과 피 터지게 싸우든 말든 마음대로 해라, 이 말이었다.

“그럼, 이만 물러가겠소이다.”

말을 마친 변문경이 다시 인사를 하더니 왔던 길로 돌아간다. 그러자 변문경의 뒤를 바라보던 육정기가 잔뜩 찌푸린 표정으로 중얼거렸다.

“그냥 안 싸우겠다, 하면 될 것을 뭐 하러 저리 복잡하게 말하는 거여? 누구 염장 지를 일 있나?”

7

예릉을 지난 대풍운보의 무사들은 사기가 충천해 있었다.

호남 동부 제일의 세력이라 할 수 있는 양환검문을 일패도지시키자 주위의 중소문파들이 알아서 길을 비켜주고 있었다. 심지어는 대풍운보의 무사들에게 음식을 제공하는 문파들도 있었다. 아무리 삼사 일이면 도착할 수 있는 거리라 하지만, 사람이 오백이 넘다 보니 보급은 매우 중요한 문제였다. 그런데 이렇게 알아서 갖다 주니 어찌 기분이 좋지 않을까.

주주를 이십여 리 남기고 진을 친 대풍운보의 임시 막사 안.

백리단황을 위시해서 독목서생이 왼쪽에, 온면냉심 공야등이 오른쪽에 앉아 있었다. 그리고 전면으로 호공탁과 백리단유, 백리웅천 등 대풍운보의 기라성 같은 고수들이 빙 둘러앉아 있었다.

한데 밖의 분위기와는 다르게 이들의 표정은 심각하게 굳어 있다. 대체 무슨 이유로?

상석에 앉은 백리단황이 백리웅천을 바라보며 물었다.

"그들이 움직일 거다, 그 말이냐?"

"현재 상황에서 그 괴물들을 풀지 않고서는 자신들이 죽는다는 것을 그들은 그 누구보다도 잘 알고 있습니다."

"우리도 이미 그 괴물들에게 한 번 당한 적이 있다. 그러나 만일 다시 붙는다면 그때처럼 쉽게 당하지는 않을 것이다."

"소자가 어찌 본 보의 힘을 의심하겠습니까? 다만, 그들에 대해서는 최대한의 방비도 결코 완벽한 것이 아니라는 것을 말씀드리는 것일 뿐입니다."

"흠……."

백리단황이 천천히 고개를 끄덕이며 무오를 돌아보았다.

"무 군사는 어찌 생각하는가?"

있는 듯 없는 듯 조용히 앉아 있던 무오가 백리단황을 향해 말했다.

"백리웅천 공자의 말대로 그들은 그 괴물을 풀 것입니다. 그것도 우리들에게만 말입니다."

"응? 우리에게만?"

무오가 백리단황의 의문에 고개를 끄덕이며 답했다.

"보주께서는 가봐야 죽을 게 당연한 곳과 가서 뭔가를 얻고도 죽을지 안 죽을지 모르는 곳이 있다면 아끼는 수하들을 어디로 보내겠습니까?"

순간 백리단황의 미간이 꿈틀, 주름이 졌다. 그가 무오의 말을 어찌 모를까. 그러나 자존심이 상하긴 해도 사실이 그러하니 뭐라 할 수도 없는 일.

"으음……. 그거참."

"놈들은 그 괴물들이라면 우리의 발길을 지체시킬 수 있다고 생각할
것입니다. 그리고 그사이 진고영의 손과 발을 자르려 들겠지요."

무오의 말에 백리웅천이 낮게 깔린 음성으로 말했다.

"진 대협을 어찌하지 못하는 한 아무리 손발을 잘라봐야 그들은 진
대협을 이기지 못합니다."

거의 확신에 가까운 말. 사람들은 의외라는 표정으로 백리웅천을 바
라보았다. 백리웅천이 진고영과 가깝게 지냈다는 것은 잘 알고 있었지
만, 그래도 자존심으로 뭉쳐진 백리웅천이 존경심이 담긴 투로 말을 하
다니…….

그때 무오가 고개를 크게 끄덕이며 말했다.

"맞습니다. 바로 그겁니다. 그래서 놈들이 진고영의 손과 발을 자르
려는 거지요."

의아한 표정, 백리웅천의 무오를 바라보는 눈에는 의문이 담겨 있었
다. 그러자 무오가 짙은 어둠이 깔린 음성으로 천천히 입을 열었다.

"손과 발이 잘리면… 진고영의 마음이 흔들리게 될 것입니다. 그러
면 최소한 지금보다는 나은 상황이 만들어지는 것이지요."

"진고영이 당하는 것하고 우리하고 무슨 상관이오?"

호공탁이 도대체가 모르겠다는 듯 묻자 공야등이 혀를 차며 말했다.

"진고영이 당하면 그 다음은 누구냐? 진고영을 상대하던 세력까지
우리가 모두 상대해야 할 텐데, 자신있나?"

"못할 건 또 뭐요?"

곧 죽어도 꿀리고 싶지 않은 호공탁이 가슴을 치며 소리치자 모두가
그를 쳐다봤다. 한데 그 눈빛들이 어째 미친놈 보는 눈빛들이 아닌가?

호공탁은 얼굴이 벌게져서 한마디 더 하려다, 백리단황이 손을 들어

내리누르는 바람에 찍소리도 못하고 제자리에 앉아야만 했다.

호공탁을 손 하나로 내리누른 백리단황이 천천히 입을 열었다.

"그럼 우리가 할 일은?"

잠자코 듣고 있던 백리단황의 한마디였다. 그 속에 모든 것이 담겨 있었다. 무엇을 어떻게 할 것인가? 중요한 것은 그것이었다.

무오는 사람들을 둘러보며 한 자 한 자 새기듯이 말했다.

"약간의 희생이 따르더라도 최대한 빨리 괴물들을 멸하는 것, 그 이외에는 방법이 없습니다."

그 말에 당연한 소리를 왜 그리 심각하게 하냐는 눈빛으로 사람들이 멍하니 바라본다. 그러자 무오가 독목을 빛내며 말을 이었다.

"물론 그러기 위해서 소생이 마련한 방법이 하나 있습니다. 단, 자존심이 상하더라도 제 말을 따라주셔야만 합니다."

사람들의 어깨가 움찔, 떨린다. 아무래도 무오의 말이 심상치가 않은 것이다.

그때였다. 백리단황의 말 한마디가 사람들의 가슴에 못이 되어 박혀 버렸다.

"군사의 명령을 듣지 않을 사람은 지금 즉시 이곳을 떠나도록!"

孤影　第六章

1

유협일단, 약간의 저항이 있었으나 삼십여 명의 사상자를 낸 후 청무회의 도움으로 무사히 포위망을 뚫고 산장의 서쪽으로 접근 중.

유협이단, 강력한 저항에 부딪쳐 오십여 명의 사상자를 내고 악록산 동쪽 자락에서 연락을 기다리고 있음.

철검단, 상강을 건넌 후 망성을 지나 악록산 서쪽 줄기인 오유봉 아래 거점을 정하고 공격 지시를 기다리고 있음. 천룡상단의 호단 무사단과의 충돌에서 발생한 삼십여 명의 사상자는 도강하지 않고 즉시 후송.

전서를 읽어가는 유지화의 안색이 침중하니 굳어졌다. 그것은 옆에 있던 다른 사람들도 마찬가지였다.

본장을 치기 전인데도 거센 저항에 벌써 백여 명의 사상자가 발생했다. 숫자만으로는 근 이 할에 가까운 인원 손실이었다.

그나마 자신들이 장사에서 천룡상단의 주력을 부수었고, 대풍운보
로 인해 천은산장의 주력 중 일부가 동쪽으로 이동했기에 그 정도만으
로 끝났다 할 수 있었다.

전서를 내려놓은 유지화가 주위로 둘러앉은 사람들을 침중한 표정
으로 바라보며 천천히 입을 열었다.

"많은 사상자가 났습니다만 다행히 천은산장을 둘러싼 벽을 한 겹
걷어냈습니다. 하나, 문제는 그 벽이 결코 한 겹으로 끝나지 않을 거라
는데 있습니다."

적막이 장내를 맴돌았다.

참다 못한 위경리가 무거운 음성으로 고개를 끄덕이며 말했다.

"물론 또 다른 벽이 있겠지. 하지만 그런 벽이 문제가 아니네. 진짜
벽은……. 백령곡의 괴물들이야."

그랬다. 문제는 일반고수들로 이루어진 벽이 문제가 아니었다. 백령
곡의 천루인들, 반혈인들. 그들이야말로 그 무엇보다도 무서운, 넘기가
힘든 벽인 것이다.

"그들을 막을 수 있는 세력은 현재 저희들밖에 없습니다. 다른 삼단
들에게 서쪽의 백령곡 진입을 금한 것도 그러한 이유 때문이지요."

유지화의 말에 연부경이 이마를 찌푸리며 물었다.

"그들을 풀어놓았을 가능성은?"

유지화가 대답했다.

"아직은 그들에 대한 보고가 들어온 것이 없습니다. 만일 그들을 풀
어놨다면 어떤 식으로든 보고가 들어왔을 텐데 말입니다. 다만……."

유지화가 말을 미적거리자 육정기가 답답한 듯 말꼬리를 물고 늘어
졌다.

“일전에 대풍운보를 공격했다는 반혈인들 정도는 또다시 움직였을
가능성을 염두에 두어야 할 겁니다.”

“음…….”

2

“대풍운보 놈들, 약이라도 처먹었나? 왜 이렇게 움직이는 게 빨라?”

공손곽의 대갈에 조이경의 눈빛이 바닥으로 가라앉았다.

‘전에 보고 올릴 때는 신경도 안 쓰더니…….’

“반혈인들은?”

조이경은 불만을 접고 재빨리 대답했다.

“주주로 움직였습니다, 각주.”

“광혼당은?”

“광혼당은 반혈인들의 우측을, 검혼당은 좌측을 맡고 있습니다, 각
주!”

재빨리 미리 물어볼 것을 대비해 대답하자 공손곽의 눈이 슬며시 감
겼다가 다시 뜨였다. 그런 공손곽의 눈에서는 살기 어린 광망이 번뜩
거리고 있었다.

“좋아. 오랜만에 빠르게 대처한 것 같군. 후후후. 주주를 놈들의 무
덤으로 만들어야 한다, 조이경. 그것만이 우리가 살 길이야.”

“명심하고 있습니다, 각주!”

211

암울한 긴장이 감도는 대전의 태사의에는 혁련유천이 즐겁다는 듯 웃음을 띠고 앉아 있었다. 무엇이 그리도 즐거운 걸까? 혈향이 진동하는 강호의 형세가 즐거운 걸까, 소위 협의지사라 하는 자들이 자신을 상대하고자 떼거리로 몰려오는 것이 즐거운 걸까.

시간이 흐르고, 밑에서 부복한 채 보고를 올리던 공손곽의 두 눈이 떨리고 있음에도 혁련유천의 표정에는 여전히 변화가 없었다.

"그래서 반혈인들을 대풍운보 쪽으로 돌렸다?"

"그렇사옵니다, 주군."

"흠, 그래… 그것도 괜찮겠지. 백리단황이 아무리 강하다 해도 반혈인 셋이면 될 테니, 나머지 일곱으로 수십 명 정도의 피는 볼 수 있을 테지. 적어도 진고영 쪽으로 가서 별 소득도 없이 죽는 것보다는 나을 거야."

"속하의 생각도……. 그래서……."

"하면, 진고영 일행에 대한 준비는 되어 있겠구나."

"그, 그게…… 일단은 그들을 백령곡으로 몰아넣고 일망타진할 생각이옵니다."

"후후후……."

혁련유천의 입에서 모골이 송연한 웃음이 나직하게 흘러나온다. 듣는 것만으로도 전신이 오그라드는 충격에 공손곽의 머리가 더욱 깊게 수그러졌다.

"본좌가 백령곡으로 직접 가겠다."

번쩍, 공손곽의 고개가 들렸다.

"주군께서… 어찌 몸소……."

"공손곽, 어차피 이번 싸움은 본좌와 진고영의 싸움에서 모든 것이 결정날 것이다. 다른 자들은 다 구경꾼일 뿐이지.”

천천히 태사의에서 일어서는 혁련유천의 입가로 더욱더 새하얀 웃음이 붉은 혈광과 어우러져 흘러나온다.

“흐하하하! 공손곽 아느냐? 나는 요즘 흥분이 돼서 잠이 잘 오지도 않는다! 놈과 천하를 놓고 자웅을 겨룰 날만 생각하면 피가 끓어오른단 말이다!!”

“주, 주군!!”

“놈을 백령곡에 집어넣어라! 놈을 따르는 놈들까지 모조리 말이다!! 그게 네가 할 일이다, 공손곽!!”

“조, 존! 명!!”

부들부들 떠는 공손곽을 바라보는 혁련유천의 붉은 혈광이 점점 짙어져 가고, 그의 입에서 흘러나오는 한마디 한마디에선 더욱더 광기가 폭출하고 있었다.

“공손곽… 그놈이… 진고영 그놈이 과연 내 피를 볼 수 있을까? 그놈의 피는 무슨 색일까? 우흐흐…….”

공손곽은 문득 며칠 전 혁련유천이 하루 종일 사라졌다 나타났던 일이 생각이 났다. 그날 이후로 혁련유천의 모든 것이 조금씩은 변한 것 같다는 생각이 들었다.

‘좋은 일인지 나쁜 일인지…….’

어쨌든 이번 싸움에서 이겨야만이 살 수 있다는 사실에는 변함이 없다. 공손곽에게는 그것만이 진실이었다. 누가 어떻게 됐든 이번 싸움을 이겨야 한다. 설사 혁련유천이 미쳤든 안 미쳤든…….

3

하늘의 먹구름이 점점 짙어지더니 툭툭 떨어지는 빗방울이 아무래도 소나기라도 한번 퍼부을 것만 같다.

제마단이 상강가에 도착한 지도 벌써 한 시진이 흐르고 있었다. 첩검단에서 마련하기로 했던 배편은 아직 강상의 어디에도 보이지 않고, 간간이 오르내리는 작은 고깃배들만이 강물은 인간들이 뭘 하든 상관하지 않고 쉼없이 흐르고 있다는 것을 알려주고 있을 뿐이었다.

기다리는 시간이 길어지자 사람들의 마음에도 불길함이 점점 쌓여가기 시작했다.

빗방울이 점점 굵어지자 강상에 떠다니던 고깃배조차 비를 피해 포구 쪽으로 들어가 버렸다.

이제 강상에는 떨어지는 빗방울이 포말을 일으키며 떠내려가는 모습과 자맥질하는 고기들의 유희만이 간간이 눈에 띄고 있었다.

어리석은 인간들을 비웃으며 도도히 흐르는 강물을 바라보고 있던 유지화가 이야기를 나누고 있는 진고영과 위경리를 바라보았다.

"위 노선배님."

"음?"

"아무래도 장사포구로 가서 다른 배를 빌려야 할 듯합니다."

"흠, 하기는……. 천룡상단이 싸움에서 발을 빼기로 한 이상 굳이 우리가 포구를 피할 필요는 없겠지."

"그럼 가시죠."

진고영이 일어나자 사람들이 따라 일어섰다. 한데 그때였다.

214

"배다!"

오 장 높이의 나무 위에서 강을 바라보고 있던 임수행이 배를 본 듯하다. 재빨리 위경리가 나무 위로 신형을 날렸다.

"어? 진짜 배가 오는데?"

"그럼 제가 헛것을 봤을까 봐요?"

삼백여 장 밖, 희뿌연 빗속을 뚫고 배가 접근하고 있었다.

물길을 거슬러 오다 보니 아무래도 속도가 나지 않는 듯 삼백여 장을 오는 데 일각 이상이 소요되었다.

뱃전에는 사마충인이 초조한 기색으로 나와 있다가 사람들이 물가로 나오자 그제야 안심이 되는지 소리를 질렀다.

"죄송합니다. 조금 늦었습니다!"

"이게 조금인가?"

위경리가 면박을 주고는 뱃전으로 날아가자 모두가 비상하는 새 떼처럼 위경리를 따라 선상으로 올라갔다.

"대체 어찌 된 일입니까?"

올라가자마자 유지화가 물었다. 사마충인의 안색이 결코 정상이 아님을 간파한 것이다. 게다가 사방에는 지워지긴 했지만 적지 않은 핏자국마저 보인다.

사마충인이 머뭇거리다 입을 열었다. 언제까지 숨길 수도 없는 일이고 숨길 필요도 없는 일이었으니…….

"포위 공격을 당했습니다. 안개 속에 숨어서 잘 왔는데 철검단의 무사들을 내려주고 올라오는 길에 그만……."

"피해는?"

"싸우던 중에, 다행히도 적들이 신호를 받고 물러가 피해는 그리 크지 않습니다. 다섯이 죽고 일곱이 부상을 당했습니다.”

올라오던 중에 공격을 받았다는 말을 듣고 가까이 다가와 있던 위경리가 소리를 빽 질렀다.

“그게 어디 작은 피해인가? 그래, 다친 사람은?”

“일단 약을 바르고 선실에 있습니다.”

“후우……. 그나마 놈들이 물러갔다니 다행이군.”

“그게 좀 이상합니다. 포위 공격을 당해 언제 어떻게 될지 모르는 판국이었는데 그냥 물러가다니…….”

“흠, 아마 천룡상단이 약속을 지킨 모양이군.”

“예?”

위경리는 간략하게 장사에서 벌어진 일을 설명해 줬다. 유지화의 일장 연설이 불러온 파장까지. 그러자 사마충인의 얼굴에 놀란 표정이 떠올랐다.

말 몇 마디로 최대의 걸림돌이었던 천룡상단을 막아내다니, 물론 진고영과 제마단의 신위가 전제되었기에 가능한 일이었다. 그렇다 해도 한창 싸우던 중 시기를 맞춰 상대의 마음을 움직인다는 것은 아무나 할 수 있는 일이 아니었다. 오죽하면 전쟁 시 격문을 쓰고 읽는 사람들을 따로 두고 운용할 정도이겠는가. 그만큼 말 한마디가 가지는 중요성은 절대 무시할 수가 없었다.

어쨌든 이제 강을 건너 운행하는 데 걸림돌은 없어졌다. 그렇다면 속전속결이라는 이번 작전에 방해가 될 것이 없다는 말.

강을 건너자 일제히 빠른 속도로 신형을 날리기 시작했다.

천은산장 영무들의 눈을 속이기 위해서 악록산을 돌아 백령곡 쪽으로 가는 길은 거칠 것이 없었다.

철검단과 유협이단이 천은산장의 북쪽을 치기 전에 백령곡에 들어가야 했다. 통제가 안 되는 백령곡의 괴물들이 쏟아져 나온다면 천은산장은 지옥의 대지가 될 테니까.

이제 남은 시간은 하루, 천은산장과의 거리는 기껏 삼십여 리에 불과하지만 무턱대고 공격을 해도 될 만큼 천은산장은 약하지가 않았다. 하루라는 것도 천은산장이 뛰쳐나오지 않기에 가능한 시간이었다. 만일 저들이 죽기 살기로 쏟아져 나와 대항을 한다면 그들을 막는 데만도 며칠이 걸릴 것이다.

하지만 저들은 나오지 않을 것이다. 아니, 내보낼 수가 없는 상황이었다. 저들 중에 많은 사람들이 흔들리고 있을 테니, 나가서 싸우라는 말은 떠나라는 말이나 같았다. 그것을 모를 리 없는 공손곽이 무사들을 밖으로 내돌리지는 않을 것이다.

특히 진고영 쪽으로는 더.

조금씩 내리던 비가 악록산을 넘어가자 굵어지기 시작하더니, 마침내 거세게 퍼붓기 시작했다.

일행의 선두를 달리던 위경리가 천우만을 바라보며 물었다.

"선배, 어디 비를 피할 만한 데 없겠소?"

천우만이 웃기지도 않는다는 듯 위경리를 바라보며 말했다.

"젖을 거 다 젖었는데 뭐 하러 피해?"

"아, 젊은 놈들이 괜찮지만 늙은 우리들은 옷이라도 말려야 싸우지 않겠소?"

"그냥 입고 있는 게 더 잘 마르는데……."

장난처럼 말하던 천우만은 위경리가 도끼눈을 하고 쳐다보자 손가락으로 한쪽을 가리켰다.

"따라와!"

오 리 정도를 더 가자 악록산 서남쪽 자락의 산중턱에 한 채의 사찰이 보였다.

영원사(映遠寺).

그리 크지 않은 사찰이었지만 삼십여 명이 잠깐 쉬어가기에는 그다지 작다 할 수 없었다.

한쪽의 객전에서 잠시 쉬어가자는 말에 사찰의 주지는 아무 소리도 하지 않고 객전을 내어주었다.

주지로서는 삼십여 명의 칼 찬 무인들이 우르르 몰려드니 대웅전이라도 내어주어야 할 판이었다. 그나마 객전을 내어달라는 말이 다행일 뿐이었다. 그 모든 게 자신이 부처님을 잘 모셔서인 것만 같았다.

고맙다는 위경리의 말에 주지는 무슨 소리냐는 듯, 부처님의 자비를 실천해야 할 자신들이 당연히 할 일이라며 다시는 그런 말 하지 말라 했다. 물론 속으로는 악귀들이 빨리 나가주기를 부처님에게 빌고 또 빌었지만.

"이곳에서 밤을 새고 아침 일찍 백령곡으로 갈 것입니다. 철검단이나 유협일, 이단도 저희들의 움직임을 주시하며 명을 기다리고 있을 테니, 그들에게도 우리의 계획을 전해야 합니다."

"첩검단에 우리 행로를 알려야 하지 않을까?"

육정기의 말에 유지화는 고개를 끄덕였다.

“지금쯤 우리의 행로를 알았을 것입니다.”

“응? 어떻게? 표식도 남기지 않았는데?”

“천은산장을 둘러싸고 있는 첩검단원의 수만도 백여 명이나 됩니다. 게다가 청무회가 나름대로 도움을 주고 있지요. 우리가 다음 약속 장소에 나타나지 않았으니 아마 역추적을 시작했을 겁니다. 그렇다면 이곳을 찾는 것은 그리 어려운 일이 아닙니다. 우리가 완전히 길을 이탈하지만 않았다면 말입니다.”

4

대별산 천당봉의 하늘에는 짙은 먹구름이 끼어 있었다. 석양빛을 받아서인지 붉게 변한 먹구름은 왠지 사람들의 마음을 불안하게 만들고 있었다.

정검단과 무천단의 창단은 순조롭게 진행되고 있었다. 그런데도 제갈환은 불안한 마음이 가실 줄을 몰랐다.

“후우……. 이미 전쟁은 시작되었다. 신협은 천은산장을 치기 시작했고, 동방설리는 혈왕궁과 싸울 채비를 끝내가고 있다. 그런데 왜 이리 마음이 불안하단 말인가?”

식어가는 찻잔을 입으로 가져가던 제갈환은 누군가가 방으로 들어오자 찻잔을 내려놓고 고개를 돌렸다. 제갈미령이었다.

가주인 형님의 딸, 뛰어난 머리와 아름다운 미모는 무림련 젊은 무사들의 마음을 뒤흔들 정도였다. 언제 저렇게 커버렸는지 세월의 무상함을 느끼게 해주는 조카였다.

"숙부님은 왜 여기 계세요? 다른 사람들은 정천각에 모여 있던데."

"하하하! 우리 조카가 숙부를 데리러 왔나 보구나?"

"맞아요. 남궁 숙부가 대군사님을 모시고 오래요."

"흠. 그래, 가야겠지. 조금이라도 피를 덜 보기 위해서라면… 최선을 다해야겠지."

"예?"

"하하! 아니다, 가자꾸나!"

제갈환이 일어서자 제갈미령은 의혹이 깃든 얼굴로 자신의 숙부를 바라보더니 곧 밝은 표정으로 싱긋 웃었다.

"그래요. 숙부님은 고민하는 표정이 어울리지 않아요. 괜히 이 예쁜 조카까지 우울해지잖아요."

정천각으로 가는 길에 수많은 무사들이 바삐 움직이는 모습이 보였다. 제갈환의 눈이 가늘게 떨려왔다.

'과연 저 사람들 중 얼마나 살아남을 것인가? 이미 무검단의 무사들 중 반수 이상이 죽어갔거늘, 얼마나 더 많은 사람이 죽어야 이 싸움이 끝날 것인가? 동방설리, 그대가 원하는 세상이 만들어지기 위해선 얼마나 더 많은 사람이 죽어갈지 알고는 있는가?

임시로 혈왕궁과의 전쟁을 수행할 본부로 사용되고 있는 정천각에는 이십여 명의 각파 원로들이 모여 있었다.

제갈환이 들어가자 사람들의 시선이 온통 제갈환에게로 향했다.

동방설리는 제갈환이 들어오자 낭랑한 목소리로 입을 열었다.

"이제 제갈 대군사께서도 오셨으니 회의를 시작하겠습니다."

제갈환의 입가에 씁쓸한 웃음이 걸렸다.

‘들러리가 필요했던가? 모든 것을 확인해 줄 들러리가?’

그의 마음을 알 길 없는 동방설리가 낭랑한 목소리로 입을 열었다.

“조금 전에 들어온 소식통에 의하면 사천에서 백마보가 움직였다 합니다.”

“뭣이?”

“그게 사실이오?”

사천에 근거를 두고 있는 청성과 아미의 원로들이 놀라 소리쳤다. 이미 한 번 당한 전력이 있는지라 그들의 심정은 다른 문파와는 사뭇 다를 수밖에 없었다.

그러나 동방설리의 말은 한 점 흔들림 없이 계속되었다.

“그들은 움직인 즉시 무이산맥을 넘어 호북으로 들어설 것으로 보입니다.”

“아!”

다행이라는 듯 가슴을 쓸어 내리는 태인 대사와 유향 사태의 마음과 달리 이번에는 무당의 허진이 얼굴을 굳히고 동방설리에게 물었다.

“하면 그들이 바로 호북으로 들어설 경우 대비책은 있소?”

“그런데……”

동방설리가 말을 끌며 주위를 돌아보자, 사람들의 마음에는 알 수 없는 불안이 스멀거리며 피어올랐다.

“문제는 그들뿐이 아니고, 신월문과 나머지 혈왕궁에 복속된 자들까지 모두 움직이고 있는 것으로 보인단 겁니다.”

장내는 한여름에 서리가 내려앉은 듯 조용해졌다. 그녀의 말이 뜻하는 바가 무엇이겠는가? 그것은 곧 혈왕궁이 본격적으로 움직이고 있다는 말이 아닌가?

"아미타불! 동방 군사, 그럼 혈왕궁이 모두 움직인다는 말이시오?"

동방설리가 천천히 고개를 끄덕였다.

"그렇게 생각됩니다. 비록 혈왕궁 본진의 움직임을 잡아내지는 못했습니다만. 그래서……."

모두가 말을 잊은 채 동방리의 입만 바라보고 있다. 과연 그녀의 입에서는 무슨 말이 나올 것인가?

잠시지간, 질식할 것 같은 침묵이 정천각을 내리눌렀다.

어느 정도 분위기가 무르익었다 생각했는지, 그녀의 입을 비집고 한 마디 한마디 힘이 담긴 목소리가 튀어나왔다.

"내일 아침, 일단 정검단을 먼저 출동시킬까 합니다. 이어서 모레는 무천단마저 호북으로 출동해야 합니다."

그녀의 단호한 말에, 끝내 참지 못한 제갈환이 끼어들었다.

"아직 완전한 조직도 갖추지 못했는데 그게 가능하겠소? 자칫하면 무리한 희생만 불러올 것이오."

동방설리가 빙그레 웃었다.

"그에 대한 대책도 준비를 했습니다. 저희 밀영각의 밀위들이 각 단의 인원 편성을 예상하고 짜놓은 것이 있습니다. 다행히 그다지 차이가 많지 않아 조직 체제를 갖추는 시간은 단축할 수 있을 듯합니다."

제갈환의 얼굴이 굳어졌다.

'동방설리는 이미 모든 예측 가능한 상황에 맞춰 준비를 해놨다!'

무서운 여인이었다. 준비를 미리 해놨다는 말은… 어쩌면 구파의 본산이 공격받을 것이라는 것까지 이미 예측하고 있었을 수도 있다는 말. 그럼 구파의 공격을 방치해서 얻어지는 것은?

'두려움을 이용한 철저한 통제, 그리고 그 통제된 힘을 이용한 목적

달성. 바로 그녀가 원하는 하얀 세상을 만들겠다는 왜곡된 의지. 맙소
사!!'

분명하다! 동방설리는 이미 알고 있었다!

주먹에 스민 땀을 움켜쥔 제갈환이 고개를 돌려 동방설리를 노려보
자, 동방설리가 하얗게 웃으며 제갈환에게 말했다.

천상을 울리는 목소리로.

"모든 지휘는 제갈 대군사님께서 하시게 될 것입니다."

순간, 제갈환의 머리가 멍해져 버렸다.

'동방설리, 그대가 원하는 것은 대체 무엇이냐?'

5

진고영 일행이 영원사에서 비를 피하고 있을 무렵, 주주로 들어서는
길목에서는 가랑비 속에 붉은 피가 뿌려지고 있었다.

"막아!"

누군가의 단말마 같은 외침이 평원에 울려 퍼졌다.

창! 차창!

"으악!"

"놈들이다!!"

"흔들리지 말고 계획에 따라 움직여!!"

막사에서 나와 있던 백리단황이 어둠에 묻힌 사위를 쓸어보았다.

"군사 말대로군. 설마 놈들이 밤을 이용해 쳐들어오다니……."

옆에 있던 독목의 서생이 낮은 목소리로 대답했다.

"놈들로선 다른 방법이 있을 수가 없습니다. 어차피 드러내 놓고 정면으로 공격하기에는 무력에 한계가 있으니까요."

"그놈들도 왔을까?"

누굴 말하는 걸까?

"왔을 것입니다."

"흠……. 그렇다면 시작해야겠지."

"이미 움직이고 있을 것입니다."

백리웅천은 차가운 눈길로 한바탕 어우러져 있는 싸움터를 바라보았다.

아직은 적들에게서 별다른 이상은 보이지 않는다. 그러나 언제, 어떻게 변할지 모르는 상황. 무 군사의 말대로 적들 중에 천은산장의 괴물들이 섞여 있다면 일순간에 상황은 뒤집어질 것이다.

뒤쪽의 잠풍단원들도 긴장한 채 백리웅천의 지시를 기다리고 있었다. 그들은 다른 누구보다 천은산장의 저력을 잘 알고 있는 사람들이다. 그렇기에 괴물들의 출현이 절대 반갑지 않은 사람들이었다.

광혼당의 일백 무사가 호공탁의 패력전 무사들과 뒤엉켜 있었다.

일진일퇴의 상황, 피가 튀고 살이 찢어지는 파육음이 어둠 속에서 비명과 함께 뒤섞여 흐르고 있었다.

"한 놈도 살려 보내지 마라!!"

호공탁의 목소리가 전장의 비명 소리를 짓누르자 여기저기서 호응하는 외침이 터졌다.

"죽여라! 마도의 무리를 죽여라!"

"놈들에게 대풍운보의 무서움을 보여줘라!"

호공탁이 부리부리한 눈으로 싸움이 벌어지고 있는 어둠을 바라보다가 성큼성큼 싸움터로 향했다. 그러자 한쪽에서 손에 땀을 쥐고 전장을 주시하던 패력전 부전주 장명이 다급히 소리쳤다.

"전주! 군사께서 함부로 움직이지 마시라고……."

"내 아이들이 죽어가고 있는데 여기에 서서 구경이나 하고 있으란 말이냐?!"

"그래도……."

"나를 쫓아낸다 해도 내 아이들이 죽어가는 것을 보고만 있을 순 없다!"

호공탁의 단호한 외침에 장명은 어쩔 줄을 모르고 호공탁의 등을 바라보았다.

'에라이! 모르겠다!

"전주! 그럼 나도 갑시다!"

호공탁과 장명이 뛰어들자 패력전의 무사들이 함성을 내질렀다.

"와아!! 전주께서 나서셨다! 천은산장의 놈들을 죽여라!"

어둠 속에서 함성이 울리자 백리단황이 혀를 찼다.

"쯔쯔, 역시나 참지 못하고……."

옆에서 공아등이 빙그레 웃었다.

"그래서 호 전주를 빼고 작전을 짠 것이 아닙니까?"

"차라리 잘됐습니다. 놈들에게 더 빨리 움직일 수 있는 여건이 조성되었으니까요."

무오의 나직한 말에 공야등은 고개를 끄덕였다.

호공탁까지 움직인 이상 놈들도 지체할 수 없을 것이다. 더 기다렸다가는 자신들 무사들의 희생만 더 커질 테니까.

그때였다.

나직하면서도 무거운 한마디가 백리단황의 입에서 흘러나왔다. 번쩍이는 신광과 함께.

"왔군."

또 다른 한쪽에서도 반혈인들의 등장을 눈치챈 사람이 있었다.

백리웅천은 잠풍검을 잡아가며 무겁게 입을 열었다.

"준비해라!"

남현강의 얼굴이 굳어졌다. 놈들이 왔다, 절정의 고수들조차 쉽게 어찌할 수 없다는 괴물들이.

뒤를 바라보았다. 잠풍단의 단원들이 굳은 얼굴로 서 있었다. 남현강은 이를 깨물고 그들을 하나하나 쳐다보았다.

"죽고 사는 것은 하늘에 맡긴다. 하지만… 모두 살면 좋겠군."

단원들의 굳어졌던 얼굴에 슬며시 웃음이 피어오른다. 남현강의 입가에도 자그마한 웃음이 맺혔다.

반혈인들이 붉은 안개를 어둠 속에 뿌리며 나타나고 있었다.

모두 열둘, 붉은 눈동자가 어둠 속에 유영하는 모습은 보는 이로 하여금 공포심을 불러일으키게 하기에 충분했다.

검혼당주 여불경이 하얀 웃음을 지으며 유령혈사귀를 바라보았다.

"부탁드리겠습니다, 동주."

"켈켈켈……. 오랜만에 신선한 피를 마실 수 있겠군. 너는 너 할 일이나 신경 써라!"

시뻘건 눈동자가 허공에서 일렁이는 모습에 여불경이 비릿하니 웃었다.

"후후후, 그럼 먼저 시작하겠습니다."

스스슥…….

검혼당의 무사들이 아무런 소리도 내지 않고 전장으로 신형을 날린다. 백오십에 이르는 검혼당의 무사들은 천은오당 중에서도 그 정체가 거의 알려지지 않은 자들이었다.

광혼당이나 풍혼당의 무사들조차 검혼당의 무사들과는 가까이 하지 않을 정도로 살기가 넘치는 자들이었다.

백오십의 무사들이 소리없이 몰려가는 모습에 어둠조차 갈라지고 있었다.

그리고 그들 뒤로 붉은 안개를 일렁이며 반혈인들이 움직이기 시작했다.

호공탁의 패력장은 강맹하기 이를 데 없었다.

일장이 휘둘러지면 광혼당의 무사들은 물러나기에 정신이 없었다.

강력한 장력에 스친 자들이 비명을 지르며 나가떨어지는 모습을 보고 누가 그와 정면으로 부딪치려 하겠는가.

"덤벼, 이놈들아!"

호공탁이 자신을 피하는 광혼당의 무사들을 쫓아다니며 공격하는 광경은 마치 도망 다니는 토끼를 쫓는 곰과 같이 보였다. 쫓고 쫓기고…….

패력전의 무사들도 사기가 충천해서 정신없이 광혼당의 무사들을 몰아붙이고 있었다.

'진작 이랬어야 하는데…….'

이런 놈들이 무섭다고 미적거리다 애꿎은 수하들만 십여 명 잃었다는 것이 안타깝기만 한 호공탁이었다.

한데, 문득 오십여 장 저쪽에서 뭔가 붉은 안개와 같은 것이 몰려오고 있는 것이 보인다.

'응?'

의문이 들자 안력을 돋우고 그쪽을 바라보았다.

붉은 안개 앞에는 백여 명이 넘을 듯한 검은 그림자들이 쇄도하고 있었다. 아무 소리도 없이. 그러나 문제는 그들 뒤의 붉은 안개.

'놈들이다!'

불끈, 주먹이 쥐어졌다.

검은 그림자들이 자신이 있는 곳이 아닌 오른쪽으로 돌아가고 있다. 그곳은 대풍운보주 백리단황이자 자신의 주군이 있는 곳.

휙 고개를 돌려 그쪽을 바라보았다. 희미한 달빛 아래 늘어서 있는 사람들이 보였다.

그곳 맨 앞에는 백리단황이 장포를 펄럭이며 서 있었다. 이미 기다리고 있었다는 말. 호공탁은 씩 웃음을 지었다.

'과연 주군이시다!'

백리단황이 손을 들어 앞을 가리켰다.

"치워라!"

공야등이 고개를 끄덕이고는 옆을 향해 말했다.

"나가라! 일단 앞에서 몰려오는 자들을 제거하라!"

"명!"

좌우에서 대기하고 있던 무사들이 신형을 날렸다.

대풍운보의 정예 이백 무사가 날듯이 달려가는 모습은 가히 장관이었다. 그들의 뒤를 따라 삼십여 명의 그림자 같은 자들이 뒤따라간다. 암문의 살수들이었다.

두 세력이 부딪치는 데는 그리 오랜 시간이 걸리지 않았다.

백여 장의 간격이 순식간에 좁혀지더니 일순간에 사백에 가까운 무사들이 뒤섞여 버렸다.

"으악!"

"크억!"

비명이 터지기 시작하며 광란의 밤이 열렸다.

검이 스치면 팔이 튀어 오른다. 도가 머리를 쪼개며 박혀든다. 어둠 속에서의 전쟁은 무기가 부딪치는 소리와 비명만이 모든 걸 지배하고 있었다.

차갑게 내려앉은 백리단황의 입이 무겁게 열렸다.

"열둘인가?"

공야등이 대답했다.

"하나가 더……."

백리단황이 말했다.

"음… 그는……. 그렇군. 이제야 생각나는군. 웅천이 말했었지. 유령혈사귀……."

공야등의 눈이 커졌다. 붉은 안개를 몰고 오는 자들의 뒤에 어둠 속에서도 확연히 보이는 커다란 붉은 눈.

"저자가 유령혈사귀란 말입니까?"

"내 생각이 틀리지 않다면… 그일 것이다."

그는 무제다. 천하를 오시하는 무제인 것이다. 그런 만큼 그의 말에는 무게가 실려 있었다. 공야등은 그의 말이 틀리지 않음을 확신할 수 있는 몇 사람 중의 하나였다.

백리단황이 무오를 향해 말했다.

"시작하지."

"예, 보주."

무오가 한쪽을 향해 손짓했다.

어둠에 잠긴 숲 속에서 오십여 명이 어른거리더니 빠른 속도로 붉은 안개, 반혈인들을 향해서 움직여 갔다. 그들의 상대는 오직 하나, 반혈인들뿐. 심지어 옆에서 대풍운보의 무사들과 싸우는 검혼당의 살귀들조차 무시하고 지나간다.

백리웅천도 움직이기 시작했다. 빼어 든 잠풍검이 시퍼런 검강을 뿜어내고, 옮기는 걸음 한 발 한 발에 힘이 실리기 시작했다.

"가자, 놈들을 사냥하러!"

남현강의 어깨가 부르르 떨렸다. 역시 백리웅천이다. 천은산장의 남쪽 숲에서 추적자들을 뿌리칠 때완 또 다른 모습. 하루하루가 다른 모습에, 어쩌면 백리단황보다 더 강해질지 모르겠다는 헛생각(?)이 떠오르는 남현강이었다.

잠풍단 스물일곱 명의 단원은 이마에 하얀 띠를 두르고 있었다. 대풍운보의 다른 무사들은 노란 띠를 두르고. 오판으로 인한 희생을 줄

이기 위한 방편이었다. 적들도 알아볼 테지만 그것은 문제가 되지 않았다. 그저 적들과 어둠 속에서 구분만 되면 되었다.

십 장 떨어진 곳에서 벌어지는 살육의 전장을 놓아두고 반혈인에게 쏟아져 가는 백리웅천의 표정이 딱딱하게 굳어졌다.

시퍼런 검강이 실린 잠풍검이 요동치고 있었다.

손에 힘이 들어갔다. 놈들이 십오 장 앞으로 다가왔다. 놈들도 자신의 기를 느꼈는지 달려오던 몸을 멈추고 자신을 바라보고 있다.

그때였다.

백리단황의 명으로 달려온 고수들이 우측에서 놈들을 향해 덮쳐들고 있었다.

하나의 반혈인을 향해 다섯씩 조를 이루어 달려든다.

떠더덩! 콰광!

굉음이 터지며 고수들의 공격이 반혈인을 향해 내리 꽂혔다.

"크아아!!"

반혈인들이 기음을 토하며 고수들의 사이로 뛰어들었다. 바위도 부숴 버리고 쇠도 잘라 버릴 공격이 그들에게는 아무 소용이 없었다.

두어 걸음 뒤로 물러선 반혈인들이 붉은 눈알을 빛내며 오히려 달려들고 있는 것이다.

시퍼런 검강이 실린 잠풍검을 들어올린 백리웅천이 소리쳤다.

"함부로 달려들지 마시오! 철저한 연환 공격으로 계속 같은 부위를 공격해 놈들의 몸을 약화시켜야 하오!"

후웅!!

잠풍검이 반혈인 하나의 몸에 떨어졌다.

떵!!

“크으…….”

반혈인이 괴로운 신음을 흘리며 주르륵 뒤로 물러난다.

“지독한 놈들!”

뒤따라온 남현강이 아연한 눈으로 반혈인들을 바라보았다.

단 열둘이었다. 아무리 단단하다 해도 왜 저리 걱정할까 의아했었다. 그것은 남현강뿐이 아니라 다른 모든 사람들도 마찬가지였다.

그런데 세상에……! 검강에 맞고도 멀쩡하다니…….

검강을 자유롭게 펼쳐 내는 백리웅천의 무위에 놀랄 겨를도 없었다.

징그런 놈들이 붉은 눈알을 빛내며 달려들고 있는 것이다.

그렇게 반혈인들과 뒤엉켜 정신없이 검을 휘둘러 대던 어느 순간, 백리웅천의 어깨가 움찔거렸다.

귀기스런 기운이 느껴지고 있었다. 결코 반혈인 따위의 기운이 아니다.

‘뭐지?’

그의 눈에 붉은 안개에 덮인 커다란 눈이 들어온 것은, 달려드는 반혈인을 잠풍검으로 내려치고 기이한 느낌에 몸을 돌렸을 때였다.

삼 장 떨어진 곳에 그것이 보였다. 문득 백리웅천의 뇌리에 연부경에게 들었던 한 괴인에 대한 이야기가 떠올랐다.

“유령혈사귀?!”

“켈켈켈!! 나를 아는 놈을 여기서 보다니……. 곱게 죽여주마! 목을 내밀어라!”

귀를 긁어대는 기분 나쁜 음성이 붉은 안개 속에서 흘러나오고, 웅혼한 한 소리가 하늘에서 들려왔다.

“그는 내가 맡는다!”

“아!”

백리웅천의 입에서 탄성이 터졌다.

마침내 그의 아버지, 대풍운보주 무제 백리단황이 나선 것이다.

그렇다면 이제는 괴물들만 처리하면 지옥의 향연은 끝날 것이다.

한 시진이 지나고…….

콰과과과!!

백리단황의 검에서 뿜어지는 검강이 사방으로 부챗살처럼 퍼져 나갔다.

그에게 달려들던 반혈인들이 바람에 휘날린 낙엽처럼 날려갔다. 그러나 백리단황은 알고 있었다. 놈들은 날려갔다 해도 또 달려들 것이다.

자신의 검강은 백리웅천이나 다른 사람들의 검강과는 그 내용이 다르다. 그나마 그래서 놈들의 몸에 상처를 입힐 수 있다, 제법 깊은 상처를. 거기까지다. 미치게도 거기까지가 한계다.

상처를 입었다고 쓰러지는 것이 아니다. 한 팔이 잘려도 달려든다. 다리가 잘려 나가도 달려든다. 그렇게 하기까지 십 검은 적중시켰을 것이다.

그런데도 아직 세 놈은 쓰러지지 않고 여전히 달려든다.

한쪽에서 기괴한 웃음을 흘리며 틈만 보이면 달려드는 유령혈사귀만 없었어도 지금쯤이면 세 놈을 처리할 수 있었을 것이다. 백리단황은 그것이 더 화가 났다.

“혈사귀! 물러서지 말고 덤벼라! 그래서야 어디 공포의 대마왕이라는 말을 들을 수 있겠는가?”

“크카카카! 천하의 백리단황이 별소리를 다하는구나! 내 걱정 말고 그 아이들하고나 잘 놀아보거라!”

유령혈사귀의 말이 끝나기 무섭게 팔다리를 덜렁거리는 반혈인들이 달려들었다. 참으로 질긴 놈들이었다.

“좋아! 좋아! 과연 유령혈사귀! 하지만! 더는 안 된다!”

백리단황의 눈에서 일순간 하얀 백광이 나타났다가 스러졌다.

오직 백리웅천만이 그 모습을 보았다.

‘백령신공을!!’

백리단황의 몸에서 희뿌연 아지랑이가 피어올랐다. 그러자 유령혈사귀의 붉은 눈이 흔들렸다. 뭔가 심상치 않음을 눈치챈 것이다.

“조심하거라, 아이들아!”

반혈인들이 알아듣기라도 한다는 듯 유령혈사귀가 반혈인들에게 말했다. 순간 움찔거리며 물러서는 반혈인들이 보인다.

맙소사! 반혈인들은 유령혈사귀의 말을 알아듣는다. 어쩐지 일전의 반혈인들보다도 강하다 생각되었다. 움직임도 그렇고. 한데 그것은 유령혈사귀가 있었기 때문이다.

다급한 전음이 백리단황에게로 보내졌다.

“아버님! 유령혈사귀를 먼저 제거해야 합니다! 반혈인들이 전에 본 것보다 더 강한 것은 다 유령혈사귀 때문입니다!”

조용히 고개를 끄덕이는 백리단황을 보며 백리웅천은 잠풍검을 고쳐 잡았다. 유령혈사귀를 제거하기 위해선 반혈인들에게 그만큼 신경을 쓸 수가 없다. 그렇다면 위험한 상황이 올 수도 있다는 말. 그럴 경우 자신이 뒤를 지켜줘야 했다.

백리단황의 백령신공이 최고조에 달하자 전신에서 뿜어지던 희뿌연 아지랑이가 전신을 휘돌며 마치 누에고치처럼 감싸 버렸다.

“유령혈사귀! 너는 오늘 죽는다! 나 백리단황에게!!”

말이 끝남과 동시에 백령에 휘감긴 백리단황이 유령혈사귀가 있는 방향을 향해 폭사되어 나갔다.

“크카카!! 그게 네 마음대로 될…… . 헉!”

느닷없이 유령혈사귀의 입에서 다급성이 터졌다. 백리단황의 신형이 나아가던 방향에서 갑자기 꺾어지더니, 정확히 자신이 있는 곳을 덮치는 것이 아닌가?

“이런 너구리 같은……!!”

붉은 눈동자가 갑자기 허공으로 솟았다. 본래 있던 곳보다 삼 장 정도 떨어진 곳이었다.

백리단황도 허공으로 치솟아올랐다.

반혈인들이 광분하며 사방으로 뛰어다닌다. 아마도 유령혈사귀의 다급한 마음이 그들에게도 영향을 미친 것 같다.

백리웅천이 외쳤다.

“모두 막기만 하고 공격을 자제해라!”

허공에서 한 소리 굉음이 들렸다.

우르르르…….

“놈! 가라!!”

일성 대갈과 함께 하늘에서 백색 불꽃이 터졌다.

화악!! 쩌저저적!!

백리단황의 검이 백령의 기운을 담고 유령혈사귀의 유령마수와 부딪치고 있었다. 그러나 본신무공은 유령혈사귀가 백리단황의 적수가 될 수는 없었다. 단 일 수에 답답한 신음이 터졌다.

“끄악!! 백리… 단황…….”

“흥! 다시 한 번 받아라!!”

땅에 내려선 백리단황이 다시 쇄도해 들어갔다. 오래 끌 수는 없었다. 자신의 백령신공이 지탱되는 시간은 일각, 그 시간 안에 끝내야 한다. 또다시 백색 광채가 줄기줄기 뻗어나간다.

붉은 눈동자가 격렬히 흔들리며 다급히 허공을 유영한다. 백색 광채도 혈안을 따라 꺾어진다.

“가라!!”

백리단황의 일갈. 혈안이 비명을 질렀다.

백색 광채가 서린 백리단황의 검이 유령혈사귀의 팔을 휘어감고 폭발하듯이 터져 나갔다.

콰광!

“끼아악!!”

어둠의 장막을 드리운 하늘에서 비가 내린다. 시뻘건 혈우가. 두 팔이 터져 나간 유령혈사귀의 피가 분수처럼 솟구치고 있었다.

이어서 백리단황의 하얀 손바닥이 붉은 두 눈동자의 사이를 내려쳤다.

콰직!

“끄으으…….”

6

날이 밝자마자 영원사를 나섰다.

유지화의 말대로 철검단의 단원이 청무회의 무사 다섯과 함께 축시 말에 찾아왔다. 그들을 통해 제검단이 움직일 방향에 대해서 말해 주고 유협단과 철검단이 움직일 것을 지시했다.

이제는 오직 백령곡에서 해야 할 일만이 그들의 뇌리를 가득 메우고 있었다.

지치지 않을 정도로 빠르게 달려가는 그들의 어깨에 햇살이 비치고 있었다. 밤새 내린 비로 인해 하늘의 황사가 모두 걷히자 깨끗한 쪽빛 하늘이 머리 위에 펼쳐져 있었다.

백령곡의 석산이 바라다 보이는 이름없는 산의 산등성이에 올라섰을 때였다. 선두에 서서 달려가던 육정기가 우뚝 멈춰 서더니,

"저놈들은?"

그의 입에서 놀란 음성이 튀어나왔다.

"벽은전 놈들이다!"

뒤이어 터진 위경리의 말에 뒤따라 산등성이에 오른 사람들이 앞을 바라보았다.

저 아래쪽 공터에 삼십여 명이 모여 있었다. 그들도 이쪽을 봤는지 자세를 바로 하고, 어떤 자는 검을 빼 들고 있었다.

위경리가 유지화를 바라보았다.

"쳐야겠지?"

육정기가 볼멘소리로 중얼거렸다.

"그럼 쳐야지 도망가? 안 그러냐, 형욱아?"

위경리가 힐끔 육정기를 바라보고는 다시 유지화를 바라보았다.

‘으휴, 형욱이를 생각해서라도 참자, 참어.’

의외였다, 육정기의 투정을 아무 소리도 않고 받아주다니.

하지만 거기에는 사연이 있었다.

어젯밤이었다. 이런 저런 이야기를 하던 중에 우형욱이 위경리에게 작은 목소리로 말했다.

“내일 쓸데없이 나서지 말고 선두는 육 선배에게 맡기세요.”

엿듣던 육정기는 자신을 알아주는 우형욱이 그렇게 이뻐 보일 수가 없었다.

‘자식, 이제야 알아주는구면.’

한데, 이어진 한마디.

“알았죠? 괜히 나서다 다치면 안 돼요, 아부지.”

‘엉? 웬 아부지?’

그런데……

“알았다. 아들아!”

‘컥! 아들아? 지금 뭐 하는 소리여? 둘이 약이라도 먹은 거여, 뭐여?’

뚤래뚤래 두 사람을 쳐다보던 육정기가 참지 못하고 물었다.

“지금 어디 아프쇼? 무슨 생뚱맞은 소리요?”

“응? 뭐가?”

“둘이서 부자지간이라도 되는 것처럼 지껄이는 것이 하도 웃겨서 물어보는 거요.”

“뭐가 웃겨? 부자지간에 그럼 아버지, 아들 하지. 뭐라고 해야 하는데?”

“……”

"몰랐냐? 그렇게 신경이 무뎌서 어따 써먹냐?"

육정기가 벼락이라도 맞은 것처럼 멍하니 있다가 갑자기 빽 소리를 질렀다.

"왜!?"

깜짝!

"두 사람만 아버지, 아들 하는 거요?! 나는 빼고!"

위경리가 고개를 저으며 말했다.

"너처럼 늙은 아들은 나도 싫다."

"큭큭……."

여기저기서 소리 죽인 웃음이 터졌다. 그러자 얼굴이 벌게진 육정기가 사람들을 둘러보았다.

"연 선배도 알고 있었소?"

끄덕끄덕.

"궁 형도?"

끄덕끄덕.

"천 선배도? 유 장주도?"

당신도? 너도? 거기 말코도사도? 그러다…….

"진…… 아우도?"

"예, 다 알고 있었는데… 설마 육 노형님만 모르고……?"

"엉? 나? 나, 나는……."

육정기가 울상이 된 얼굴을 확, 위경리의 얼굴 앞에 들이댔다.

"나도…… 시켜주시오."

위경리가 고개를 세차게 젓는다.

"아, 글쎄 너처럼 늙은……."

“아따! 누가! 누가 아들이 된다고 했소?!”

“그럼……?”

육정기가 눈치만 보고 있는 우형욱을 바라보았다.

“형욱아.”

“예… 육 선배.”

일그러진 표정의 육정기.

“왜 나는 그냥 선배냐? 저기 저 양반을 아부지라고 부르면서. 형욱아.”

우형욱이 누군가. 눈치귀신 위경리의 아들이 아닌가?

“예…… 육… 숙부.”

“음……. 그래, 형욱아.”

“예… 육 숙부.”

“캬캬캬! 듣기 좋고만. 우히히히!”

한바탕 괴기스런 웃음을 터뜨린 육정기가 위경리를 쏘아봤다.

“이런 좋은 것을 혼자만 혀? 정말 그러고도 내 형님이우? 하이고, 내가 미쳤지. 저런 쫌생이를 형님이라고…….”

“뭐? 쫌.생.이!?”

우당탕탕!! 두 사람이 티격태격하며 정신이 없자 우형욱이 웅얼거렸다.

“계속 저러면 나 혼자 따로 가야겠네. 숙부고 아부지고…….”

뚝.

다투는 소리가 그쳤다. 밖에서 떨어지는 낙숫물 소리가 들릴 정도로 조용해졌다.

위경리가 조용히 엄숙하게 말했다.

"험! 한 번 아부지는 영원한 아부지다."

육정기가 옷을 가다듬으며 무겁게 고개를 끄덕였다.

"고럼! 한 번 숙부는 영원한 숙부지!"

그러고는 걸핏하면 우형욱을 부른다.

"형욱아?"

"예, 육 숙부."

위경리는 행여나 지랄 같은 성격의 육정기가 우형욱을 괴롭힐까 봐 옛날 성격을 조금 죽이기로 한 것이다. 물론 언제까지 그럴지는 자신도 모르지만.

진고영은 벽은전의 고수들이 이곳에서 기다리고 있자 이상한 생각이 들었다.

자신과 유지화의 생각대로라면 저들은 이곳보다 철검단이나 대풍운보를 향해 검을 들이대야 했다.

상대가 안 된다는 것을 알고 있으면서, 자신들을 막기 위해 기다리고 있다는 것은 아무리 생각해도 이해가 가지 않는 일이었다. 그렇다면 뭔가 후속 조치가 있거나 다른 일이 있다는 것.

진고영과 유지화의 눈이 마주쳤다.

속전속결, 방법은 오직 하나였다.

"칩시다!"

순간,

"간다!!"

진고영의 말이 끝나기 무섭게 육정기가 신형을 날렸다, 번개처럼. 그러자 위경리의 한마디.

“저러다 제명에 못 죽지……. 에그.”

별수없이 그도 몸을 날렸다, 두 번째로. 물론 세 번째는 방거산 부부였다.

“우하하! 연 매, 갑시다!”

싸움이라면 마다 할 방거산이 아니니까.

뒤를 따라 천우만이 고개를 절레절레 흔들며 따라가고, 이수양이 그 옆에서 신기하다는 얼굴로 천우만을 바라본다.

“뭘 봐?”

‘촐싹대기 천 숙부가 웬일이지? 위 선배의 뒤를 다 따라가고.’

비검만리 옥등의 얼굴이 잔뜩 구겨졌다.

이곳으로 가서 적을 부수라는 말을 들을 때만 해도 기세가 등등했었다. 한데 저 앞에 달려오는 놈은… 그놈이었다. 일전에 벽은전에 쳐들어와서 한바탕 어울렸던 무식한 인간, 마개 육정기 말이다. 그렇다면…….

아니나 다를까, 뒤따라서 오는 자 역시 눈에 익숙한 자였다. 바로 장절 위경리이다. 그럼 다른 놈들도…….

어느 순간, 뒤에 있던 사공도의 입에서 떨리는 음성이 새어 나왔다.

“맙소사! 신협 진고영이다!”

청천벽력이었다. 옥등은 사공도를 바라보았다.

“정말 진고영이 있단 말이오?”

사공도가 손으로 산등성이를 가리키고 있었다. 그곳에는 아직도 십여 명이 내려오지 않고 있었다. 그중 키가 큰 자. 그를 보며 옥등은 심혼이 떨리는 충격을 느껴야 했다.

이를 악문 사공도가 미친 듯이 소리쳤다.

"장주께선 우리를 사지로 보냈어! 진고영이 이리로 온다는 말은 없었어!"

그러자 그동안 조용히 앉아 있던 청의의 노인이 천천히 몸을 일으키며 입을 열었다.

"안 온다고도 안 했지."

"곽 선배! 장주께선 우리가 이곳을 한 시진만 막으면 된다고 했소! 그 말은 진고영이 이곳에 안 온다는 말이나 같소!"

사공도의 말에 곽평이 눈썹을 찌푸리며 사공도를 쏘아보았다.

"그대 말은 우리가 저들을 한 시진도 막지 못할 거라 그 말인가?"

움찔거린 사공도는 입술을 씹으며 말했다.

"진고영이 없다면 한 시진이 아니라 두 시진이라도 막을 수 있소. 그러나 그가 있다면 우리는 반 시진도 막을 수 없소."

곽평의 찌푸려진 두 눈에서 새파란 광망이 쏟아졌다.

"어차피 피할 수도 없으니 결과는 나중에 알게 되겠지."

그러는 사이 육정기의 청망검이 오 장 허공에서 떨어져 내렸다. 육정기를 맞아 옥등이 자신의 성명절기 비영검을 펼쳤다.

두 자 길이 검이 파란 검기에 휩싸인 채 육정기를 맞아갔다. 육정기가 그를 알아보고 소리쳤다.

"흥! 그때 그놈이구나! 오냐, 잘 만났다!"

옥등도 지지 않고 외쳤다.

"말만 앞세우는 놈이 어디서 지랄이냐!"

"말만 앞세우는지 어디 한번 맛 좀 봐라!"

콰아아!!

청망검에 시퍼런 검강이 둘러진 채 내려쳐진다. 옥등도 얼굴을 굳히고 좌우로 검을 그어갔다. 그런 그의 검에서도 시퍼런 검강이 일고 있었다.

쾅!

두 사람의 검강이 정면으로 부딪쳤다.

"크읍!"

주룩 물러서는 옥등의 입에서 신음이 흘렀다. 순간 싸늘한 안색의 육정기가 다시 청망검을 들어올렸다. 입가에는 득의의 웃음을 흘리며.

뒤따라오던 위경리가 중얼거린다.

"저 무식한 놈, 또 무식하게 싸우려고……."

그런 위경리가 사공도를 발견했다.

"얼씨구? 사공 애송이도 있었군? 자네야 맡을 사람이 따로 있으니……."

아마 연부경을 말하는 것일 것이다. 위경리는 고개를 돌려 곽평을 바라보았다.

"놀랍군, 놀라워. 진무검 곽평이 이곳에 있다니 말이야. 하긴 도제나 금왕에 비한다면 육기 중 한 사람이 있다는 것은 놀랄 일도 아니지."

곽평이 한걸음 나서며 천천히 검을 뽑아 들었다.

"오랜만이군. 장절 위경리가 요즘 설치고 다닌다는 말을 듣고 한 번 보고 싶었지."

"보니까 어떤가?"

"별로. 기분 좋게 생긴 얼굴은 아니니까."

크윽! 한 대 맞은 기분이 들었다. 혹시나 해서 옥등과 싸우고 있는 육정기를 바라보았다. 놈이 씩 웃고 있다.

'썩을 놈! 싸우는 데나 신경 쓰지!'

한데 그때였다.

"누가 감히 내 아부지를 놀리는 거냐?!"

후우웅!

강력한 공명음과 함께 한 자루 창이 곽평에게로 날아가는 것이 보였다.

곽평의 표정이 묘하게 이지러졌다.

"아들이… 있었나?"

위경리가 흐뭇하니 웃었다.

"하나 생겼지. 허허허!"

쩌정!!

곽평의 면이 넓은 검이 날아오는 창을 그대로 내려쳤다. 이 장을 팅겨져 가는 창을 우형욱의 우수가 잡아챘다.

창을 잡고 내려서는 우형욱의 표정이 딱딱하게 굳어졌다. 강력한 검력, 결코 자신이 상대할 수 있는 자가 아니다. 그러고 보니 아까 위경리가 한 말이…….

"진무검 곽평?"

곽평이 어이없다는 표정을 지었다. 젊은 놈이 말도 그렇고 창에 담긴 내력도 제법이었다.

"어째… 위경리보다 더 골치 아픈 놈일 것 같다는 생각이 드는군."

"칭찬으로 알아듣지."

여전히 기분 좋은 위경리였다.

"시간이 없어서 더 이야기를 나눌 수 없다는 것이 안타깝군. 시작하지!"

"그럴까?"

위경리가 천천히 쌍장을 올리며 말하자 곽평도 뽑아 든 검을 중단으로 올렸다.

그리고 그 잠깐 사이 궁무진은 이미 다른 자의 허리를 베어가고 있었고, 이수양은 신중한 표정으로 손목을 쓰다듬고 있었다. 하얀 웃음을 지으며 손가락 사이에 암기를 꽂고 있는 팔목천수 신앙수를 향해서.

콰광!

굉음이 일며 기의 파편이 허공에 분분하다.

검세 도세를 따라 선혈이 흩뿌려진다.

일각이 지나지 않아 벽은전의 고수들 중 열 명 가까이가 쓰러졌다. 그러나 나머지는 언제 끝날지 모를 정도로 치열한 싸움을 계속하고 있었다.

육정기도 앞서고는 있지만 그렇다고 금방 끝날 정도는 아니다.

위경리는 곽평의 검을 맞아 약간의 득을 보고 있을 뿐이다.

더 이상은 시간을 지체할 수가 없다. 싸움은 싸움이고, 가야 할 길은 가야 한다.

진고영이 한 걸음 나서자, 가까이에서 구궁검을 펼치며 벽은전의 고수 하나를 몰아치던 허진 도장이 움찔 자신도 모르게 한 걸음 물러섰다.

순간, 허진과 일진일퇴를 벌이던 자가 멋모르고 진고영을 향해 검을 찔러간다. 찰나, 진고영의 좌수가 들리고.

탱! 검이 힘없이 부러져 버렸다.

"헛!"

대경하며 물러서는 자를 향해 진고영의 우수가 가볍게 흔들. 양유미가수가 실린 손 그림자가 벽은전 무사의 가슴에 달라붙었다. 일 장을 격한 채.

콰직!

"커억!"

홀홀 나가떨어지는 무사의 입에서 피가 분수처럼 뿜어진다. 아마도 가슴이 함몰되어 살기가 힘들 것이다. 바로 치료한다면 몰라도.

허진이 씁쓸한 표정을 지었다. 무인이라는 사람이 단순히 기세에 밀려 몸을 떨고 물러서다니.

진고영을 바라보았다. 조용히 가라앉은 표정에 안타까움이 느껴진다. 왜 일까? 저 사람은 무엇을 안타까워하는 걸까?

의구심이 일었지만 생각을 계속할 수가 없었다.

진고영이 다시 앞으로 걸어가고 있었다. 그리고 그가 가는 곳에는 길이 나고 있었다. 자신도 모르게 뒤로 물러서던 자들이 어리둥절해하는 표정을 짓고 있는 것이 보였다.

그때마다 진고영의 일수 일장이 무사들의 가슴을 치고 있었다. 일지가, 붉고 아름다운 지력이 그들의 이마를 짚고 있었다.

허진은 멍한 표정으로 진고영의 뒷모습을 보았다. 순식간에 여섯 명이 쓰러졌다. 그것도 자신이 겪었던 상황과 동일하게.

'맙소사! 대체… 저런 능력이란 것은……. 그런데 신협은 저들을 죽이고 싶지 않은 것인가?'

죽이려 했다면 간단했을 것이다. 그런데 움직이지 못할 정도로 그치고 있다. 치료만 받는다면 살 수 있을 것이다. 무공을 다시 펼칠 수 있을지는 모르지만.

진고영은 위경리와 싸우고 있는 곽평을 바라보았다. 좀 전에 위경리의 말로 그가 육기 중의 한 사람 무진검 곽평이라는 것을 알았다.

그는 과연 육기에 속한 사람답게 위경리에게 그다지 밀리지 않고 있었다. 약간의 득을 보고 있는 위경리가 이기려 한다면 적어도 오십여 초는 더 지나야 할 것이다. 하지만 그러기에는 시간이 없다.

진고영이 생각에 잠겨 있자 유지화의 음성이 귓전을 파고들었다.

"진 공자, 시간이 없네."

유지화 역시 마찬가지 생각이었나 보다. 고개를 끄덕인 진고영이 앞으로 나섰다.

"위 노형님, 잠시 쉬시지요."

나직하게 울리는 진고영의 음성에 위경리가 현고기령이 가득한 쌍장을 내쳤다.

우르르릉!!

곽평의 검을 휘감은 현고기령이 몸부림을 치다가 사그라지자 뒤로 물러선 위경리가 진고영을 바라보았다.

"아우가 상대하려고?"

"시간이 없습니다, 죄송합니다."

"죄송하긴, 내가 오히려 미안하지. 빨리 끝냈어야 하는데."

옆에서 듣는 자신의 귀에 불이 날 말들을 아무렇지도 않게 하는 두 사람이 신기하다는 듯, 곽평이 진고영을 바라보며 물었다.

"광오하군! 그렇게 자신있나? 내가 무진검 곽평이네!"

대답은 위경리가 했다.

“다른 사람도 다 그렇게 말하다 골로 갔지.”

얼굴이 붉게 변한 곽평은 신경도 쓰지 않은 채, 위경리가 진고영에게 물었다.

“삼 초?”

“그렇게 하죠.”

“……?”

의아한 표정으로 곽평이 위경리를 쳐다보았다. 뭔 말이지?

위경리가 답을 주었다.

“삼 초로 하자는군. 잘 해봐!”

뭔 말인지 알았다.

좋게 말하면 삼 초 승부를 하자는 말, 나쁘게 들으면 삼 초 안에 끝내겠다는 말.

검을 움켜쥔 곽평이 분노한 목소리로 소리쳤다.

“감히!”

시퍼런 검광이 곽평의 검에서 일어났다. 분노의 힘까지 섞인 검강이 쭉 뻗어나갔다. 두 자에 이른 검강이 무엇이라도 벨 듯이 꿈틀거렸다. 그때였다.

진고영의 우수가 흐릿하니 움직였다 느낀 순간, 관천곤이 우수에 들리고 눈앞에 검은 구름이 뭉실 피어올랐다. 피어오른 구름이 손을 타고 주욱 나아가더니 곤의 끝에서 머리를 치켜든다.

휘도는 시커먼 곤강이 허공에 보름달처럼 떠올랐다.

시커먼 보름달, 그것은 보는 이에게 오금 저리는 충격을 던져 주고 있었다.

곽평의 눈이 부릅떠졌다. 자신도 검강을 끌어올렸다. 까짓거 곤강이

나 검강이나. 한데 왜 이리 몸이 떨린단 말인가.

진고영의 우수에서 그려지던 보름달이 곽평을 향해 나아간다. 진고영의 신형도 미끄러지며 곽평을 덮쳐 간다.

"타앗!"

곽평이 더 이상의 긴장을 참지 못하고 기합이 터뜨리며 검을 내쳤다.

시퍼런 검강이 시커먼 구름을 파고들었다.

쿠르르르…….

관천곤이 검강을 휘어 감더니 한쪽으로 흘려 버렸다. 길을 잃은 곽평의 검이 좌측으로 쏠려가 버리고, 시커먼 구름은 뇌전이 되어 곽평에게 떨어져 내린다. 낙뢰절지(落雷切地)!

쾅!

"크억!"

대지가 갈라지는 굉음과 함께 곽평의 신형이 주르륵 칠 보를 물러났다. 해쓱한 얼굴은 경악으로 일그러지고, 검을 잡은 두 손은 바르르 떨리고 있다.

그런 곽평의 두 눈이 찢어질 듯이 커졌다.

허공에서, 이 장 허공에서 둥근 곤강이 자신을 향해 떨어지고 있었던 것이다. 낙성일격(落星一擊)!

혼신의 내공을 담아 검을 들어올렸다. 마지막이라는 심정으로 들어올린 검을 곤강의 한가운데를 향해 찔러 넣었다.

쩌저적! 화악!

뚫렸다. 놈의 곤강이 뚫렸다!

진고영의 곤강을 깨부쉈다는 기쁨으로 곽평의 얼굴에 희열이 피어오를 때였다.

부서진 곤강의 파편이 유성이 되어 쏟아져 내린다.

아침 해가 하늘을 밝히니 모든 별들이 떨어진다. 천조낙성(天朝落星)!

"맙소사!"

아연한 표정의 곽평은 대항할 생각도 잊은 채 하늘을 올려다보았다.

옆에서 지켜보던 위경리의 입도 쩍 벌어졌다.

이건 해도 너무했다. 진고영의 무위가 전보다 한 단계 더 올라섰다는 것은 장사의 일전에서 알았지만, 그렇다고 진무검 곽평이 삼 초를 받아내지 못할 정도라니.

만일 진고영이 도를 썼다면?

머리를 절레절레 저은 위경리가 안됐다는 눈으로 곽평을 바라보았다.

반쯤 무릎이 구부러진 채 넋을 잃고 있다.

다행히 진고영이 곤의 기운을 비틀어 직접적인 피해는 입지 않았다 하나, 정신적인 충격으로 당분간은 검을 들기도 싫을 것이다.

위경리가 곽평을 바라보고 있자 우형욱이 다가갔다.

"가요, 아부지."

"응? 끝났나? 그래, 가자."

7

철검단은 뜻밖의 상대를 만나 고전하고 있었다. 그들의 앞을 막은 것은 무양단과 철혈전단의 살귀들이었다.

놈들은 진고영 일행에게 이래저래 당하고 남은 인원은 얼마 되지 않았지만 하나하나가 고수들이었다. 특히나 무양단의 살귀들은 상대하기가 여간 까다롭지가 않았다.

사마진조차 그들 둘을 상대하다가 하마터면 부상을 당할 뻔했다. 그러니 다른 사람이야 말할 것도 없었다.

철검양화공력을 잔뜩 끌어올린 사마진의 얼굴이 싸늘한 빙굴처럼 굳어져 있었다.

별 시답지 않은 놈들 때문에 길이 지체된다는 것도 싫었고, 기껏 일개 수하에 불과한 놈들이 둘이서 자신을 상대하면서도 밀리지 않는다는 것에 기분이 상했다.

일검 일검에 신중을 기해 내치지만 놈들은 유령 같은 신법으로 미꾸라지처럼 잘도 피한다. 게다가 가끔씩 부딪치는 경력도 약하지가 않다.

"하얏!!"

철검 가득 주입된 내력이 빠져나갈 길을 찾아 꿈틀댄다. 우측으로 다가서는 자를 향해 일검을 뻗었다. 번쩍, 번개 같은 일검이 놈의 어깨를 찔러간다. 그러면 교묘히 옆으로 미끄러지고, 다른 한 놈이 좌측에서 달려든다.

휘익! 따당!

몸을 떠올리며 허공에서 휘두른 검에 좌측에서 달려들던 놈의 검이 팅겨지고, 내려서며 벼락처럼 일검을 내려치면 우측에서 소리없이 달려들던 놈이 도를 휘두르며 쇄도한다. 철저한 합격술에 사마진의 노화가 머리끝까지 치솟았다.

전신의 내력을 모조리 끌어올렸다. 검의 끝에서 시퍼런 검화가 피어났다.

후웅!

철검이 휘둘러지고 시퍼런 검강이 사방으로 퍼져 나갔다. 호시탐탐 역점을 노리던 두 명의 살귀가 얼굴을 일그러뜨리며 뒤로 물러난다. 마침내 적절한 간격에 틈이 생겼다.

파악!

사마진의 신형이 빗살처럼 날아갔다. 검강이 가득 실린 검을 앞세우고.

쩌어억!

막아오던 검까지 자르고 한 명의 가슴을 베어버리자 뒤에서 달려들던 놈이 멈칫, 뒤로 물러나려 한다.

사마진의 신형이 왼발을 축으로 휘돌았다. 동시에 뻗어나가는 검강, 탄!

쾅! 와직!

허리가 부러진 도와 함께 튕겨지는 회의인을 향해 다시 쇄도했다. 놈이 허공으로 몸을 띄운다. 사마진도 발을 박차고 떠올랐다.

휘둘러지는 검.

"끄윽!"

단말마와 함께 허리가 반쯤 베어진 회의인이 피분수를 뿜으며 나가 떨어졌다.

"후욱, 후욱, 끈질긴 놈들."

주위를 둘러보았다. 대부분의 싸움이 끝나가고 있었다. 사마정도 한

명의 무양단 살귀를 죽이고 철검전단의 흑의인들을 상대하고 있었다.
역시…… 자신보다 아래가 아니다.

'언제 저렇게 늘었지? 폐관수련은 내가 했거늘, 무공은 정이가 더
늘었구나.'

머리를 털고 전방을 향해 소리쳤다.

"빨리 정리하고 갑시다! 공손곽인지 지랄인지는 우리가 잡아야 하지
않겠소!?"

8

주주를 물들인 핏물이 마르기도 전에 대풍운보의 병력이 이동했다.
상강을 건넌 그들의 눈에 상담이 보인 것은 해가 중천에 떠오른 오시
무렵이었다.

마침내 천은산장의 심장부가 눈앞에 있는 것이다.

사백의 무사가 천은산장을 향하자 관조차 손을 쓰지 못하고 눈과 귀
를 감아버렸다.

이미 천은산장에 대한 소문으로 뒤숭숭해져 있던 상담의 주민들도
집에 처박혀 밖으로 나오지 않았다. 그러다 보니 지나다니는 사람도
보이지 않았다.

천은산장의 무사들은 대부분 떠났다는 소문이 돌고 있었다. 떠나지
않으면 마인으로 낙인 찍혀 죽음을 면치 못할 거라는 포고령 때문이었
다고 한다.

그래서인지 대풍운보가 상담을 가로질러 가는 동안에도 그들을 막는 사람이 없었다.

거대한 장원이 송림에 둘러싸여 있는 모습은 광대하기 이를 데 없었다.

대풍운보의 사람들은 천은산장의 거대하고도 웅장한 모습에 감탄을 금치 못했다.

백리단황이 정문을 향해 걸음을 옮기며 말했다.

"가자! 마지막 고지가 눈앞에 있다!"

사백의 무사가 뒤를 따라 걸음을 옮긴다.

경공도 필요없다. 빠르게 달려갈 필요도 없다.

막으면 부수면 될 뿐이다.

정문의 이십 장 앞에 이르자 천은산장의 담장을 따라 산장의 무사들이 모습을 보이기 시작했다. 아마도 마지막 남은 무사들일 것이다.

백리단황이 검을 뽑아 들었다.

"대들면 죽는다! 그러나 물러나면 죽이지 않겠다! 선택은 너희들이 하라!"

일갈에 정문 앞에 서 있던 황의를 입은 중노인이 비릿한 조소를 지었다.

"강서의 얼간이가 간덩이가 부었군."

백리단황이 하얗게 웃었다.

"죽고 싶다면 말리지는 않겠다, 영호소."

천은산장의 십은 중 첫째이자 젊을 적 자신의 호적수였던 영호소를 바라보는 백리단황의 웃는 눈이 가늘게 떨렸다.

    그러자 영호소가 백리단황을 향해 굳은 얼굴로 외쳤다. 모든 걸 떨쳐 버리겠다는 듯.
    "어차피 너와 나는 이렇게 만나야 하는 운명인가 보군. 와라, 백리단황! 삼십 년 만의 승부를 가리자!"

孤影　第七章

1

백령곡의 서쪽 능선 오 리 떨어진 약속 장소에서 유협일단과는 의외로 별탈없이 합류했다. 그들은 진고영 일행에 앞서 도착해 있었다.

그러나 유협일단이 무사하게 된 뒤에는 청무회가 있었기에 가능한 일이었다. 그들이 암중으로 도와주며 길을 인도했기에 불필요한 접전을 피할 수 있었던 것이다.

그들이 아니었다면 천은산장에 아직 미련이 남은 자들이 유협일단을 공격했을 것이고, 그랬다면 적지 않은 피해가 났을 것이다.

유협일단과 같이 백령곡으로 들어가는 것은 모험이라 할 수 있었다. 그래서 유협일단은 백석산을 돌아 천은산장에 잠입하기를 바랐었다. 그러나 그들의 자존심이 뒤로 물러나는 것을 허락하지를 않았다. 심지어 삼극검 마량조차 물러서는 것을 원하지 않았다.

하는 수 없이 일단은 뒤에서 따라오도록 했다. 백여 장의 간격을 두고.

백령곡 서쪽 능선은 가파른 비탈길이었다. 일전에 이곳으로 탈출하던 때를 떠올린 위경리는 진저리를 치며 침을 삼켰다.

전에는 탈출이었다면 이제는 쳐들어가는 것이다. 죽든 살든 한바탕의 전쟁은 피할 수가 없는 것이다.

꿀꺽! 목구멍을 넘어가는 침 소리에 당황한 위경리가 사방을 둘러보았다.

'휴… 다행히 아무도.'

그 누구도 위경리에게 신경을 쓰고 있지 않았다. 한데 그때, 꿀꺽! 또 침 넘어가는 소리가 들렸다.

'어라? 내가 아닌데?

옆을 보았다. 육정기의 목을 타고 한 모금의 침이 넘어가고 있었다.

'그럼 그렇지, 제깟 놈이……'

가소롭다는 듯 육정기를 흘겨보고 있을 때였다. 진고영이 유지화를 향해 나직이 입을 열었다.

"유 대협께선 이곳에서 뒤따라올 사람들을 기다려 주십시오."

아마 장무담 등을 말하는 것일 것이다. 유지화가 고개를 끄덕였다.

"음, 알았네."

"수행과 홍 낭자가 유 대협을 도와주도록."

임수행이 거부할 시간도 주지 않은 채 진고영의 눈이 백령곡을 향했다. 그리고,

"내려… 갑시다."

사람들은 천둥소리도 이보다는 작을 것 같은 생각이 들었다.

유협일단을 멀찍이 따라오게 하고 막 백령곡을 들어설 때였다.

저만치 동굴에서 백의의 노인이 나오는 것이 보였다.

청수한 인상, 단아한 풍모. 마치 신선이 하강한 듯한 모습에 절로 고개가 숙여질 정도였다. 하지만 그 누구도 그 노인에게 고개를 숙이지 않았다. 아니, 오히려 낯빛이 싸늘히 식은 채 굳어져 갔다.

그들은 백의노인을 따라 나오고 있는 괴이한 자들을 본 것이다.

천루인, 반혈인. 지옥의 악마들이 마치 주인을 모시듯이 절대 복종의 모습으로 따라 나오고 있었다. 게다가 앞장서 들어서던 진고영이 내지른 한 소리.

"저자가 혁련유천?!"

사마중안이 그려주었던 그림의 인물과 한 치의 차이도 없는 노인. 그러니 저자가 혁련유천이 아니면 누구겠는가?

거리가 백수십여 장, 한데 혁련유천이 이쪽을 향해 고개를 돌리고 있다. 하기사 이 정도의 거리라면 소곤거리는 것도 들을 수 있는 고수가 혁련유천이거늘, 이상할 것도 없는 일이었다.

그가 하얗게 웃고 있다. 마치 제마단이 이리 올 줄 알았다는 듯이.

사람들은 나아가던 자세 그대로 독수리처럼 날개를 폈다. 누가 그러라고 해서 그런 것이 아니다. 본능적으로 최적의 대응 자세를 갖추고 있는 것이다.

자연스럽게 진고영을 중심으로 날개가 펴지자 진고영이 독수리의 부리가 되었다.

그리고 부리로부터 일갈이 터지고.

"혁.련.유.천!!"

콰우!!!

들고 있던 관천곤에서 묵빛 광룡이 날카로운 발톱을 드러내고 몰려간다.

혁련유천 주위에 있던 천루인과 반혈인이 좌우로 늘어선다. 그들에게서 가공할 기운이 피어오르자 백령곡이 마기, 악기로 가득해진다.

진고영의 좌우에서 날아가는 고수들의 표정이 싸늘히 굳어져 갔다.

이제 시작이다. 그 무엇보다도 이곳에는 혁련유천까지 있다.

백령곡의 싸움이 모든 것을 결정한다는 말을 들을 때만 해도 유지화의 말이 너무 과장되었다고 생각했다. 그러나 이제는 그것이 결코 과장이 아니라는 것을 느낄 수 있다.

무요자를 비롯한 무당파 고수들의 눈에는 비장감마저 떠오를 정도였다. 어찌 그러지 않을까. 만일에라도 아수라가 현신해서 수많은 사람들이 죽어간다면, 거기에는 무당의 책임도 적지 않은 것이다.

콰과광!!

일진광풍과 함께 두 가닥 강기의 기운이 사방 십여 장을 휩쓸고 지나가자 주위에 뭉쳐 있던 고수들이 분분히 물러서느라 정신이 없다. 이미 그럴 줄 알았던 위경리나 육정기 등 제마단의 고수들도, 멋모르고 진고영 가까이 다가가 있던 무요자나 허진 등 무당의 제자들도.

사람들이 옆으로, 뒤로 물러서자 진고영의 이격이 다시 관천곤에서 피어올랐다.

후웅!

대기가 압축되는 공명음과 함께 관천곤에서 묵빛 번개가 일직선으로 뻗어나갔다. 소리도 없이. 무음관천(無音貫天)!!

혁련유천의 입가로 비릿한 웃음이 걸리고, 그의 쌍수에서 시뻘건 혈광이 쭉 뻗어 나왔다. 수라혈마수(修羅血魔手)!

쩌저저적!

대기가 찢어지고 비명을 토한다. 사방으로 비산하는 강기의 회오리에 사람만한 바위들이 가루처럼 부서져 내린다. 말만 들었을 뿐, 절대고수들의 격돌을 처음 본 사람들은 가공할 광경에 입만 벌린 채 멍하니 바라본다. 그러다,

"정신들 차려!! 우리는 저 괴물들을 처리하자고!!"

위경리의 외침에 번쩍 고개를 들고 다가오는 천루인과 반혈인을 향해 다가갔다. 위경리의 옆에서 같이 움직이던 무요자가 창백하니 굳은 표정으로 위경리에게 속삭였다.

"저게 사람들 맞냐?"

"그러게 내가 말린 거여. 나 아니었으면 넌 여기 있지도 못했다니까."

"고맙다, 친구야."

둘이 구시렁거리며 천루인이 있는 쪽으로 다가가자 육정기가 빽 소리쳤다.

"형님, 지금 농담할 때요?! 저놈들이 얼마나 징그러운지 잊은 거요?!"

"흡!"

그랬다. 진고영과 혁련유천의 싸움에 정신이 팔려 그만 저 괴물들이 얼마나 무서운 놈들인지를 깜빡한 것이다.

"다들 조심해! 검으로도 쉽게 안 잘라지는 놈들이니까, 적중시켰다고 안심하지 말아!!"

일갈과 함께 위경리가 천루인들을 향해 신형을 날리자 뒤따라 궁무진과 육정기, 연부경 등도 신형을 날렸다.

멀찍이 뒤따라오던 유협일단의 고수들도 긴장한 채 마량의 지시를

기다린다. 그때였다.

또다시 진고영과 혁련유천의 가공할 기운이 오 장 허공에서 휘몰아쳤다.

진고영의 관천곤이 시커먼 벼락을 줄기줄기 뿜어내더니, 어느 순간 대기가 진공 상태가 되어버린 것이다.

고오오…….

폭출하는 묵빛 번개!

혁련유천의 쌍장에서 피어오르던 시뻘건 수라혈마강기의 덩어리가 입을 벌리고 달려드는 아수라처럼 묵광을 삼키려 달려든다.

일순간 두 기운이 삼 장을 격하고 마주쳤다.

콰과과광!

일수격돌!

혁련유천의 신형이 십 장 밖으로 훌훌 날아간다.

그걸 보는 진고영의 미간이 꿈틀거렸다. 혁련유천이 날아간 것은 자신의 힘에 밀려서 그런 것이 아니었다. 무엇 때문인지 스스로 뒤로 물러나는 것이다. 그렇다면 또 다른 꿍꿍이가 있다는 말이다.

혹시 아수라와 합류하기 위해서?

아니면 아수라를 끌어내기 위해서?

그때였다. 혁련유천의 신형이 내려서는가 싶더니 산장의 전각 쪽으로 날아간다. 진고영이 급히 외쳤다.

"위 노형님! 사람들을 이끌고 백령곡을 나가십시오! 저는 혁련유천을 쫓아가겠습니다!"

"알았네! 혁련유천을 맡을 수 있는 사람은 자네뿐이야! 빨리 쫓아가게! 아수라와 힘을 합하면 상대하기가 더욱 힘들 것이네!"

위경리 역시 자신과 같은 생각을 하고 있었던 듯싶다. 천루인과 반혈인이 막는다 하나 혁련유천이 없는 이상 빠져나오는 것은 그리 문제되지가 않을 것이다.

"타아!"

진고영의 신형이 혁련유천의 그림자를 쫓아 전각 쪽으로 날아간다. 남은 것은 제마단과 유협일단의 고수들뿐.

"우리도 가자!"

"가만히 계셔보쇼! 이놈들을 놔두고 갈 수는 없잖소! 죽일 수 있는 데까지는 죽입시다."

하기야 이놈들이 백령곡 밖으로 나간다면 엄청난 피해가 발생할 것이다. 한데 조금 이상한 일이 있다. 놈들은 혁련유천이 밖으로 나갔는데도 따라 나갈 생각을 하지 않고 있다.

에라, 모르겠다. 일단은 이놈들을 때려잡고 보자.

"최대한 죽여라!!"

위경리의 입에서 죽이라는 소리가 터져 나오자 육정기를 필두로 방거산이 쇠몽둥이를 들고 앞장서 달려들었다. 그 뒤를 호난연이 뒤따른다.

백리웅천이 잠풍검을 치켜들고 한 명의 천루인을 향해 돌진한다. 연부경도 뒤질세라 신형을 날린다.

궁무진이 자신의 장도를 머리 위로 치켜들고 바닥을 박찬다. 염이상도 바짝 붙어 달려가며 눈빛을 빛낸다.

무요자도 혁혁한 안광을 빛내며 검을 뽑아 들었다. 허진과 무당의 제자들도 잔뜩 긴장한 채 무요자의 명을 기다리고 있다.

그런데 그때, 유협일단의 고수들이 무기를 빼어 들고 달려드는 것이 위경리의 눈에 들어왔다.

"헉!"

위경리의 입에서 헛바람이 빠져나왔다. 저 괴물들은 결코 일반 고수들이 상대할 수 있는 놈들이 아니다. 유협일단을 향해 소리쳤다.

"조심해! 물러서! 위험하다니까!!"

유협일단의 선두에 서서 달려가던 마량의 눈이 위경리를 향했다. 뭔 소리냐는 듯.

"그놈들은 괴물이야! 일반 사람 상대하듯 해선 안 돼!! 물러서!!"

마량이 그 소리에 고개를 돌렸다. 그는 아직도 이해할 수가 없었다. 적어도 일류고수들로 이루어진 유협일단이거늘, 대체……

하지만 마량이 위경리의 말을 이해하는 데는 그리 오래 걸리지 않았다.

까강!! 쩌저정!!

"으악!"

"크어억!! 불괴……?"

멋모르고 달려들던 유협일단의 고수들이 느닷없는 비명과 함께 사방으로 튕겨 나간다. 그런 그들에게 붉은 눈알의 반혈인들이 덮쳐든다. 그리고 이어지는 것은 처참한 비명에 이은 피분수.

머리가 으깨지고 허리가 꺾인다. 팔이 잘리고 가슴에 손이 쑤셔 박힌다. 순식간이었다. 십여 명의 유협단 고수들이 처참한 시신이 되어 버렸다.

"물러서!"

그제야 마량의 입에서도 대경한 대갈이 터져 나왔다. 괴물들의 위력은 듣던 것보다 훨씬 강력했다. 훨씬 잔혹했다.

“침착하게 대응하라! 서너 명씩 뭉쳐서 상대해!!"

목소리가 은근히 떨려 나오는 마량이었다.

한편 육정기는 청망검으로 반혈인을 튕겨내며 이를 갈고 있었다.

“징그런 놈들. 으드득. 어디, 네놈의 몸뚱이가 강한지 내 칼이 더 잘 드는지 한번 해보자!!"

위경리가 날뛰는 육정기를 보다가 소리쳤다.

“육가야!! 그놈들이 힘으로 한다고 통하던 놈들이더냐? 약점을 찾아! 계속 같은 곳을 반복 공격해서 잘라 버려!"

“누가 그걸 모른다요? 쉽지가 않으니까 그러지!"

그렇게 정신없이 천루인과 반혈인을 몰아붙이고 있을 때였다. 어디선가 껄끄러운, 귀를 대꼬챙이로 긁어대는 듯한 소리가 들려왔다.

“크크크……. 아이들아, 놈들의 피로 목을 축여라……. 죽여… 죽여……."

육정기가 획 고개를 돌리고 소리쳤다.

“어떤 미친놈이냐!!"

“나… 나는……. 크크크……."

한쪽에서 너울거리는 유령의 몸짓처럼 흐느적거리며 다가오는 백의의 괴인이 보인다. 육정기는 청망검을 움켜쥐고 백의괴인을 노려보았다.

“에라! 미친놈!! 뭐? 피로 목을 축여? 너나 죽어!"

그러다 고함을 질러대며 미친 멧돼지처럼 달려들었다.

위경리는 느닷없이 소름이 돋을 듯한 괴음성에 고개를 돌리다가 육정기가 눈을 치켜뜨고 백의괴인에게 달려드는 것을 보았다. 한데 괴이

하다. 백의괴인은 청망검이 목을 쓸어가는 데도 한 점의 동요가 없다. 고수 아니면 아무것도 모르는 자.

하지만 이곳은 백면서생이 올 수 있는 곳이 아니다. 그렇다면 고수, 그것도 가늠하기 힘든 절대고수.

"조심해, 육가야!"

말이 미처 끝나기도 전이었다.

"엇? 헉!"

육정기의 다급한 신음이 들린다. 청망검이 백의괴인의 왼손에 잡혀 버렸다. 검강이 실린 검이.

괴인의 우수에서 붉은 안개가 넘실댄다. 위험하다는 생각이 위경리의 뇌리에 경고를 보냈다.

괴인의 우수가 육정기의 왼팔을 잡아간다.

우드득!

"크윽!"

뼈가 부러지는 소리와 함께 육정기의 입에서 신음이 터졌다. 동시에 위경리의 신형이 땅을 박찼다.

"놓아라!!"

현고기령이 실린 쌍장이 괴인의 가슴을 향해 몰려갔다. 괴인이 육정 기를 한쪽으로 던져 버렸다. 그리고 하얗게 웃는다.

위경리는 자신의 현고기령의 강기가 괴인의 붉은 안개와 부딪쳤다 느낀 순간, 마치 늪 속에 손을 밀어 넣은 것 같은 기분에 사로잡혔다.

'이런!'

대경한 위경리는 급히 몸을 비틀며 손을 빼냈다. 그리고 한순간에 신형을 튕기며 허공으로 날아올랐다. 그때 괴인의 손에서 뿜어져 나온 붉은 안개가 위경리의 하체를 쓸어간다.

"크윽!"

위경리의 입에서 답답한 신음이 새어 나오고, 이를 악문 채 삼 장 밖으로 몸을 날려 내려섰다. 하지만 제대로 설 수가 없었다.

우당탕!

"으으윽!!"

다리가 부러져 버렸다. 단지 붉은 안개에 휘감기기만 했는데도 다리뼈가 산산조각 부러진 것 같다.

"아부지!!"

우형욱이 놀라 달려온다. 육정기가 몸을 일으키더니 황급히 위경리의 앞을 막아섰다. 그런 그의 왼팔도 덜렁거리고 있었다.

맙소사!! 절정의 고수 두 사람이 일순간에 치명적인 중상을 입어버렸다. 단지 정체도 알 수 없는 괴인 한 사람에게.

사위가 조용해졌다. 멀리 떨어져 괴물들에게 당한 동료들을 한쪽으로 끌어내던 유협일단의 사람들도 조용해졌다.

*   *   *

"영호소가 죽었다고?"

"예, 각주."

허탈한 표정으로 조이경을 바라보는 공손곽의 손이 가늘게 떨린다.

이미 예상은 하고 있었다. 그러나 너무 빠르다. 아직 죽어서는 안 되거늘…….

'아무래도 하늘은 나의 편이 아닌 것 같구나.'

“조이경!”

“예, 각주!”

“살고 싶으냐?”

조이경은 공손곽의 물음에 답을 할 수가 없었다. 느닷없는 물음은 그저 단순히 묻는 말이 아니었다. 분명 뭔가가 있는 물음.

조이경으로선 심사숙고하지 않을 수 없는 질문이었다.

“무슨 뜻이신지…….”

“살고 싶냐는 말이다.”

공손곽이 다시 묻는다. 조이경은 이를 악물고 답했다.

“예… 살고 싶습니다.”

공손곽이 비릿한 웃음을 배어 물었다.

“그럼 나를 따르라.”

“……?”

“천은산장은 끝났다. 혁련 장주의 운도 끝이 보인단 말이다.”

공손곽의 말에 조이경이 고개를 번쩍 들었다. 그러자 공손곽이 나직이 말했다.

“그는…… 미쳤다. 혁련 장주는 미쳤단 말이다, 완전히…….”

“각주?”

“백령곡을 다녀온 후로 이지가 자신의 것이 아니다. 벌써부터 감지하고 이곳을 떠났어야 하거늘, 너무 많은 시간을 끌었어……. 어찌하겠느냐, 조이경?”

조이경은 망설이지 않을 수가 없었다. 그래도 평생을 바쳐 온 천은산장이었다. 눈앞의 공손곽 말만 믿고 떠나기에는 지내온 세월이 있는 것이다. 이를 지그시 깨문 조이경은 공손곽을 노려보며 말했다.

“나는… 나 조이경은…… 죽어도 천은산장에서 죽겠소.”

“멍청한…….”

공손곽이 조이경을 싸늘한 눈으로 바라보며 한마디 할 때였다.

“멍청하기는 그대가 더하다!”

방문 밖에서 한 소리 외침이 들려왔다. 그 소리에 놀란 공손곽이 벌떡 일어서며 소리쳤다.

“누구냐?!”

쾅!

영무각의 방문이 산산이 부서지며 한 사람이 들어서자, 그를 본 조이경이 놀라 소리쳤다.

“백리웅천!?”

2

천은전의 누각 꼭대기에 서 있는 혁련유천의 모습은 가히 신선의 풍모 그것이었다. 하나 그의 눈에서 뿜어져 나오는 붉은 광채는 보는 이로 하여금 절로 오금을 저리게 만드는 악마의 눈빛이었다.

그의 혈안이 폭풍 같은 기세로 날아오는 진고영을 바라보고 있다.

그의 입이 아수라의 웃음을 흘리며 열리고 있다.

“진고영, 정말 대단하구나!”

쏘아진 살처럼 날아가던 진고영의 신형이 허공에서 한 바퀴 돌더니 혁련유천의 맞은편 천강전의 지붕에 내려섰다.

"혁련유천! 무엇이 대단하단 말인가? 그대의 야망을 꺾어 대단하단 말인가, 아니면 그대와 마주할 수 있어 대단하단 말인가!"

"아쉽군. 나는 그래도 네가 이 세상을 변화시키려는 나의 마음을 이해해 줄 단 한 사람이라 생각했거늘……."

"헛소리! 역천은 결코 올바른 길이 아님을 모른단 말인가? 나는 그대 같은 자를 이해해 줄 마음 같은 것은 없다. 오직 그대를 죽이고자 할 뿐!"

말을 마침과 동시에 진고영의 신형이 제자리에서 이 장 높이로 떠올랐다. 순간 그의 손에 언제 빼 들었는지 석 자가 못 되어 보이는 관천곤이 들렸다.

오래 시간을 끌 수가 없었다. 이기든 지든 빠른 시간 안에 승부를 봐야 한다. 백령곡에서 헤어진 일행이 지금쯤 마인들과 접전을 벌이고 있을 것이다. 유협일단이 합류했다고는 하나 절대 안심할 수 없는 상황이다.

게다가 아수라는 아직도 나타나지 않고 있는 상황이다.

진고영의 두 눈이 천 장 심해 무저의 바다처럼 깊어졌다.

그의 손에서 묵금빛 기류가 소용돌이치기 시작했다. 그러더니 한순간에 주욱 관천곤을 타고 내려갔다.

관천곤이 들렸다. 묵금빛 기류가 빠져나갈 길을 찾아 발버둥 친다.

혁련유천의 눈이 가느다랗게 떨렸다. 그는 오늘 진고영의 관천뇌곤을 처음으로 대해봤다.

장무담이 쓰러진 것도, 빙혼마령수와 귀왕이 쓰러진 것도 저 한 자루 뭉툭한 곤에 의해서였다고 한다.

음마존이나 금왕은 도에 당했다. 그러나 진고영은 아직 도를 뽑지 않고 있다.

"호호호……. 좋군. 과연 장무담이 쓰러질 만한 곤이야."

"직접 받아 보면 더욱 흥미로울 것이오!"

진고영의 신형이 일순간에 앞으로 쏘아져 갔다. 관천곤에서 묵금빛 번개가 밤하늘의 유성우처럼 쏟아져 내린다. 천조낙성(天朝落星)!

그야말로 찰나간에 십 장 거리가 좁혀졌다. 번개의 무리가 혁련유천을 덮쳐 갔다.

혁련유천의 손이 천천히 들렸다. 너무 느려서 올리고 있는 건지도 모를 정도다. 그런데도 진고영의 표정이 창백하니 일그러져 간다. 만(晩)의 경지. 역시 혁련유천의 무공은 자신의 아래가 아니었다.

쏘아진 번개가 혁련유천의 가슴을 꿰뚫었다 느꼈을 때였다.

우우웅!

묵금빛 번개가 사방으로 비산한다. 관천뇌곤의 기세가 혁련유천의 수라혈마기에 튕겨져 나간 것이다.

훌훌 이 장여를 날아간 진고영은 다시 관천곤에 수천제마력과 대연일기공을 쏟아 넣고, 눈을 반개한 채 앞으로 내뻗었다. 아래쪽에서 숨죽이며 바라보던 사람들의 입이 아연해지며 벌어졌다. 진고영과 혁련유천, 두 사람 사이의 대기가 비틀리며 묵금빛 광채에 휩싸여 버린 것이다.

무음관천(無音貫天)과 부동관천(不動貫天)이 동시에 펼쳐지며 일어난 현상이었다.

혁련유천의 표정도 신중하게 굳어졌다. 몰려오는 광채는 좀 전의 번개우와는 또 다른 것이다. 이것은 깨달음이었다. 단순한 초식이 아닌 깨달음의 경지.

혁련유천은 그 정도는 알아볼 수 있는 안목이 있는 절대의 고수였다.

"과연……!"

자신도 모르게 입에서 감탄이 터져 나왔다. 그러면서 들어올린 손을 아래위로 휘젓는다. 붉은 안개가 괴이한 형상으로 뒤틀리며 비틀린 대기 사이로 빨려 들어간다. 비명이 들렸다. 대기가 관천뇌곤과 수라혈마기의 부딪침에 참지 못하고 비명을 지른다.

끼이이악!

고오오오…….

진저리치는 하늘이 숨을 죽이며 전신을 떨어댄다. 그때, 진고영의 손이 무심히, 아무 생각이 없는 것처럼 앞으로 쭈욱 뻗쳤다.

비틀리며 진저리를 쳐대는 대기를 뚫고 한줄기 금빛 광채가 주욱 뻗어나간다. 최근에 와서야 완성한 무유관천(無有貫天)이 마침내 처음으로 모습을 드러낸 것이다.

혁련유천도 두 손을 거칠게 흔들어댔다. 수라혈마강기(修羅血魔罡氣)가 눈을 뜨고, 두 손에서 뿜어져 나온 붉은 안개가 금빛 광채를 에워싸고 용틀임을 한다.

그것은 광란이었다. 생존의 몸부림이었다.

혁련유천의 발을 받치고 있던 전각이 가루가 되어 무너져 내린다.

허공에 뜬 진고영의 신형이 일 장 아래로 내려앉았다. 목구멍에서 핏물이 솟고 있다. 억지로 핏물을 누르며 뻗은 오른손에 수천제마력의 기운을 더욱 강하게 내보냈다. 그리고 남은 좌수를 힘겹게 밀어냈다. 좌수의 중앙에서 붉게 느껴지는 황금빛 불꽃이 한 자루 황금 화살이 되어 쏘아져 나갔다. 극성의 수천제마인(守天制魔刃)!

혁련유천의 입에서도 핏물이 비친다. 두 눈은 아수라의 광기를 담고 번들거리고 있다. 그런 그의 가슴으로 황금 화살이 박혀 들어간다. 혁련유천의 눈이 거세게 흔들리고, 광망이 너울대며 피어올랐다.

멀찍이서 싸움을 멈추고 쳐다보던 자들이 공포에 질려 십여 장 뒤로 물러났다. 그 바람에 피바람을 부르며 진행 중이던 싸움이 소강 상태가 되어버렸다.

전각을 가루 내며 이어지던 싸움이 반 각을 지나던 어느 순간이었다.

"크아아!"

혁련유천이 마음(魔音)을 터뜨리며 신형을 솟구쳤다.

진고영의 신형도 따라서 허공으로 빨리듯 올라갔다.

한데, 이십여 장을 올라가던 혁련유천의 전신에서 붉은 안개가 몸서리쳐지게 뿜어져 나오더니 일순간에 자신의 몸을 에워싸 버린다. 그걸 바라보던 진고영의 두 눈이 격하게 떨렸다. 하늘의 구름도 공포에 질려 멀리 달아나 버린다.

"크크크크! 죽인다! 죽인다! 모두 죽이고 아수라의 세상을 만들리라!!"

'맙소사!! 자신을 수라혈마기의 기운에 맡겨 버렸다!'

진고영은 느낄 수 있었다. 붉은 안개에 휩싸인 혁련유천의 눈은 이미 인간의 눈이 아니었다. 아수라의 마기에 완전하게 잠식당한 눈이었다. 그것은 그의 몸이 아수라에게 잠식당했다는 말과 다름이 아니었다. 마공의 최대 약점인 마기의 본신 침탈이 일어난 것이다.

이제는 더욱더 시간이 없다. 저대로 완전하게 아수라가 된다면……
자신으로서는 도저히 막을 수 없는 괴물이 될 것이다.

이를 지그시 깨물고, 본신의 진기를 모조리 끌어올렸다. 오른손의 관천곤을 무심히 혁련유천을 향해 밀어냈다. 무유관천이 극성으로 펼쳐졌다. 느릿하게 흘러가는 관천곤을 보며 우수가 등 뒤로 돌아갔다.

이전의 혁련유천이었다면 구겁전도의 제마력을 느끼고 물러갔을지도 모른다. 그래서 도를 뽑는 것을 최대한 자제했었다. 하지만 이제 혁련유천은 이지를 상실했다. 그에게 남은 것은 광오한 아수라의 마기뿐. 그렇다면 이제 구겁전도의 효력이 최대한 작용하리라.

느릿하게 날아가던 관천곤이 어느 순간에 빨라지더니 찰나간에 혁련유천의 가슴에 틀어박혔다. 아니, 틀어박힌 것처럼 보였다.

그때였다!

쿠아아앙!

마치 북을 치는 듯한 소리가 천지를 울리고, 혁련유천의 가슴에서 무언가가 튀어나왔다.

오오! 맙소사! 수라마고다!

힘겹게 버티고 서 있던 전각들이 충격을 못 이기고 와르르 무너져 내린다.

"으아아아!"

"크어억!"

물러서서 아연히 신들의 싸움을 바라보던 군웅들이 귀를 틀어막고 비명을 질러댄다. 내공이 약한 자들은 칠공에서 피를 뿜으며 쓰러져 간다. 그나마 고수라 불리던 자들은 황급히 귀를 틀어막고 분분히 몸을 날려 산장의 담을 넘는다. 그런 그들의 얼굴은 창백하게 굳어진 채 공포에 질려 있었다.

"우오오오옷!!"

진고영의 신형이 허공에 뜬 상태에서 십여 장을 더 떠올랐다. 순간, 한줄기 금빛 선이 갈래갈래 갈라지더니, 그물처럼 사방으로 퍼져 나가며 악마의 전신을 에워쌌다. 포혼망겁(捕魂罔劫)!

구겁전도가 모습을 드러내기 시작했다.

그것은 경이였고, 두려움이었고, 공포였다.

"크아아!"

혁련유천이 넘실대는 혈기를 주체하지 못하고 두 손을 휘둘러 댔다. 혈기와 부딪친 수천제마력의 도기가 사방으로 튕겨 나간다. 과연 수라혈마기.

세상에…… 제마의 기운조차 튕겨낼 정도라니…….

하지만 방법은 여전히 하나뿐이다. 정신을 차리기 전에 몰아붙여 수라혈마기의 벽을 깨야 한다.

튕겨 나간 진고영의 도가 다시 묵금빛을 뿜어내며 하늘을 찢어낸다. 뇌락절혼겁(雷落切魂劫)!

쩌저저저!

내려치는 도에서 묵금빛 뇌전이 떨어져 내리자 하늘이 진저리치고,

촤촤촤!!

쓸어가는 도에서 뿜어진 묵금빛 칼날이 길게 허공을 양단해 버렸다.

연이어진 구겁전도에 혁련유천의 몸에 깃든 아수라가 흔들린다. 그의 두 눈이 공포에 젖는다.

이어지는 제마참혼겁(制魔斬魂劫)!

제석천의 얼굴이 하늘 가득 메우며 혁련유천을 덮쳐 간다.

"쿠아아아!"

미친 듯한 몸부림, 그럼에도 구겁전도의 도세가 허공으로 튕겨져 나

간다. 진정 공포의 아수라이다.

진고영은 더욱더 다급한 마음이 들었다. 혁련유천이 만든 아수라는 결코 자신이 아니다. 또 다른 아수라가 있다는 말이다. 어쩌면 더욱 완벽한 아수라가. 한데도 아직 나타나지 않고 있다.

가만? 설마? 오!! 맙소사!!

진고영의 표정이 차갑게 굳어졌다.

'무리가 가더라도 어쩔 수가 없다! 아수라가 고개를 들기 전에 소멸시켜야 한다!'

그의 신형이 붉은 안개를 내뿜으며 하늘을 향해 포효하는 혁련유천을 향해 날아갔다. 무명도를 머리 위로 들어올렸다.

진고영의 신형이 아홉 갈래로 갈라지고, 일순간 무명도에서 아홉 줄기의 번개가 뒤엉켰다. 그리고 아홉 마리의 뇌룡이 고개를 내밀었다.

전룡참마겁(電龍斬魔劫)!

혁련유천이 수라마고를 양손에 잡고 뇌룡을 향해 휘두른다.

동시에 묵금빛 뇌전이 진고영의 손에서 빠져나가며 아수라의 심장을 뚫으려 날아간다. 뇌룡망망겁(雷龍亡亡劫)!

콰지지직!!

수라마고가 견디지 못하고 찢어지며 부서져 나간다.

진고영의 입에서도 피가 튀었다. 극한의 공력이 운용되며 무리가 가고 있다는 반증이다. 그러나 멈출 수 없는 상황이다. 멈추어서는 안 되는 것이다.

만양(滿陽)!

마침내 더는 못 견디겠는지, 공포에 찬 혈안을 번들거리며 물러서는 혁련유천의 머리 위에서 밝은 광채가 하늘을 가득 메우고 떨어져 내렸다.

오오오오…….

혁련유천이 하늘을 올려다보았다.

공포에 찬 혈안이 푸들거리며 떨리다가 붉은 핏물을 흘리기 시작했다.

“끄아아아아…….”

핏물이 폭포수처럼 흘러내린다. 눈에서 흐르던 핏물이 입에서, 코에서, 귀에서 흐른다.

진고영의 눈에서도 혈기가 맺혔다.

“하아아앗!”

마지막 힘을 있는 대로 쥐어짰다. 결정을 낸다!!

멸양(滅陽)!

번쩍!

한순간에 빛이 사라졌다. 온 세상이 어둠에 잠긴 듯하다. 그리고 다시 빛이 밝아왔다.

털썩!!

“끄어어억!!”

스러진다. 땅에 곤두박질친 혁련유천의 두 팔이 스러져 버린다. 두 다리가 꺾어지더니 잘못을 비는 아이마냥 바닥에 주저앉아 버렸다.

쳐다본다. 핏물이 흘러내리는 혁련유천의 두 눈이 진고영을 바라다본다.

“너는… 대체 너라는 놈은…….”

입가로 흘러내리는 핏물을 닦을 생각도 하지 않고 진고영은 가라앉은 눈으로 혁련유천을 직시했다.

"당신은 당신을 위해서 세상을 바꾸려 했지만, 나는 나를 사랑했던, 내가 사랑하는 사람들을 위해서 이 자리에 서 있소. 내가 당신을 이길 수 있었던 이유는 아마도…… 나에게는 사랑하는 사람들이 있기 때문이었던 것 같소."

"사랑했던? 사랑하는? 웃기는… 개소리……."

처절하게까지 느껴지는 목소리에 혁련유천의 남아 있는 육신이 거세게 떨린다.

"아, 아직은……. 아직은… 네가… 이긴 것이… 아니……. 크크큭……."

그를 바라보는 진고영의 두 눈도 안타까운 마음에 가늘게 떨리고 있다.

'사랑을 모르는 당신이 가엾게만 생각되는 것이 나만의 오만일까…….'

진고영이 내려다보는 사이 혁련유천의 머리가 서서히 꺾어진다. 그러더니 결국은 그의 몸 전체가 땅바닥으로 무너져 내렸다.

쿵!!

오오!

혁련유천이 쓰러졌다.

역천의 힘으로 세상을 바꾸려 했던 천은대공 혁련유천이, 마침내 대지에 싸늘한 육신을 누이며 쓰러져 버렸다.

고오오…….

세상이 침묵에 묻혀 버렸다.

"쿨럭!"

한 모금 붉은 선혈을 토해낸 진고영은 자신의 눈앞에서 일어난 일에 스스로가 두려울 뿐이었다.

하지만 지금은 그런 두려움조차 사치스런 일이다.

어디선가, 자신이 모르는 곳에서 또 하나의 아수라가 자신의 동료들을, 형제들을 피의 제물로 삼고 있는지도 모르는 것이다.

땅에 떨어져 있는 관천곤을 주워 든 진고영의 눈에 힘이 들어갔다.

가자! 가야 한다! 진고영아! 힘내라!

스스로에게 최면을 걸듯이 다짐을 한다.

어디 있을까. 백령곡에서 헤어진 사람들은 어디에 있을까.

괴물들이 가장 유리한 곳, 괴물들을 이용해 함정을 파기 좋은 곳은…….

'응?'

사방에서 비명이 들려온다. 한데 그중에 진고영의 신경을 건드리는 곳이 있다.

"서, 설마? 백. 령. 곡?!'

오오! 맙소사! 그곳에는 지금 사람이 없어야 한다. 자신의 뒤를 따라서 다 나왔어야 한다. 한데 그곳에서 비명이 들린다. 문득 죽어가던 혁련유천의 말이 귓전에서 맴돈다.

"아직은…… 네가 이긴 것이 아니……."

파악! 진고영의 신형이 하나의 빛이 되어 백령곡을 향하여 날아간다.

거리는 삼백여 장, 그러나 멀기가 수십 리 같다.

3

지옥이었다.

살이 찢겨져 나가고 뼈가 부서져 나간다.

괴물들에게 달려들던 유협일단의 고수들은 이미 공포에 질려 있었다. 과거 대풍운보가 겪었던 공포를 그들이 겪고 있는 것이다.

빠져나가야 한다. 하지만 빠져나갈 수가 없다. 악마 같은 괴물들도 괴물이지만 문제는 괴물들을 이끄는 백의의 괴인이었다. 그가 모든 사람들을 절망으로 몰아넣고 있는 것이었다.

외중에 다리가 부서진 위경리가 우형욱을 바라보며 소리치고 있다.

“이놈아! 틈이 생기거든 빠져나가라니까!”

“제가 어떻게 아버지를 두고 빠져나가요!! 크흑!!”

“너라도 나가야 위가와 우가의 핏줄을 이을 거 아니냐!!”

“크흑! 지금 그게 문젭니까?”

울먹이는 우형욱을 바라보며 육정기가 버럭 소리친다.

“야! 우형욱!! 너! 숙부를 우습게 보는 거냐? 엉? 나가라면 나가지 뭔 말이 그렇게 많냐?”

“육 숙부…….”

“나가서 진 아우를 데려오란 말이여! 알았어?”

한쪽 팔이 덜렁이는 것이 아무래도 부러진 듯 보였다. 그래도 육정기는 여전히 청망검을 앞세우고 다가오는 백의괴인을 노려보고 있었다.

단 이각 만에 벌어진 일이었다.

진고영이 혁련유천을 쫓아 백령곡을 빠져나간 후, 자신들도 그 뒤를 따르려 했다. 그때 저 괴인이 나타났다. 별다른 생각 없이 달려들던 고수들이 곤죽이 되다시피 죽어갔다. 그때서야 일의 심각성을 깨닫고 백령곡을 빠져나가려 했지만, 그때는 이미 반혈인과 천루마인들에 둘러싸여 버린 자신들을 발견할 수 있었다. 그리고 이각 만에 이십여 명이 죽고 삼십여 명이 부상을 당한 채 처절한 악전고투를 치르고 있는 것이다. 그리고 지금도 하나하나 죽어가고 있다.

"죽어! 죽어!!"

염이상이 괴성을 내지르며 도를 휘둘러 댄다. 하지만 반혈인의 몸에는 그저 생채기 같은 흔적만이 남을 뿐이다.

"이상아, 비켜라!"

궁무진이 기다란 도에 도강을 가득 담아 허공에서 떨어져 내린다.

쾅!

"꺼어……."

도강에는 견디디가 힘든지 반혈인의 입에서 괴로운 신음이 흘러나온다. 물러나는 반혈인을 향해 쇄도하는 궁무진. 들어올린 도에서 시퍼런 도강이 줄기줄기 뿜어진다.

"타앗!!"

좌우로 휘두르는 도강이 일 장 이내의 모든 것을 잘라 버린다. 오직 반혈인들만이 잘려지지 않은 채 튕겨져 나갈 뿐이다.

일 대 일로 괴물들을 상대할 수 있는 사람들은 몇 되지 않는다.

백리웅천조차 하나를 상대할 수 있을 뿐 둘은 버거운 상황이다.

방거산이나 호난연은 힘을 합쳐서 겨우 하나를 몰아치고 있을 뿐이다.

정말 징그러운 놈들이다. 이런 상황이 계속된다면 과연 살아 있을 수 있는 사람이 몇이나 될까.

연부경이나 마량 등이 천루인과 악전고투를 치르고 있는 사이 유협 일단의 일반 고수들은 두려움에 질린 채 한곳에 몰려 있었다. 오 초를 견디지 못한 채 잘려 나가고 부서져 나가는 동료를 본 그들의 눈은 시커멓게 질려 있었다.

생각도 못했던 일이었다. 절정의 고수를 상대하는 거라면 몰라도 일개 천은산장의 후면을 치기에는 너무 강한 전력이 아닌가 생각했었다. 그런 전력인데도 굳은 얼굴로 조심스럽게 행동하는 위경이나 연부경 등을 이해하지 못했었다.

대풍운보의 무사들 백여 명이 괴인들에게 처절하게 죽임을 당했다는 소문을 들었을 때도 그러려니 했다. 자신들은 다를 거라 생각했다.

하지만……

이제는 공포에 질려 고수들의 뒤로 몸을 피하기에 바쁜 자신들을 봐야만 했다. 그나마 자신들은 운이 좋은 편이다. 멋모르고 앞장서서 돌진하던 자들은 지금 모두 저 앞에 널브러져 있다.

허리가 반으로 꺾여서 죽은 자, 머리가 부서진 채 뇌수를 흘리며 죽어 있는 자, 허리와 목이 잘라져 삼 등분되어 피바다 속에 누워 있는 자. 그 누구도 편하게 죽어 있는 사람이 없다. 살아 있는 사람들에게, 눈앞에서 벌어지고 있는 일은 두려움과 공포를 심어주기에 조금도 부족하지가 않은 광경이었다.

오오! 벗어나야 한다. 악마들의 손에서 빠져나가야 한다. 그런데 문제는…… 빠져나갈 구멍이 보이지 않는다는 것이다.

위경리가 악을 쓰며 소리쳤다.

"모두 구멍을 뚫어!! 우리가 처한 상황을 밖에 알려야 한다! 진 아우를 불러야 해!"

"내가 앞장서겠소!! 간다!!"

육정기가 덜렁거리는 팔을 옆구리에 붙잡아 매더니 청망검을 앞세우고 백의괴인을 향해 돌진한다.

염이상과 궁무진이 뒤따라가며 천루인들을 향해 도를 휘둘러 댔다.

우형욱이 위경리를 업은 채 뒤따르며 단창을 찔러 반혈인을 팅겨냈다.

마량을 비롯한 유협단의 고수들이 이를 악물고 좌우를 견제했다.

이수양과 방거산 부부는 뒤에서 덮치는 놈들을 막으며 걸음을 옮겼다.

그렇게 해서 겨우 십 장여를 전진했을 때였다.

"크크크크!!"

괴소와 함께 백의의 괴인이 유령처럼 육정기의 앞을 가로막았다.

육정기의 안색이 새카맣게 죽어간다. 그는 이미 백의인과 한 번 부딪쳐 봤다. 그 바람에 한쪽 팔이 부서져 버렸다. 천하의 마개가 단 일수에 한쪽 팔을 잃은 것이다. 때마침 나선 위경리가 아니었다면, 어쩌면 죽었을지도 모른다. 그때, 자기 대신 위경리의 한쪽 다리가 뭉개져 버렸다.

겨우 살아난 육정기는 다짐했다. 다시는 위경리의 말에 토를 달지 않고 진짜 형님처럼 모실 거라고. 하지만 그것도 살아서 나간 다음의 일이었다.

"으아아아!"

괴성을 내지르며 육정기의 신형이 백의의 괴인에게 날아갔다. 그걸 본 우형욱이 놀라 소리친다.

"육 숙부, 위험해요!!"

"으아아!! 너는 위 형님 모시고 빠져나가!! 빨리!!"

백의인의 손에서 시뻘건 안개가 넘실거린다. 은은한 녹기마저 실린 눈이 육정기를 바라보며 웃고 있다.

"크크크……. 죽… 인… 다……."

검강이 시퍼렇게 솟은 청망검과 피보다 더 붉은 안개가 부딪친다.

쿠르르르…… 콰과과…….

육정기의 얼굴이 일그러진다. 가공할 마기가 실린 안개가 청망검을 휘감아 버렸다. 청망검을 잡아먹은 안개가 검신을 타고 스멀거리며 밀려온다. 그것은, 붉은 안개에 실린 힘은 인간의 힘이 아니었다. 악마의 마력이었다. 육정기는 그제야 알 수 있었다. 혼신의 힘으로 검을 잡아뺀 육정기의 입이 떨리고 있다.

"아… 수… 라……!!"

뒤따르던 우형욱이 반혈인 하나를 내치다 말고 흠칫 부르르 몸을 떨었다.

우형욱의 등에 업혀 있던 위경리 역시, 백의의 괴인을 노려보았다. 눈이 더할 수 없이 커지고 입에서는 떨리는 음성이 새어 나왔다.

"맙소사! 아수라라니? 아수라가 왜 여기에……?"

무슨 소리? 말도 안 되는 소리다! 아수라는 혁련유천과 같이 있어야 한다. 아니, 그러해야만 한다.

'가만?'

의문이 일었다. 혁련유천은 진고영과 한 수 부딪치더니 신형을 내

뺐다. 우리는 혁련유천이 아수라를 부를 거라 생각했다. 그래서 진고영이 아수라를 견제키 위해 혁련유천을 따라갔다. 한데 왜, 아수라가 혁련유천이 있는 곳이 아닌 여기에 있단 말인가?

이유는 한 가지뿐일 것이다.

"하, 함정?!"

진고영을 떼어놓고 일거에 손발을 자르려는 계책이 아니라면 아수라가 여기 있을 이유가 없다.

그때였다.

"죽어! 으아아아!!"

육정기가 비명인지 기합인지 모를 괴함을 내지르며 백의인을 향해 검을 내려쳐 간다. 백의인의 두 눈은 일말의 흔들림도 없이 떨어져 내리는 청망검을 바라보다가 눈을 내려 육정기를 보며 웃었다.

"크크크…… 어리석은……."

콰광!!

"크어억!!"

피분수를 뿜으며 팅겨져 나간 육정기가 다시 검을 움켜잡는다.

"형욱아!! 형님 모시고 어서 나가!!"

한 소리 외치며 백의인에게 몸을 날린다. 그의 두 눈이 광기로 번들거린다. 폭발하듯이 터져 나오는 검강이 백의인에게 쇄도한다.

우형욱의 입이 악다물렸다. 육정기가 몸을 던졌다. 어쩌면… 죽을지도 모른다. 하지만 자신이 해줄 수 있는 일은 아무것도 없다. 피눈물이 흐를 일이다.

그렇다고 망설일 시간도 없다. 한순간에 뚫고 나가야 한다.

"이상아!! 너도 형욱이 따라가거라!!"

궁무진이 굳은 얼굴로 소리치더니 도를 꼬나 쥐었다. 그리고 신형을 날린다. 앞에서 달려드는 두 명의 천루인을 향해서였다.

"시간이 없어! 길이 뚫리면 망설이지 말고 나가라!!"

좌측에서는 연부경이 쌍장을 내쳐 두 명의 반혈인을 가로막고, 우측에서는 마량이 석 자 장검을 내질러 유협 단원의 머리를 내려치는 천루인의 가슴을 베어가고 있었다.

"이놈! 어디서! 차압!!"

일성 기합이 뒤쪽에서 터졌다. 방거산이 호난연을 향해 검을 내미는 천루인에게 달려들고 있었다.

쩌정!!

주르륵 물러서는 방거산의 옆으로 궁무진의 신형이 빗살처럼 뻗어나간다.

콰직!!

궁무진의 도가 천루인의 가슴을 파고들었다. 도강이 실린 검이 세 치 정도 파고들다 멈추어 버리고, 천루인은 그 탄력에 튕겨져 나가 버렸다.

"징헌 놈들!!"

궁무진의 입에서 말도 안 된다는 듯 투덜거리는 소리가 나온다. 세상에 도강이 실린 도가 기껏 세 치밖에 안 들어가다니. 이를 악문 궁무진이 일검에 몸이 굼떠진 천루인을 향해 신형을 날렸다.

"괴물들! 죽어!!"

도끼로 내려치듯 도를 내려치는 궁무진의 표정이 악귀처럼 일그러져 있다.

"으아악!!"

한쪽에서 비명이 터진다. 유협단의 고수 중 한 사람이 천루인의 장검에 팔이 잘린 채 나뒹굴고 있었다. 그러나 누구도 그 사람을 챙겨줄 여유가 없었다. 자신들에게 달려드는 괴물들을 상대하는 것만도 정신이 없는 것이다.

"육 숙부!!"

"육가야!!"

우형욱과 위경리가 비명처럼 외치는 소리에 사람들의 눈이 앞쪽을 바라봤다.

백의괴인의 왼손이 육정기의 가슴을 꿰뚫고 있었다. 피가 뭉클거리며 솟아 나오고 있었다.

한데 가슴이 꿰뚫린 육정기의 눈이 웃고 있다. 청망검이 백의괴인의 복부에 꽂혀 있는 것이다.

"크크…… 네놈도…….”

백의괴인이 하얗게 웃는다. 육정기의 얼굴이 일그러졌다.

백의괴인이 청망검을 잡더니 그대로 잡아 뺀다.

이런! 놈의 배에서 피 한 방울도 나오지 않는다.

와직!!

청망검이 중간에서 부서지듯이 부러져 나간다.

육정기의 일그러진 얼굴을 보는 놈의 입가에 잔혹한 살소가 맺혔다.

"나는… 신이다…….”

제기랄!! 맙소사! 이놈은 진짜 미친놈이다!!

육정기가 남은 힘을 쥐어짜 한마디를 내뱉었다.

"모두…… 빠져…… 나가…….”

그리고 가슴에 박힌 백의괴인의 왼손을 움켜쥐었다.

눈물을 흘릴 시간도 없다. 머뭇거릴 시간도 없다. 위경리가 소리쳤다.

"가자!"

"크윽! 육 숙부……."

우형욱이 육정기를 한 번 바라보더니 신형을 날렸다.

"지금이 아니면 놈이 움직인다. 나가!!"

연부경이 소리치며 반혈인을 향해 달려갔다.

궁무진이 도를 앞세우고 천루인의 목을 베어간다.

뒤를 맡았던 마량이나 방거산 부부도 앞쪽을 향해 달려간다.

누가 먼저고 나중이고가 없었다. 기회는 그리 많지가 않았다. 육정기의 목숨을 담보로 한 제지가 백의괴인을 잡아놓을 시간은 그리 길지가 않은 것이다.

"크크크……."

백의괴인, 아수라의 입에서 괴소가 울려 퍼졌다.

달려가는 사람들을 막아서는 반혈인과 천루인을 향해 도강, 검강이 몰려간다.

아수라의 오른손이 허공에 들렸다.

쾌광!! 우르릉!!

부딪쳐 가는 강기의 행렬에 반혈인이, 천루인이 튕겨져 나간다.

아수라의 오른손에서 뭉클거리는 붉은 안개가 넘실거리더니 앞으로 떨어져 내렸다.

퍽!

단발음. 육정기의 머리가 터져 나간다.

"안 돼!!"

위경리의 울부짖는 소리가 백령곡을 뒤흔들었다.

콰직!

육정기의 두 팔이 통째로 찢겨져 나간다.

"육가야!!"

위경리의 울음 섞인 외침이 천둥처럼 울려 퍼진다.

"이놈!!"

위경리가 우형욱의 등을 치더니 허공으로 솟아올랐다. 우형욱이 놀라 소리쳤다.

"아버지!"

"연 형! 형욱이 좀 부탁하겠소!"

대경한 우형욱이 뒤돌아서려 하자 옆에 다가서 있던 연부경이 우형욱의 허리를 잡아챘다.

"위 형도 네가 살아나가는 것을 바랄 것이다."

"연 선배님!!"

우형욱이 몸을 비틀며 소리칠 때였다.

"이 악마!!"

위경리가 외치며 아수라를 향해 몸을 날렸다.

육정기의 찢겨진 팔이 위경리를 향해 던져지고 있었던 것이다.

삼백 장의 거리는 진고영의 능력이라면 숨 몇 번 쉴 시간에 갈 수 있는 거리다. 그런데 너무 멀었다. 거리가 먼 것이 아니고 마음이 먼 것이다. 다급한 마음에 몸을 날리지만 진고영의 몸도 최악의 상황이었다.

백령곡이 눈앞으로 다가왔다. 귓전에 울부짖는 소리가 들린다.

위경리의 목소리였다.

우형욱의 목소리도 들려온다.

무슨 일인가가 벌어졌다. 사방에서 들리던 싸움 소리도 잦아드는 판에 백령곡에서만큼은 싸움 소리가 더욱더 크게 들리고 있었다. 불길한 생각이 뇌리에 가득 차 오른다.

바위 위에 내려선 진고영의 눈이 부릅떠졌다.

백령곡의 광경이 눈에 들어왔다.

아비규환의 싸움터가 지옥처럼 피로 물들어 있었다. 피에 젖은 백의괴인에게 달려드는 위경리가 보였다.

백의괴인 앞에 누군가가 갈기갈기 찢긴 채 널브러져 있다. 한데……
그 옆에 부러진 청망검이 아무렇게나 놓여 있다. 육정기의 청망검이.
오!! 맙소사!!

진고영의 신형이 화살처럼 쏘아져 갔다.

그사이에 위경리가 백의괴인과 일장을 나누더니 삼 장 이상을 튕겨져 날아간다.

"노형님!"

진고영의 입에서 위경리를 부르는 소리가 천둥치듯이 울려 나왔다.

왼손에 들린 관천곤이 허공을 격하고 백의괴인에게 쏘아져 갔다.

콰과과과…….

시커먼 강기에 휩싸인 채 화살처럼 쏘아져 가는 관천곤이 백의괴인의 가슴을 뚫을 듯이 파고들었다.

쾅!

굉음이 백령곡을 울리고, 진고영의 입이 반쯤 벌어졌다.

관천곤이 백의괴인의 가슴에 정통으로 틀어박혔거늘, 주춤 두 걸음 물러선 백의괴인이 하얗게 웃음을 흘리고 있는 것이다.

"크크크…… 나는… 신이다……."

진고영이 백의괴인에게 다가가자, 괴물들의 포위망을 뚫고 나가려던 우형욱의 입에서 반가움과 슬픔이 섞인 외침이 터져 나왔다.

"진 대형!! 육 숙부가…… 육 숙부가……. 으헝!"

삼 장 밖으로 튕겨져 나가던 위경리의 눈에 흐릿하니 진고영이 날아오는 모습이 보였다.

'진 아우… 왔구나…….'

관천곤이 화살처럼 아수라의 가슴에 꽂히는 것이 보였다. 하지만 그뿐이다. 놈이 웃고 있다.

진고영이 아수라에게 다가가고 있다. 우형욱이 소리치고 있다. 다른 사람들도 지옥에서 살아날 수 있다는 희망에 얼굴이 밝아져 있다.

위경리가 쥐어짜는 목소리로 진고영에게 경고를 보냈다.

"진… 아우…… 놈은…… 아수라……."

진고영은 백의괴인에게 다가서다 우형욱의 우는 소리에 자신이 본 것이 잘못되지 않았음을 알 수 있었다.

육 형님이 죽었다. 저 괴인의 발 아래 널브러져 있는 육편은 육 형님의 것이다. 괴인이 육 형님을 죽였다.

거친 숨을 몰아쉬고 있는 위 노형님의 다리가 덜렁거린다. 입에서는 핏물이 솟구치고 있다.

진고영의 두 눈에 핏기가 몰렸다. 숨도 크게 쉬어지지 않았다. 그때

위 노형님의 목소리가 들린다.

"……아수라……."

놈이다! 놈이 아수라다! 역시 아수라는 여기에 있었다!

"놈!!"

진고영의 신형이 허공으로 떠오른다 싶더니 백의괴인의 일 장 앞에 나타났다.

그의 오른손에 한 자루 시커먼 무명도가 묵금빛에 휩싸여 있다. 무명도에서 뇌룡이 꿈틀대더니 아수라의 전신을 덮쳐 간다. 전룡참마겁(電龍斬魔劫)!

콰우우우!!

아수라의 두 눈이 처음으로 떨리고 있었다. 몰려오는 뇌룡을 바라보던 아수라의 신형이 유령처럼 주욱 뒤로 밀려난다. 땅을 박찬 진고영이 다시 삼 장을 솟구치더니 떨어져 내린다.

번쩍!!

만양(滿陽)!! 천지가 빛에 가득 찼다. 아수라의 몸도 빛 속에 갇혀 버렸다.

"크아!!"

아수라의 입에서 고통에 찬 마음이 터져 나온다.

진고영은 이를 악물었다. 전신이 터져 나갈 것 같은 괴로움이 온몸을 지배하고 있었다. 하지만 여기서 멈출 수는 없었다. 자신의 현재 상태로는 잘해야 서너 번의 구겁전도를 펼칠 수 있는 기회밖에 없는 것이다.

아수라가 두 손을 치켜들고 진고영을 덮쳐 온다, 피보다 더 붉은 안개를 몰고.

진고영의 무명도가 하늘을 향해 치켜 들려졌다. 무명도에서 한줄기 묵금빛 번개가 하늘을 향해 뻗쳐 올라갔다.

'수천제마력은 혈맥 속에 있는 것도 아니요, 머리 속에 있는 것도 아니다. 그 모든 것이 마음속에 있되, 또한 마음속에 있는 것도 아니다.'

몰려오던 핏빛 안개가 그물처럼 진고영을 덮어버린다.

솟구치던 묵금빛 번개가 다시 땅으로 떨어져 내렸다. 그것은 하늘에서 내리는 제석천의 창이었다. 제석천의 창이 핏빛 안개를 반으로 갈라 버렸다. 천명단상(天明斷霧)!!

고오오…….

쿠구구구…….

화악 피어오르는 기의 폭풍이 주위에서 얼쩡거리던 반혈인의 몸을 감싸 버렸다.

물러선 채 인간 같지도 않은 두 사람의 싸움을 바라보던 사람들의 입이 쩍 벌어졌다.

자신들을 그렇게 괴롭혔던 반혈인 세 명이 기의 폭풍 속으로 빨려 들어가더니 팔다리가 떨어져 나가고 있었던 것이다. 견딜 수 있는 한계를 넘어선 것이다.

튕겨져 나가는 아수라의 입에서 녹기가 비치는 핏물이 뿜어져 나왔다. 두 눈에선 절대 떠오를 것 같지 않았던 두려움의 빛이 일렁였다.

일 장을 물러선 진고영의 입에서 핏물과 함께 일성이 터져 나왔다.

"마지막이다!! 아수라여! 그대의 혼을 소멸시키리라!!"

아무런 움직임도 없이 쑥 솟아오른 진고영의 무명도에서, 아무런 소리도 없이 하늘과 땅을 가르며 도가 내려쳐졌다. 천광멸혼(天光滅魂)의겁(劫)!

　사람들은 자신들도 모르게 눈을 감았다. 하늘에서 땅으로 이어지는 한줄기 빛에 눈을 뜰 수가 없었던 것이다.

　아수라의 망연한 눈빛이 자신의 종말을 느낀 표정이다.

　하늘에서 시작된 빛이 두 줄기로 갈라지더니 아수라의 가슴을, 정수리를 파고들었다.

　손을 들어올린 아수라의 표정이 기괴하게 변하더니 입이 열리고, 녹색 핏물과 함께 그렁거리는 말이 이사이로 새어 나온다.

　"나는… 나는… 혁련유천……. 나는… 나는… 설… 평… 인……."

　피가 뿜어져 나오는 것도 잊고 내려치는 도에 혼신의 내력을 주입하던 진고영의 눈빛이 격하게 흔들렸다.

　'혁련유천이라니……. 설평인이라니……. 도대체… 무슨?'

　하늘에서 내려쳐지던 빛이 옆으로 꺾어졌다.

　쩌억!!

　아수라의 가슴이 쩍 벌어진다.

　정수리를 파고들던 빛이 귀를 타고 흘러 어깨에 떨어져 내렸다. 오른쪽 팔이 어깨에서부터 잘려 떨어진다. 떨어지던 팔이 가루가 되어 흩어지고, 녹색이 섞인 핏물이 잘려 나간 부위에서 분수처럼 뿜어진다.

　주춤거리며 물러서는 아수라의 입에서 계속 헛소리 같은 말이 흘러나온다.

　"나는… 나는…… 누구? 혁련유천… 아니…… 설평……인?"

　오오!! 설마!! 아수라가?!

　핏물이 흘러나오는 것도 잊고 진고영의 몸이 부르르 떨리고 있었다.

　그때였다.

"조심하게!!"

제일 먼저 정신을 차린 마랑이 놀라 소리쳤다. 멍해 있던 천루인과 반혈인이 자신들을 향해 달려들고 있었다.

"놈들을 쳐라!!"

궁무진이 몸을 날리며 외친다.

"죽여! 죽여!!"

백리웅천이 악을 쓰며 잠풍검을 휘두른다.

아수라만 없다면 천루인이나 반혈인은 상대하지 못할 이유가 없었다. 아수라는 진고영에게 붙잡혀 있으니 못 움직일 것이다. 이제는 악귀 같은 괴물들에게 복수할 때이다.

"으아아아! 죽여라!!"

모두가 미친 듯이 괴물들에게 달려들 때였다.

입구의 석군(石群)을 넘어서 수십 명이 오고 있었다. 북쪽을 치고 들어갔던 철검단의 고수들이었다. 이백여 명의 무사 중 반밖에 남지 않았지만 그들의 사기는 하늘을 찌를 것처럼 충천해 있었다.

서쪽의 경사를 타고 백여 명의 무사들이 날듯이 뛰어내리고 있었다. 우회해서 외곽을 봉쇄하고 있던 유협이단의 고수들이었다. 여기저기 찢어진 옷에 산발한 머리를 보면 그들이 얼마나 고생하며 여기까지 왔는지 짐작할 수 있을 정도였다.

동쪽의 바위를 타고 내려오는 자들도 있었다. 정문을 통해 치고 들어갔던 대풍운보의 고수들이었다. 백염의 초로인이 선두로 내려오고 있었다. 무제 백리단황이었다. 그의 양옆으로 공아등과 호공탁, 백리웅천이 보였다. 그러나 웬일인지 독목서생은 보이지 않고 있었다.

마침내 천은산장이 무너져 내렸다. 저들이 이곳까지 왔다는 것은 거치적거리는 적들을 모두 제압했다는 말일 것이다.

백리단황이 경이에 찬 눈빛으로 진고영을 바라보았다. 그도 진고영과 혁련유천의 싸움을 멀찍이에서 지켜보았다. 그것은 인간의 싸움이 아니었다.

한 번 싸워보고 싶다는 생각을 구만리 밖으로 날려 버린 광경이었다. 지금은 오직, 자신이 진고영의 적이 되지 않은 것이 천만다행이라는 생각이 들 뿐이었다.

"후우……."

한숨을 내쉰 백리단황이 옆을 돌아보았다.

진고영이 백의를 입은 자와 마주 서 있는 모습이 조금 이상해 보이긴 했지만 우선은 처리해야 할 일이 남아 있는 것이다.

"호공탁!!"

"예, 주군!"

"저놈들이 또 있구나. 복수를 해야겠지?"

호공탁이 어깨를 부르르 떨었다. 하지만 눈빛만큼은 활활 타오르고 있었다.

호공탁이 이를 갈며 말했다.

"그렇습니다, 주군. 으드득!!"

"잘됐군!! 아이들의 복수를 할 기회가 생겨서. 모두! 나가서! 동료들의 복수를 한다! 나가라!!"

"가자!! 복수하자!!"

"와!! 와!!"

대풍운보의 고수들이 뛰쳐나간다.

“우리도 지지 마라!! 대풍운보보다 더 잡아야 한다!! 나가라!!”

단정하던 옷차림이 엉망진창이 된 사마진이 지지 않겠다는 듯 악을 쓰며 소리치자, 비검단을 비롯한 철검산장의 고수들이 몸을 날렸다.

천루인 하나에 일류고수 대여섯 명씩 달라붙은 상황이다. 그럼에도 결코 웃으며 싸울 수 없는 상황.

지독한 놈들, 악마가 어디에 있냐 묻는다면 ‘바로 이놈들이 악마’ 라고 자신있게 말할 수 있을 정도였다. 그나마 백리단황만이 두 명의 천루인을 상대로 유리한 싸움을 이끌어가고 있을 뿐이었다.

한참 천루인과 반혈인을 상대로 싸우고 있던 사람들은 원군이 도착함과 동시에 괴물들을 향해 달려들자, 뒤로 물러서서 한숨을 돌릴 수 있었다.

“후우……. 이제야 지옥에서 살아 나온 것인가?”

뒤로 물러선 연부경은 후들거리는 다리로 겨우 서 있을 뿐인 유협일단의 사람들을 쳐다보았다. 살았다는 것이 그제야 실감이 났다. 그러자 여기저기 부상당한 곳에서 고통이 몰려왔다.

“으음…….”

절로 신음이 나온다. 둘러보자 모두가 긴 숨을 내쉬며 반쯤 주저앉아 있다. 심지어는 궁무진도 칼로 땅을 짚고 서 있었다.

세상에! 저 싸움꾼이 무기를 지팡이 삼아 서 있다니.

고개를 돌리자 한쪽으로 뛰어가는 우형욱이 보였다. 위경리에게 가는 것일 것이다.

‘위 형이 괜찮아야 할 텐데……. 후우.’

태산 같은 걱정에 한숨이 절로 나올 때 마랑이 그에게 다가왔다.

“괜찮소?”

“예, 다행히 잔부상만 입었을 뿐이오. 내력이 고갈된 거야 시간이 지
나면 괜찮을 것이니.”

“정말… 저런 놈들이 있을 줄이야……. 지금도 소름이 돋을 지경이
오. 후우…….”

삼극검이라 불리며 육기의 하나인 자신이 등줄기에 식은땀을 흘리
고 서 있다니, 웃음도 나오지 않을 일이었다. 고개를 젓던 마량의 눈이
우형욱에게 안기다시피 있는 위경리에게로 향했다.

우형욱은 위경리를 향해 정신없이 달려갔다.

“아부지, 아부지…….”

위경리의 머리를 무릎 위에 올려놓자 위경리가 눈꺼풀을 떨며 힘들
게 눈을 떴다.

“아부지! 괜찮아요?”

“혀, 혀, 형욱…… 아.”

“예! 형욱이 여기 있어요!!”

“너…… 육가… 시신을…… 잘…….”

“크윽! 걱정 말아요. 제가 어떻게든…….”

“그… 래. 으으으…….”

“아부지!! 죽지 마!! 죽으면 안 돼!!”

진고영은 눈앞의 아수라를 어떻게 해야 할지 고심하지 않을 수 없었
다. 분명 뭔가가 있다. 한데 확신할 수가 없다.

혁련유천…… 설평인……. 진짜 이자가 설평인일까? 진짜 설평인이
면 어떡해야 하나.

엄청난 피를 쏟은 아수라의 눈이 빛을 잃고 멍해져 있다. 그 무엇도 알아낼 수 없을 정도로 넋이 나가 있다. 문제는 이자의 신체 상황이 더 이상 견딜 수 없을 정도라는 것이다.

곧… 죽을 것이다. 영원히 혼이 소멸된 채 죽을 것이다. 그전에 알아 낼 수 있으면 좋으련만…….

"당신이 설평인이오?"

한마디 한마디에 입에서 피가 흘러내린다. 하지만 지금은 그것이 문제가 아니다.

귀와 어깨가 떨어져 나간 아수라가 뻥 뚫린 가슴을 내려다보다 고개를 들었다.

"나, 나, 나는… 혁련유천……. 설평인…… 혁련유천……."

웅얼거리는 말이 뒤죽박죽이다. 답답한 진고영이 다시 아수라를 향해 입을 열려 할 때였다.

"그는 설평인이 분명하네."

북쪽의 절벽 위에서 굵으면서도 또렷한 말이 들려왔다.

진고영은 고개를 들고 절벽 위를 올려다봤다.

유지화가 있었다. 그리고 그 옆에는 그가 서 있었다. 한때 하늘로 불렸던 인물, 설평인의 사부이자 설유화의 외조부인 장무담이 침중한 표정으로 아래를 내려다보고 있었다.

그는 짐작하고 있었다. 아수라라는 말을 들었을 때부터, 그가 어쩌면 설평인일지도 모른다는 걸. 그래서 설유화로 하여금 이 자리에 오지 못하도록 했다. 아버지의 죽어가는 모습을 보게 하고 싶지 않았던 것이다. 더구나 죽여야 하는 사람은 진고영이 될 수밖에 없었으니…….

장무담이 복잡한 심사에 눈을 감고 있을 때, 진고영이 다시 묻는다.

"정말 이 사람…… 아니, 이분이 설평인이란 말입니까?"

장무담이 침중히 굳은 얼굴로 다시 말했다.

"그는 설평인이되 설평인이 아니라네."

"무슨……?"

"몸은 설평인이지만, 혼은 설평인이 아니네."

진고영의 눈이 흔들렸다. 장무담이 다시 말했다.

"그를 위해서, 유화를 위해서, 그의 육신을 혁련유천의 혼으로부터 편히 놓아주게."

그 말은 죽이라는 말?

"하지만……."

"그것만이 모두를 위한 길이라네."

진고영은 고개를 돌려 아수라를 바라보았다. 유화의 아버지인 설평인. 이십수 년을 혁련유천에 의해 혼을 제압당한 채 지내다 이제는 아수라의 마기에 모든 것을 뺏긴 사람.

진고영은 잠시 아수라를 쳐다보다가 서서히 손을 뻗었다.

손바닥의 한가운데에서 붉은빛이 나는 황금의 불꽃이 피어올랐다.

"그대의 혼이나마 부디 혁련유천으로부터 벗어나기를……."

황금의 불꽃이 아수라의 정수리 위에 떠올랐다.

"미안하오. 부디 편히 가시오……."

환한 빛이 정수리를 파고들었다.

아수라의 눈에서 빛이 쏟아져 나왔다.

"끄으으으…… 나는……."

그러던 어느 순간 빛이 사그라지더니, 무겁게만 느껴지던 눈꺼풀이 빛을 잃은 눈을 덮어버렸다.

"……설평인……. 고맙……."

쿵!

그대로 뒤로 넘어가는 아수라의 표정이 편안해 보이는 것은 진고영만의 착각이었을까.

진고영은 고개를 저으며 주위를 둘러보았다.

천루인이 아무리 강하고 질겨도, 반혈인의 몸이 아무리 단단해도 수많은 고수들의 공격을 무한정 견딜 수는 없었다. 하나하나 쓰러져 가는 그들을 바라보는 사람들의 눈에 질린 빛이 가득했다. 이제 남은 자들은 서넛에 불과했다. 하지만 곧 끝날 상황이었다.

진고영은 발길을 돌려 위경리를 끌어안고 있는 우형욱에게 다가갔다.

"우 형……."

"진 대형! 아부지가! 크흐흑!"

그도 들어 알고 있었다. 위경리와 우형욱이 아버지 아들 하며 시시덕거리는 것을. 장난인 줄 알았는데 진심이었던 것 같다. 그래, 외로운 사람들끼리 잘된 일이다.

"갑시다! 빨리 가서 제대로 치료를 받아야 하지 않겠습니까? 이러다 정말 돌아가시면 어쩌려고 그럽니까?"

"예? 예! 갑시다! 가요!!"

진고영은 연부경과 마량 등을 쳐다보았다. 그들이 고개를 끄덕인다. 아마도 걱정하지 말고 빨리 가보라는 뜻일 것이다.

궁무진은 씩 웃더니 칼을 고쳐 든다. 뒤늦게 나타난 백리웅천은 검을 거꾸로 잡더니 포권을 취한다. 그것은 무사로서 최고의 경의를 표하는 것.

진고영은 쓰게 웃으며 뒤돌아섰다. 아무래도 한시가 급한 것이다.

우형욱이 위경리를 안고, 진고영이 육정기의 시신을 정리해 옷으로 싸서 절벽 위로 올라가자, 유지화와 장무담이 안타까운 눈으로 혼절한 위경리와 육정기의 시신을 바라보았다. 그러더니 말없이 발길을 돌렸다. 임수행과 홍이지가 급히 다가오더니 진고영의 손에서 육정기의 시신을 받아 들었다. 그런 임수행의 눈에도 눈물이 맺혀 있었다.

걸음을 옮기던 장무담이 무혼을 향해 말했다.

"후우…… 무혼, 남아서 평인의 시신을 수습해라."

"예, 어르신."

"가세……."

화인과 또 다른 중년인이 장무담이 앉은 교자를 들었다.

우형욱이 앞장서고 진고영이 뒤따른다. 그 뒤를 유지화가 설레설레 고개를 저으며 따라간다. 홍이지도 아무 말 없이 임수행을 따라 걸어간다.

백령곡에서는 싸움이 끝나가는지 소리가 잦아든다.

하늘에서는 인간들의 싸움이 싫증나는지 태양이 구름 속으로 몸을 숨겨 버렸다.

욕망의 사슬을 맺는 것도 인간이고, 끊는 것도 인간이 아니던가.

아마도 이번 싸움이 끝나고 나면 또 다른 욕망들이 고개를 들 것이다. 그게 누가 되었든…….

孤影 뒷이야기

배를 타고 장강을 내려가던 중 유지화가 진고영에게 말했다.

"독목서생은 태원으로 돌아갔다고 하더구만."

"잘됐군요."

"자네더러 시간나면 들르라 했다더군. 뭐, 술은 자기가 산다나?"

"저보다 돈 버는 재주가 훨씬 뛰어나니까요. 저는 돈 버는 재주는 별로거든요."

"음… 옥하가 조금 걱정되는군."

"설마 굶기기야 하겠습니까? 이래 뵈도 철방 기술은 쓸 만합니다. 정말입니다? 제 칼도 제가 만들었습니다. …정말이라니까요?"

"음… 그렇다면야……. 그리고 황보명이 혼인한다고 와달라던데?"

"황보 대협이요?"

"꼭 와야 한다고 하더군. 오죽하면 싸움터로 간 사람에게 청첩장을 보냈겠나?”

“그 양반 여자 상대하는 기술은 별로던데……. 전에 개봉에서
도…….”

천하의 숙맥이 못하는 소리가 없다. 자기도 이제는 조금 늘었다는
소린가?

“그 여자야.”

“예?”

“천옥보장의 두취하 소저.”

“컥!”

“그 여자가 그랬다더군, 자네가 오면 빚은 갚은 걸로 해주겠다고.”

유지화가 진고영을 의심 어린 눈으로 바라보았다.

“자네 빚진 것 있나?”

“아무래도 태원으로 가는 길에 들러봐야겠군요.”

“아! 그리고 무림련하고 혈왕궁은 지금 난리가 아니라네. 사천성하
고 호북 일대가 완전 전쟁터네, 전쟁터. 어때? 자네도 낄 마음 있나?”

“저는 그냥 철방이나 할랍니다. 두 사람 먹여 살리려면 열심히 일해
야 할 것 같은데, 그 사람들 싸움에 끼어들 시간이 어디 있습니까?”

피 보는 것도 신물나고 말입니다.

“허허허……. 잘 생각했네. 그럼, 남자에겐 천하의 안위도 중하지만
가족 먹여 살리는 게 제일 중요한 일이지. 암!”

맞나?

흐뭇하게 웃던 유지화가 그제야 생각이 났는지 물었다.

“참! 자네 몸은 괜찮은가?”

맙소사! 진짜 빨리도 묻는다.

어색한 표정을 지으며 진고영이 대답했다.

"죽을 정도는 아닙니다만…… 당분간 돈 벌이는 못할 것 같습니다. 아무래도 장인어른이 좀 도와주셔야……."

유지화가 햇살이 춤을 추는 장강의 물결 쪽으로 눈을 돌렸다. 못 들은 척…….

"음… 날씨가 좋군. 내년 이맘때쯤이면 손자를 볼 수 있으려나?"

"…그럴… 수도……."

〈終〉

FANTASTIC
ORIENTAL
HEROES

청 어 람 신 무 협 판 타 지 소 설

최고의 신무협 작가 『설봉』의 최신작!

다시 한번 당산을 잠 못 들게 만들
불후의 대작!

사자후
獅 子 吼

사자후(獅子吼) / 설봉 지음

깊게 깊게 빠져드는 몰입의 세계!
온몸을 전율케 하는 찌를 듯한 강렬함을 느낀다!

그에게서는 묘한 악취가 풍겼다. 그가 창을 겨눴을 때……

화염이 이글거리는 눈동자를 보았을 때……

비로소 악취의 정체를 짐작해 냈다.

피와 땀이 켜켜이 쌓여 자연스럽게 뿜어져 나오는 살인마의 냄새.

그는 허명(虛名)을 좇아 비무를 즐기는 낭인(浪人)이 아니라 야성(野性)이 살아서 꿈틀거리는 진짜 살인마였다.

투지가 끓어올라 활화산처럼 꿈틀거렸다.

그의 눈길을 정면으로 맞받으며 묘공보(妙空步)를 밟기 시작했다.

우리의 첫 만남은 그렇게 시작되었다.

- 환봉개(幻棒丐)의 회고록(回顧錄) 中에서 -

청 어 람 신 무 협 판 타 지 소 설

『초일』,『건곤권』으로 유명해진 작가 백준의 신작!!

송백(松百) / 백준 지음

그녀의 검끝… 그 검끝에 닿은 그의 목젖… 목젖에 맺힌 붉은 피 한 방울.
그리고 그 피 한 방울이 흘러… 닿아버린 반쪽의 승룡패…….

"당신… 누구?"

"너를 위해 살아왔다."

"…저의 과거는… 아무것도 없어요."

『초일』의 끈끈함, 『건곤권』의 시원화끈함!

이번 작품 『송백(松百)』에
작가 백준의 모든 것을 걸었다!